跨度小说文库

Kuadu Fiction Series

跨度小说文库
Kuadu Fiction Series

给爱一个交代

周志平 著

中国文史出版社

目录

第一章　不入世，不足以谈出世

1

鲁鲁走进宽敞的办公室，桌上放着一杯早已泡好的绿茶，茶香缭绕，弥漫到了整个房间。他抿了一口，一种甘甜、淡雅的味道渗入喉咙，随之而来的幸福，毫不张扬地蔓延至全身的每一个细胞。

他翻开文件准备办公，手机突然振动，是微信的提示音。打开一看，原来是跟秀秀、老谭和琪琪组的四人群发来的。

老谭在里面呼叫："鲁鲁，这个周末聚一次怎么样？我们找到一家风味十足的馆子，其他两位都已赞同。"

鲁鲁笑，这三个浑球又在躁动，要组织活动了。

多年前，秀秀、琪琪、鲁鲁和老谭在大学里相识，共度了许多快乐的时光。虽然是不同班级，但并不影响他们成为死党……毕业前的那些画面他至今记忆犹新。

在大学校园的草坪上，鲁鲁穿着紧身休闲装，甩了一下头发，走到草坪中央说："大家好，我是鲁鲁，别看我个子小，那是天妒英才……"

老谭大腹便便，很威武地走过来，将鲁鲁一推，摆了一个性感的pose，很不屑地看着鲁鲁说："他是个小男人，哪儿都小；我是大男人，哪儿都大。"说着，他鼓起不甚发达的胸肌，努力展示给大家。正得意忘形之际，突然听到"哼"的一声，老谭紧张地回头一看，赶紧鞠躬，示意"请"，然后退到草坪坐了下来。

只见秀秀一摇一摆、昂首阔步地走了上来。阳光下，她的身后是自己宽阔的身形拉出的巨大影子。她抡起肥硕的拳头："我是秀秀，别看我是个女人，但我是女汉子。"

顷刻间，只听到"哇"的一片。

她继续说："但凡男人能做到的事，我也照样做得到!"

秀秀刚退下，就听到呼声："女神！女神！女神……"

从灿烂的阳光中，走出一个穿着时尚、丰姿绰约的女生，这就是琪琪。她步履轻盈款款而来，气质出尘脱俗，犹如天仙下凡。鲁鲁看醉了……

十年了，如今驻足回首，四个人音容笑貌历历在目；而那热气腾腾的岁月，豪情壮志的青春，却已经走得很远了……

一天晚上，虽然天气很冷，但为了庆祝他们即将融入社会的急流中，他们决定大吃一顿。未来是什么样的，他们看不清楚，也不知会面对怎样的未来，但是心中都充满了激动。四个人来到夜宵摊，点了好多酒菜，一起开怀畅饮。

鲁鲁首先问秀秀："你未来有什么打算呢?"

秀秀说："我想有一间大公司，有一张大办公桌，和很多听我指挥的职员，挣到足够的钱，然后买一栋大房子，和老公开心地生活。"说着她扮成一个小女人的娇羞状，屁股在板凳上左右摆动，扭着丰腴的身体。

鲁鲁看得肠胃不适，连忙竖起拇指："不愧是我们中的老大，志向高远。”

说罢，他转头问琪琪：“你呢？”

琪琪顿了一下，说：“我打算先挣钱。如果开公司，规模可以不大，但要足够的漂亮。”

鲁鲁不理解地问：“真搞不懂你们，怎么都想要开公司挣钱？你们难道不向往采菊东篱，田园牧歌，过优哉游哉的慢生活？”

琪琪撇撇嘴说：“慢生活不是不好，只是不入世，何以谈出世？你没有挣到足够的金钱，没有经验、人脉，以及笃定的心态，怎能过上自己喜欢的慢生活？”

鲁鲁叹了一口气，赞同道：“也对。”转过头又去问老谭。

老谭哼了哼，挺了挺肚子说：“哥哥我就不要公司了，我这人比较适合做管理。”他挨了一下秀秀，“如果秀秀开公司，我就做管理好了。”

“你们开夫妻店啊！”鲁鲁看着他们说。

老谭瞥他一眼说：“有问题吗？”

鲁鲁连忙摆手：“没问题。这是你们两口子的事。”

老谭又问他：“你呢，有钱了，有什么想法？”

鲁鲁眼光往琪琪身上瞟，轻轻地叹了一口气：“什么想法也没有了。”

秀秀瞧见，怒目圆睁：“还贼心不死，明知琪琪名花有主，你还虎视眈眈？”

鲁鲁佯怒，回嘴道：“谁虎视眈眈了，你不胡说八道能死啊？一天不诋毁我的人格就闹心。”

老谭笑：“爱就爱呗，有什么不敢承认的，你那点儿小心思哥哥我怎么会不懂。”

他的话击中了鲁鲁敏感而脆弱的内心，鲁鲁矢口否认，然而不仅没有取得效果，反而惹得其他三个人哈哈大笑。

这时，他无意中看见一个蓬头垢面、穿着单薄破旧衣服的小女孩，大概也就六七岁的样子。那时街头经常会碰到一些乞讨者，许多人都避之不及，因为大家不止一次听过乞丐骗人的事。

鲁鲁看到她拿着一个碗，赤着脚，一副可怜巴巴的模样；当时是天寒地冻，那双脚踩在地上不知道是什么感觉，他的心被刺痛了一下。

吃夜宵的男男女女对乞讨者纷纷表示反感，呵斥着小女孩走开。小女孩可怜兮兮的，蹭着来到了鲁鲁的面前。

鲁鲁下意识地将手伸进口袋，又犹豫了一下，还是把仅有的十元钱给了那个小女孩。他真希望她只是为了装可怜，骗点儿钱财而已；因为无论她讨没讨到钱，她回到“骗子”的家，至少可以为她提供一点儿必要的生存基础条件，比如一口饭、一双鞋。那样，她就不会像卖火柴的小女孩一样悲惨地死去……

这一切琪琪看在眼里，有所触动地说：“小鲁很善良，比较适合做朋友。”

听到她的表扬，鲁鲁脸色讪讪的。其实老谭说得没错，他的确喜欢琪琪。在那个年轻气盛的年纪，他一直认为爱大过于天，至死不渝相携到老是他对爱情的幻想。

四个人都有各自的想法、各自的方向。秀秀想要证明自己是最优秀的女人；老谭图的是现世安稳；而琪琪总爱说：不入世，不足以谈出世，有钱才能撑起自己漂亮的野心；鲁鲁却觉得感情最重要必须给自己的爱一个交代……

2

毕业一个月后，秀秀回到她的出生地进了一家网络科技公司做网编。为什么做网编？按照秀秀的说法，她热爱文学，要为网络文学增一分光，出一分力。听得鲁鲁满心赞赏，他可以想象这样一个情景：

秀秀在盯着电脑，“嗒嗒”地敲打着键盘，一会儿用QQ聊，一会儿又拿起电话，用最柔和的声音说：“喂！您好，您愿意让您的大作签约我们公司吗？”

对方答：“凭什么把作品签给你？我的作品签给起点、红袖一定能大红大紫。”

“起点和红袖的大神太多，新人怕是难以崭露头角，签约给我们公司，我们一定好好推广，圆你一个作家梦，另外稿费也不会少哦。”

对方有些兴奋了，答道：“具体说来听听。”

“这个很简单，只要您能把您的作品跟我们公司签约，您的梦想当场就能实现，而且会有很多美女崇拜您。比如啊，我就会崇拜您，好崇拜的。这是我本人的照片。”秀秀故意嗲嗲地笑，顺便贴上一张范冰冰的照片，转头咬牙切齿、面目狰狞地道：“谁敢说我不是美女，我立马打他七窍流血！”

接着想老谭。老谭去了一家商贸公司上班。他自认为适合做管理，但也不得不从基层做起。他每天打着领带，夹着包，出入商贸公司上班，下班，来回奔忙。在川流不息的人群中，他平凡的身影很快被淹没。

想他还不如想想琪琪。琪琪在长沙一家传媒公司上了班，品学兼优、容貌出众的她很快崭露头角，受到公司老板的青睐。琪琪站在台上，指着屏幕阐述她的方案，讲完后，得到了台下所有人员的热烈掌声。

鲁鲁自己则带着无奈和不甘回到县城，应聘到一家网络科技公司。他刚走进办公间，一个同事走过来，拿着一份文件递给他说："老板说这个项目需要你跟进，里面的软件程序要重新设计。"

他皱着眉头接过文件，翻了翻文件就扔在桌子上，坐在办公椅子上发呆，不知不觉又进入了梦境：

梦中鲁鲁带着行李刚走进校园，左顾右看，到处是朝气蓬勃的男生女生，路边一排排教学楼和校舍，还有宽大的操场，和一个浪漫的人工湖，一切都那么美好，充满新鲜感。

忽然，他嗅到一股清香的味道，原来一个漂亮的女生刚走过去。他正好不知道宿舍怎么走，于是走上前去，挠着头问："这位美女，请问男生宿舍怎么走?"

女生微笑着说："你是新生吧？这样吧，我带你去。"

"是啊，谢谢美女了。"他高兴地跟着，一路走过，美丽的校园弥漫着浓厚的人文气息，让他兴奋不已。

走了一段，女生指着一栋楼说："那栋小白楼就是男生宿舍了。"

他看过去，说："看到了，谢谢!"

女生带着甜甜的笑，说："没事。其实，我也是新生。"

"是吗？那太好了。"

有人说幸福是甜蜜而柔软的，那一刻，鲁鲁觉得魂都被摄了去。他不由自主地跟着女生。

女生发现后很奇怪，转身问："你跟着我干什么？前面就是女生宿舍了，不会是想去参观吧?"

鲁鲁顿时红着脸，赶紧说：“哦，不是，当然不是。”他转身走了几步，又转回来，问：“能告诉我你的名字吗？”

女生道：“我叫琪琪。”

鲁鲁若有所思：“琪琪，多好的名字，我记住了。”

女生挥挥手说：“再见，新生。”脸上仍带着迷人的微笑。

多少年后，鲁鲁听到王菲那首《传奇》，不禁会热泪盈眶，只因为多看这一眼，只因为这一次的偶遇，琪琪那迷人的微笑，深深印在他的脑海里。那是他见过的最美的画面，而琪琪就是他见过的最美的女孩。

每个人来到世上都是匆匆的过客，但在一刻，成了他人生中的定格。那一个定格的瞬间，他没有想到会影响他的整个未来。

3

自从认识琪琪以后，鲁鲁便进入了青春期。在第三百六十六次梦见女神之后，他终于痛下决心——不就是喜欢，不就缺少一点儿勇敢吗？他决定要义无反顾勇往直前去表白争取。

琪琪向这边走来，他理了理头发，摆了一个很帅的 pose，然后满怀着期待地迎了过去。

可是，他怎么也没有想到琪琪会与他擦肩而过。

琪琪挽着他们的校友华华走了，鲁鲁僵在那儿，那一瞬间，他感到天寒地冻般的寒冷。

华华住在楼上一个寝室，他有施瓦辛格般虎背熊腰的身材，有汤姆·克鲁斯一样能唬人的魅力，加上他爸爸是某集团公司的总裁，这样优越的条件，也不怪乎鲁鲁会败。

在以后的日子里，只要有琪琪出现的地方，无论图书馆、教室，还是草坪，他都能看到华华伴随她左右。他只能远远地看，远远地看……真是落花有意，流水无情。

他正伤感着，猛地醒来，抬头一看时钟指向了五点三十分。他收拾东西下班，走出了办公室。他孤独地走在大街上，身后拖着一个长长的影子。

回到宿舍，他倚坐在床上，静思默想：祖国是人才济济，可他也不是一文不值，但他只想优哉游哉，过他的平静日子，正所谓“结庐在人境，而无车马喧。问君何能尔？心远地自偏”。

不过，像自己这样一个优秀、单身的男人，当然要拥有一个优雅、漂亮的女人。最为关键的是，她要一直陪在身边，与自己你侬我侬，天长地久，细水长流……

正当他畅想得欲罢不能时，突然听到“王八蛋”的骂声不绝于耳。他顿时心惊胆战，出什么大事了？不会是骂他吧？

他有些心虚地打开房门，只见一个三十多岁女子正指着一个差不多年纪的男子在那儿破口大骂，骂得如长江之水，连绵不绝……被骂的男人本不想理会她，但骂得太厉害了，回身准备与女子干一架，谁知被女子以迅雷不及掩耳之势，飞起一脚踢中了他的裆部。

男人迅速弓下身子，全身战栗着，疼得嗷嗷直叫。他可真够倒霉的，那可是最致命地方。

鲁鲁打了一个冷战，赶紧关上房门免被牵连，心想：“太可怕了，千万别惹女人。”他躺在床上，却无心睡眠，只好拿出手机玩，无意间翻到琪琪的手机号码时，犹豫了半天，还是按下了拨出键：“喂，琪琪吗？”

那边琪琪一边注视着电脑屏幕，一边接听电话：“嗯，有事啊？”

鲁鲁有些尴尬，说：“没、没事，就是就是……刚看一部电影太投入了，不禁想起了你，怎么样，都还好吧？”

“电影？我好久都没看了。挺好，就是忙。”

“哦，好就行，平时多注意身体。”他未免有些失望。

“还有事吗？”琪琪一边盯着电脑，看她设计的方案，一边问道。

他带着一丝不甘心地问：“哦，没了……哦不，还有，你跟华华怎么样了？”

“没怎么样，他是他，我是我，在各自的岗位。”

鲁鲁激动得一跃而起：“你们……分手了？”

琪琪好像在电脑上发现了什么，放下手机，用笔在本上写了一些字，然后又拿起手机，“嗯。嗯。”

他还是有些不相信，问：“你们怎么会分手了呢？逗我玩的吧？”

“没时间逗你玩。”琪琪不想跟他纠缠，敷衍着。

“哦，那就说是真的喽，你们真的分手了？太好了，哦不，是太不好了。”

鲁鲁激动万分，干脆从床上走了下来。

琪琪放下电话，又在纸上写着什么，注视着电脑，思考中。

鲁鲁听到对方没有声音，有些急了，喊着：“喂，喂，琪琪……”

琪琪拿起电话，很有些不耐烦：“我听着呢。”

“那你……那你还是应该再找个人啊，一个人过挺没意思的吧？”鲁鲁试探性地问。

琪琪已经不想听他说什么，“是这样，我正在设计方案，先不聊了，就这样吧。”

他着急地问：“琪琪，琪琪你可以考虑……”他还想说些什么，听到的却是手机里的忙音。

鲁鲁按捺不住兴奋，自言自语：“琪琪，你可以考虑一下我啊！

五年了，我总算等到机会了，终于有机会咸鱼大翻身了！”

他越想越激动，跳起舞来，随着音乐的旋律摆动着，嘴里还喊着：“耶！耶！……”

第二天，他写了辞职信，在信中写道：“我要给爱一个交代。”递上辞职信的那一刻，他承认有些冲动，但是他已经受够了现在的生活，所以他容不得脚步稍有滞留，容不得那一句“你认真考虑清楚了没有”的诘问，就把辞职报告递给了老板。

老板吃惊地看着他：“你疯了?!”

同事也吃惊地看着他：“你疯了?!”

他挥挥手，不带一丝犹豫地说：“再见了，我亲爱的老板；再见了，我亲爱的同事。为了爱，我已经等了太久，我不想这辈子再留下什么遗憾，我不想再半梦半醒地活着。”

多年以后，他每次回想这段往事，都觉得很任性，可是人生中难免有几次不计后果的冲动。

如果那晚不给琪琪打电话，他有可能就不会去长沙；但是他真的太爱了，哪怕只是一个误会也足以让他奋不顾身。

一辆火车飞速往前行驶，那是为了爱，在疾行。

第二章　全新的人生，不变的宿命

1

鲁鲁提着行李走出了长沙站，一眼望去蓝天白云下，到处是高楼大厦和汹涌的人群，一个繁华的省会城市呈现在眼前。

他站在来往的人群中，望着川流不息的车辆，心情特别舒畅；他走在大街上，身体里像被灌了真气，一蹦一跳，特别有活力。

走到围墙边，他想怎么也得自拍一个留纪念。他梳了梳头发，用手机里的镜子照了照，摆了个很帅的姿势。

“哎呀，咱多帅呀！简直帅呆了，难怪琪琪会喜欢我……再拍一个。”

这时，一位背着书包的小男孩走过来，对着他左瞧右瞧。

鲁鲁有些得意：“小弟弟，是不是觉得哥哥很帅？”

小男孩摇了摇头，指着他说：“不是，是种种‘男’题，您将如何面对？”

鲁鲁莫名其妙，问：“什么难题？”

小男孩指了指他墙后的广告说：“叔叔，你让一下，让我看完。”

鲁鲁奇怪，让了一下，问小男孩："是什么？"

小男孩继续念道："叔叔是，有'男'题，当然要看男科，进男科医院。"

鲁鲁怒道："谁要看男科?！谁要进男科医院了?！"

小男孩乐呵呵地跑远了。

"这都是什么破小孩。"他越想越生气，但转眼看到墙上许多租房信息，心想也好，先找个地方住下，再给琪琪打电话。不能让一小孩坏了心情。他一扭腰，向着住宅区走去。

他本想找一家宾馆，但想到要在长沙长期住下，索性去找一间出租屋。

他摸索着，研究着，最终敲响了一户人家的房门，里面探头出来一个老头。

鲁鲁很有礼貌地问："你好，请问你们这儿有房子出租吗？"

"有。月租八百元，带简单家具，预交半年租金。"老头一口气说完。

鲁鲁没有想到长沙房租会贵到这个地步："八百?！这也太贵了吧？你这是五十多平方的旧房呀。"

老头瞪着他，说："这还贵，在这一带这个价钱算是便宜的。"

老头"啪"一下关上了房门，房租价格不容谈判。

鲁鲁粗算了一下，如果八百再加上水电费、交通费、伙食费等各种费，一个月至少两千元。这完全是吸血僵尸不给人活路。

他左右思量，还是继续寻找房子。长沙这个二线省会城市，虽经济不及北上广深，但房价也到了令人咋舌的地步。他大学毕业后，工作才一年，所有储蓄还不到一万，这让他的心拔凉拔凉的。

他问了好几家，都不合适。当走到郊区，看到一则广告，有一套三室二厅的房子只要五百时，他的眼睛顿时一亮。

鲁鲁迫不及待地进去看了看，房子里面还算干净，有床、柜子和厨具等简单的生活用具。鲁鲁急不可待地交了定金，生怕房主老太太反悔。

门口，一个小女孩拉着他，神秘秘地说："大哥哥，那套房子里吊死过一个人。"

"什么时候的事？"鲁鲁有些害怕了。

"上个月。"

"男的女的？年轻的，还是年老的？"他有些好奇。

"是一个漂亮的大姐姐。"小女孩很认真地说。

他松了一口气，放心了。

房主老太太年纪大了，耳朵倒很尖，赶紧拉住小女孩，训斥道："别胡说，没有的事。"

鲁鲁很宽容地笑了，真的又怎么样？他正缺的就是一个女人，哪怕是一个女鬼！他告诉小女孩："大哥哥不怕女鬼，就怕她不来呢！"

小女孩目不转睛地仰视着他。

那一刻，鲁鲁突然觉得自己很强大。

2

鲁鲁走进出租屋，把行李放下，突然犯起愁来。虽然他们在大学里号称"四人帮"，但是他跟琪琪并不是很熟，他俩能有接触算是天意。

那时，琪琪和秀秀虽然不同班，但因为女生少，被安排在同一个寝室，成了闺密；而老谭和鲁鲁也是巧合在同一个寝室，成了难兄难弟。

老谭和秀秀成为恋人，成了“四人帮”最关键的纽带。鲁鲁跟琪琪单独相处的机会并不多，要打电话约她出来吃顿饭，心中未免有些忐忑。

他踌躇良久，还是决定打电话。如果有难题首先要面对，找出解决的途径，而非逃避。

下定决心的这一刻，他觉得自己太英明了，太会决断了，完全是一个做大事的人，这样的他怎么可能追不到琪琪呢？

琪琪接到他的电话很意外，干脆地问：“你什么时候来长沙的？几点？在哪儿？我过来。”

她说话很快，但声音很轻柔，就像一缕春风拂过他的面庞，温暖，惬意。鲁鲁又一次体会到心醉的感觉。

都说谈恋爱的男人特别聪明，他匆忙向窗户外望了望，凭着对长沙还有几分了解，迅速寻找一家过得去的餐馆，这效率比网上的“度娘”还快。

说起这个，他又不得不佩服自己。他把搜索到的一家小有情调的餐馆地点，报给琪琪。

琪琪也没推辞，说没问题，过会儿就到。

鲁鲁放下电话，晕乎乎的，有种天旋地转的感觉。他不知道这次约琪琪是不是他人生的一个新的开始，算不算他的第一次约会。他深吸了一口气，多么畅快！

他在餐馆等候，琪琪没多久就来了，这速度跟她的办事效率一样，快得跟风火轮似的。

一年多未见，她变化了不少，原来是披肩长发，长裙飘飘，而现在却是男式女发，一件花格子T恤，真是别有一番滋味。

她步履如风，纤细的腰若隐若现，嫩如鲜藕。鲁鲁看在眼里，内心有了一种蠢蠢欲动。他的身子不禁缩了缩，坐在椅子上，鼻子涩涩的，身体有一种轻飘飘的失重感。

琪琪腰间系着一根细皮带，与衣裤搭配得很好。女式牛仔裤十分合身，称得双腿笔直修长。她虽然不高，但因为身材比例好，完全不失性感迷人的风采……

鲁鲁的血又开始上蹿，汹涌之势似乎要喷薄而出。他大惊失色，迅速捏紧鼻子，不敢再看琪琪。还好，血上涌得快，退潮也快。既然没有了继续奔流的原动力，血立刻回落，恢复了平静。

琪琪并不了解坐在对面的鲁鲁是怎么想的，只是有些奇怪，于是问他为什么会突然来长沙。

鲁鲁早已准备好的肉麻情话几乎脱口而出，但他还是努力忍住了，怕太唐突了吓着她，就言不由衷地说想换一个环境，决定到长沙找一份工作。

琪琪表示很理解地点点头，“男儿志在四方，闯一闯是好事。长沙这些年发展不错，你来这里有很多机会。”她扫视了一眼周围的环境，赞道：“这个地方还不错。”

“环境不错，人也很帅。”鲁鲁脱口而出。受到琪琪的赞赏，他异常激动，不由得兴奋起来，“都说很帅的男人很自信，而自信的男人则充满智慧，这种智慧表现在健谈中。”

他夸夸其谈，恨不得把自己标榜成一个忠厚、可靠，具有高尚情操的好男人。

也许是鲁鲁夸得太狠了，琪琪在一旁都替他不好意思，乐不可支地说：“还真想象不出来。”

“怎么是想象？是大数据决定了。”鲁鲁无法容忍她无视自己的优点，立刻辩解道。

琪琪乐呵呵地反问：“是吗？”

鲁鲁见她不相信，说：“给你讲一个我看到的故事吧。”

一天晚上，他站在街头等一个朋友。不远处，有一个卖红薯的大妈。大妈很和蔼可亲，一脸朴实，像是地地道道的乡下老实人，这样的人很容易得到别人的信任。而他心里一下子不平衡起来，在很多人眼里，他总不是那么出类拔萃，但事实上他是一个优秀的人，怎么就得不到信赖和赞许呢？

想到这儿，鲁鲁很不服气地站在旁边，观察那位大妈。

他看见大妈将烤红薯分为左右两堆，左边这堆小，右边那堆大。右边这堆比左边那堆每斤贵一元钱。

鲁鲁发现过来买烤红薯的人，普遍都会买右边这堆，因为他们相信贵有贵的道理。但是也有人问，为什么右边这堆要贵一些？

大妈告诉他说：“右边这堆块头大，品种比左边那堆好。”

买烤红薯的人一听，很能理解。鲁鲁上去提醒他们，这怎么可能？她只是从中选的呀。但是没有人听鲁鲁的，而是绞尽脑汁、费尽口舌讲价，以左边这堆相对便宜的价格，买了右边那堆红薯，还觉得赚了很大的便宜。

鲁鲁恨恨地想，块头大的红薯卖得差不多了，算你狠，看你剩余的烤红薯怎么卖！

只见这位大妈又从左边这一大堆中，选出一些小红薯，擦了擦，扔到右边那堆，于是又一堆“奢侈品烤红薯”诞生了。仍然是右边这堆比左边那堆每斤贵一元钱。

鲁鲁在旁边想，这也太不可思议了。

但是大妈说：“右边这堆是嫩红薯，所以比左边那堆贵。”

买烤红薯的人一听，也很能理解。我们吃东西不是都讲究“鲜嫩可口”吗？他又想阻止，但还是没有人听他的。

小红薯也渐渐卖没了，大妈又从左边那堆，拣了一些有点儿烂掉的红薯，擦干净，把烂的部分去掉，放在了右边，仍然是右边这堆比左边那堆每斤贵一元钱。

鲁鲁就更不理解了，为什么烂红薯要比好红薯还要贵呢?

大妈告诉买红薯的人：“右边这堆是没打农药的。”

买烤红薯的人一听，也对，虫子都能吃，人吃肯定没事。鲁鲁又去阻止，有少数人听了，但还是有不少人觉得，贵自然有贵的道理。

鲁鲁顿有所悟：

大红薯是品种好的食品。

小红薯是鲜嫩可口食品。

烂红薯是安全绿色食品。

虽然这个故事是从《财经郎眼》节目中听来的，但是经过鲁鲁改编，还是把琪琪听得目瞪口呆。

他边说边做悲情状：“那个看似朴实的大妈，其实是一个奸诈的商人，而我这种忠厚的老实人，却得不到信任，这个世界到底怎么了？这是多么悲哀啊!”说到这儿，他非常非常努力地挤出一滴眼泪。

他自认为那是一滴需要人同情、怜爱的眼泪。

3

两人吃了很久，鲁鲁仍在夸夸其谈。一直以来他自我感觉良好，认为自己不是一个平庸的男人，他有责任心，有爱心，简直就是上帝手中一件精美的工艺品。

当然，在没有被挖掘之前，看起来确实存在着一点儿瑕疵，但是瑕不掩瑜，只有打开内心世界，才能将所有的美呈现在她的眼前。

他越谈越兴奋，同时也把自己的现状，以及二十六年蹉跎的人生，竹筒倒豆子般全抖了出来，就差把喜欢看女人婀娜背影的这等不良嗜好也说了。琪琪也很配合，做出夸张的惊讶状："啊！哦！咦？……"

于是他更加不知天高地厚，扬扬自得，结果快吃完饭才发现自己对于琪琪的近况，特别是她与华华的关系还一无所知呢。

琪琪敏锐地察觉到他的想法，一口回绝地说："我们不谈他吧。"仿佛有什么难言之隐。

他一听，这不是正好吗？兴奋得差点儿蹦到天上去："那我是不是可以经常给你打电话？"

"那我是不是可以拒绝接听？"琪琪赶紧拒绝，"别多心，其实我每天都很忙，真不是给你摆谱。"

鲁鲁听懂了她的意思，一下子释然了。虽然是拒绝，但也带着某种暗示，是一种愿意继续那方面的交往，并向前发展的暗示，这也算是一种成功。

他仍在那儿得意，可是琪琪并没有让他高兴多久，问："吃完饭你去哪儿？"

"是不是可以……"鲁鲁觉得此时没有理由不穷追猛打，最好今晚就带她去新租的房子里。

当然，这个想法有些不自量力。但是在他一厢情愿的脑子里，他愿意对这个女人负责，如果她愿意的话，他现在就可以娶她。这是他二十六年来，第一次有这么冲动的想法。

自从大学毕业后，他已经太久没接触过女人了……其实可以说，他在这方面还完全没有经验。

他不知道以前为什么那么排斥女性，可是现在他多么清楚地知道，男人如果没有女人，是多么痛苦的一件事儿。没有女人的生活，终归是不太完整的。

但是琪琪似乎没有遂他所愿的意思，说："不用了，我还要到工地去看看。"

"我可以陪你去吗？我虽然学的是计算机信息工程，但对建筑工程也很感兴趣。我这人平时就爱学习，而且一学就会……"鲁鲁煞有介事，吹牛皮一点儿都不脸红。

"我做的是装饰，不是建房子。"

"没关系，我对室内装饰也很感兴趣，我……"

"是装饰设计。"琪琪不得不重复一遍，"感谢你的晚餐，我得走了，账我已经结了。"她没兴趣听他说完，"还有，你的工作我会帮你留意。"

说完拿着包"啪嗒，啪嗒"匆匆隐没在夜色中。

鲁鲁大失所望，怔怔地站在那儿。这种变化实在太快，他还没搞清楚室内装饰和装饰设计有什么区别，这"装饰设计"又属于哪一行？虽然他还没有明白过来，但知道追的鸭子飞去了。

好像刚才只是一场幻影，自己不过是白费心机。他像被戏弄了，心里满满的是挫败感。

他觉得很不服气，换了谁会服气？鲁鲁嚷道："想当年，我追妹子是何等容易，几乎是手到擒来。"

他突然想到一首古诗：

十年磨一剑，霜刃未曾试。
今日把示君，谁有不平事。

他就是一把未开刃的宝刀，一把战无不胜的宝刀。想着想着，也就不再耿耿于怀，径直往他的新住宅处走。

在路上，他突然想到小女孩的话，他房间里有一个漂亮的女鬼，不知道今晚会来吗？他觉得很缺女人，哪怕是一个女鬼。当然，最好是电影《倩女幽魂》里的，像小倩一样漂亮的女鬼。

但很意外，那天晚上，鲁鲁没有等到女鬼，却迎来了一位新房客。

4

老谭到当地商贸中心苦干了一年后，得到了一个上调到长沙的机会。本来是件高兴的事，他却犯愁了，为什么呢？

他原本打算过两年，把与秀秀的婚事给办了。如果去省城，情况就发生了变化，秀秀会怎么想呢？于是找她商量，谁知秀秀当机立断，答得很干脆："去长沙，我跟你走！"

老谭乐开了花，特别感动："秀秀放心，我们不管在哪儿，都是在天愿作比翼鸟，在地愿为连理枝。"

秀秀豪情万丈地说："有什么不放心的，我相信你。我们去省城创业，把我们婚宴酒席摆在长沙。"

老谭竖起大拇指："好。不管在哪儿，我们的感情只会与日俱增，而我对你的爱……"

他故意停顿，忸怩了一下，眼睛眨了眨，脱口而出："永远保鲜！"

他业务能力强，也很善于搞关系，上调申请获了批准，秀秀立马辞了职。两人风尘仆仆赶到长沙，同样因房价而发愁。

买房以他们现在的物质条件肯定不可能，那只好租房，可是房租价格高得吓人。他们好不容易找到五百元一个月的，却发现已经被人抢先租了。

两人正在丧气时，发现租的人竟然是鲁鲁，他们大喜。

鲁鲁见到老同学老谭时，感到十分意外，而当他提出合租时，鲁鲁没有反对。他没有像苏丹国王那么富有，单身一个人住这么一套大房子，的确很奢侈；更何况老谭是老同学，上下铺的兄弟。

只是，他没有想到老谭把他的女朋友也带来了。

说起秀秀，在他看来没有一点儿秀气样子。如果用历史的观点，这个还算想得通，姓名和实际的本人往往相差很大，或者相反，比如智多星吴（无）用，名不符实，其实很“有”用。

秀秀长相不秀气，身材也不那么凹凸有致，还好凭着生理特征，勉强能辨认出她是一个女人，而且是一个生机蓬勃、活力四射的女人。

鲁鲁和秀秀是同班同学，秀秀就坐在他的前排。秀秀原是体校的女子运动员，听说拿过很多省级以上的奖，奖状和奖杯足可以装一箩筐。

每次开校运会，大家都清楚只要有秀秀在，他们班的比分就不会落下；而且她好打抱不平，对付男同学都能以一挡三，那架势连社会青年看了都害怕。

她不仅保护女同学不受欺负，同时也保护着弱小的男同学。哪个男同学被欺负了，甭管他是哪个班、哪个系的，也不管是个子高大的，还是有背景的，秀秀哗啦啦领着一帮人，对方立即缴械投降。

因此，秀秀不仅在班上，就是在整个学校也都算得上是一个人物，只是她却让鲁鲁叫苦不迭。

原来秀秀身上有严重的狐臭，每次她运动回来，散发的狐臭味儿特别浓，坐在后排的鲁鲁一闻就头晕恶心，四肢乏力。

秀秀也知道自己的狐臭，就在身上喷了一种味道很浓的香水，试图掩盖这种狐臭味；可是事与愿违，两种味道加在一起变成一种很恐怖的味道，坐在后面的鲁鲁闻到直接想上吊。

当年的老谭其貌不扬，长得肥肥胖胖，按理这特征不影响人的六感，可让鲁鲁没想通的是，是什么力量可以抗得住秀秀的狐臭，让他俩摩擦出爱情的火花，而且一发不可收拾。

临近毕业的一次体检，真是晴天霹雳，居然查出秀秀有两个多月的身孕，这个笨女人居然一点儿也不知道。这事很快传得沸沸扬扬，因为秀秀名气太大，以至于整个学校的人都知道了。

虽然他们两人都满了十八岁，属于成年人，但当时大学是明文禁止学生谈恋爱的。

在当今大学，对这种事已经非常宽容了，但弄得众人皆知，是学院不愿意看到的。为了以威服众，以正视听，班主任对此事要进行处理。

可是这样，就把她的前程给毁了，又于心不忍。

班主任问："肚子里孩子的爹是谁?"

秀秀做悲情状，说："不知道。我是被强奸的。"

这种说法别说学校领导不信，传出去恐怕没人会相信。不说她的长相，就凭她的身材，有几个男人是她的对手?

学校领导还是装着相信，既然出现这种情况，班主任要报警。但秀秀不干了，说传出去对她的名声不太好，宁可忍辱负重，更何况她压根不知道是谁，她被强奸以后就失忆了。

这个故事编得可真像，但怎么可能是真的，地球人都知道是老谭干的坏事。

秀秀宁死也不说，班主任只好装，没有上报，当然学院也就装作不知道。最后，竟然不了了之。一年多了，鲁鲁没想到再次碰到这小两口。

如果上次的事件，是他们一不小心造成的，那这次，他们来这里是正大光明地同居，而且就在鲁鲁的眼皮底下。

鲁鲁对此简直不能忍。他迅速找来理由拒绝：“我住的这套屋子，上个月吊死了一个人，一到晚上就有阴森森的鬼气。如果你留意，还可以看到晃悠悠的影子，甚至还可以在她上吊的地方听到哭声、惨叫声，一阵一阵的，由远及近……”

他正描绘得惟妙惟肖，吓得老谭倒退了两步，不想秀秀顶了上去，说：“鬼有什么可怕的，只要它敢来，我就敢捏死它。”

秀秀边说边握紧拳头，仿佛听到那“咔嚓”一声，不管是人是鬼，就这样被她捏碎了，比踩死一只蚂蚁还容易。

鲁鲁惊恐地倒退两步，被她强大的气场给镇住了。

5

老谭和秀秀搬进来以后，第二天老谭到省公司报到去了；而秀秀请了清洁工，彻底把房子清洗、整理了一番，一个整洁的出租屋诞生了。

为了庆祝三个人得以重新相聚，老谭提议几个人去外面吃一顿。秀秀也很赞同，连忙给琪琪打电话邀请她参加，但是她说正忙着一个软件工程，要去外地，实在抽不出时间，过几天回来再聚。

鲁鲁说三人也行，就以东家的身份，宴请两位。吃的是重庆火锅，吃多吃少反正三十五元一人。因为他清楚地知道，以秀秀的饭量，有直接将他吃破产的可能。

他们找了一家干净一点儿的自助火锅店，大吃起来。果不其然，他们三人就吃了通常六个人的量，弄得店里老板很抓狂。老谭并不在乎别人的举动，只是爱怜地看着自己女友，叮嘱道：“慢点儿吃，别着急。”

鲁鲁对他的举动百思不得其解，两人都这么久了，还这么缠绵，难道秀秀也称得上是美女？他内心盘旋着问号。

不一会儿，鲁鲁最先吃饱，老谭没多久也饱了。两个男人闲聊着，老谭说到这一年多的变化。

临近毕业那次，两人还没有能力养活秀秀肚子里的孩子，就打掉了。为此秀秀哭得死去活来，老谭也有种万劫不复的感觉，好在事情没很糟，只是走了一点儿弯路而已。他们的关系一直保持着，直到毕业，直到现在……

秀秀终于吃完了，看见两个臭男人在聊，自己又插不上嘴，就给闺密打电话去了，两个女人像有说不完的话题。

两个男人不知不觉谈到了结婚，老谭下决心似的说：“明年吧，一定要把婚结了。”

鲁鲁立刻仰视，好久没有这么佩服一个人了，他没想到老谭是一个执着、负责任、敢于担当的好男人。

只是，鲁鲁弱弱地问一句：“钞票准备充足了吗？房子呢？”

老谭很肯定地说：“面包总会有的。”

秀秀在旁边打电话，听到老谭的谈话，瞟过来一白眼，但很快就柔和起来，并不乱插嘴。

她知道，女人给足了男人面子，自己才有面子。她亲昵地靠在自己未来的老公身上，装作很感动的样子。

鲁鲁注意到了这个小细节，想到一首歌叫《当爱已成习惯》，如果把这首歌词用到他们身上太贴切了。

几个人聊了很久，回头看餐桌上食物吃差不多了。秀秀觉得锅里还有点儿肉，浪费可惜了，又吃了几口，被老板看到，以为她还要吃，心紧张得怦怦狂跳。

秀秀也注意到老板，不敢再要一盘，她怕老板心疼得直接撞墙，那样后果很严重。

她找纸巾，准备擦嘴。老谭赶紧将纸巾递过去，并嘱咐：“吃饱了别急着动，休息一会儿，对身体有益处。”

鲁鲁又暗自崇拜了一番，心说老谭真是个好男人。

老谭问：“这几年怎么样？有女朋友了吗？”

鲁鲁摇了摇头，正想找几句沧桑经典的话，然后再摆一个造型，表现一下，不想秀秀回过头，看了看他的脸，又瞥了一眼他的身体，略带不屑地说：“在我们读书的时候，就知道你对女生不感冒。过这么久，没想到你对女生还是不感冒。你喜欢琪琪是不是一个借口？你是不是根本就没有那个功能？”

说完，秀秀看了一眼老谭，有些担心地说：“他不会是个同志吧……”

鲁鲁觉得很可笑，他对女生不感冒，是对秀秀这样的女生才不感冒，其实他对女生一直很感冒。

面对屈辱，不，是大辱，他仰天大笑，说了一句惊世骇俗的话：“其实，我已经有女朋友了。”

老谭和秀秀异口同声地问：“有了？”秀秀还补了一句：“确定是‘女’朋友？”

鲁鲁昂扬地说道：“当然是女的，而且是一个年轻漂亮的女人。”

两个人夸张地仰望着鲁鲁，仿佛是在看来自外星球的、像奥特曼一样的巨人。

鲁鲁甩了甩头发，再也不想跟这对庸男俗女多费口舌。

三个人吃完饭，回到自己的房间里。鲁鲁望着窗外，晚上的月色很好，没有往日的惨白。隔壁传来窸窸窣窣的声音，伴随着柔和的月光刺激着鲁鲁敏感的神经。

鲁鲁真不明白，那一对也算是“老夫老妻”了，至于这么拼命吗？

前几日他一直在思考，会不会有女鬼光临？哪怕就一次！但今晚不用想了，因为没希望了。隔壁那一对，搞得屋子秽气弥漫，就算有女鬼也给嫌弃跑了。

第三章　新生活从选定的方向开始

1

琪琪是鲁鲁心中的女神。可常言道：女神都贵。因为她们除了有优越的自身条件外，还有精致的生活态度。

她们非常注重自己的气质和形象，不愿意穿廉价的衣服，买劣质的化妆品，对生活不凑合，所以她们通常都很贵。

通常，贵的女人都比较会挣钱。她们既爱美，又有维持这份美的能力，因为在这个世界上，所有美好的事物都要以更高的代价来获取。琪琪很清楚这一点，所以她很努力地工作，努力地挣钱，拼命做一个贵的女人。

可是，再贵的女人，也难免在感情上处于一种弱势。

鲁鲁来长沙找琪琪，算是一种误解。可实际上，琪琪确实处在感情的危机中。鲁鲁只看到女神总是神清气爽光彩照人的模样，却没有想到也有她暗无天日万箭穿心的时刻。

读大学的时候，华华因为有着极其优越的条件，吸引了一波又一波的女孩前赴后继地进攻。俗话说“女追男隔层纱”，于是他的女朋友像换灯泡似的换得格外勤，直到他遇见比他小一届的琪琪。

华华为了追琪琪下了不少功夫。据说为了追琪琪跑坏了一辆奔驰车，刷爆了四张高额度的信用卡，算起来这成本就是一套深圳的房。

不仅如此，自从他跟琪琪好了以后，再没正眼看过其他女孩，还许下只有在童话故事里才有的承诺，终于赢得了琪琪的芳心。没想到的是，华华的家人强烈地反对他们在一起。

华华父母对儿子的这段恋情惊奇不已。琪琪在大学是女神，但在华华父母眼里什么都不是。琪琪出身于一般家庭，而他们希望儿子能找一个门当户对的女子，才好继承家业。

不过华华任性惯了，根本不管父母怎么想的。他搬出了家里，避开众人，过着悠闲自在的小日子。但琪琪不同，她身高一米七二，前凸后翘，光彩照人，无论外貌还是身形，都堪比超模，这样的姑娘心高气傲是正常的。而且她在读书的时候就是学霸，优秀已经成了一种习惯，所以工作的时候也劲头十足，把公司的业务打理得有声有色，很快成了公司的台柱子。

华华本想全力支持她，但是他发现离了家自己一无是处。父母将他的银行卡停了，在原有的朋友圈也不好混了。残酷的现实摧毁了他的自信，两人的矛盾越来越多。

他找朋友借了点儿钱，整天在酒吧胡混。要知道，人落魄了，出事的概率也大。这些很快被琪琪知道了。

琪琪以为她是华华生命中第一个也是最后一个女人。谁知他老毛病犯了，又在外面拈花惹草。

两人大吵一架。那么华华为什么出轨？他自己列举出很多原因，比如琪琪个性太硬、浑身有刺、过于敏感、斤斤计较等等，还最后带了一句，家庭原因……总之，他的出轨绝不是他一个人的错，所以是可以被原谅的。

琪琪听完他的狡辩，当时就泪崩了。她何尝不知道他们门不当户不对，她何尝不明白他们在经济上和性格之间差距有多大，正因为知道，所以她才加倍努力，每天工作到很晚，就是想跟华华有一个美好的明天；而他呢，还是整天过着公子哥般的悠闲日子，不仅一点儿都不为他们的未来发奋努力，竟然还背叛她，还指责她，还要她原谅。

不可能！

两人在出租屋争吵不休。女神吵架骂起人来，也很有女神的范儿。恨是绵绵无绝期，骂是滔滔如江水。虽然吵架的模样和所有人一样都咬牙切齿，但学霸毕竟是学霸，她的词汇量和修辞技巧都远高于正常水平，怼得不学无术的华华毫无招架之力……

华华彻底被这个女人给吓着了，以为女神和泼妇从本质上来讲没有区别，所以他立马夹着尾巴仓皇逃窜。

那一刻，琪琪觉得简直就是世界末日。她一边哭着，一边嘴里不停地骂“王八蛋！”还不忘手脚并用，噼里啪啦地继续打砸房间里的东西。

隔壁的邻居听到，不敢去劝阻，生怕殃及自身。不过他凭着声音判断，琪琪的情绪已经到了歇斯底里的程度，而那脆弱的、可怜的、无辜的木门已经经不起她几下折腾了。

当房主赶到的时候，出租屋里面一片狼藉，几乎所有的物品，都没有一件完好的，他问琪琪该如何处理。

“叫那个王八蛋回来赔。”琪琪一脸的高傲与冷漠，像一个女王在下旨。这就是女神，即便万箭穿心，依然光芒万丈，房主一时间被闪得有点儿恍惚。

琪琪甩头走了，一段感情就此结束。她走得很决绝，没有犹豫，没有回头，没有丝毫留恋。

2

秀秀来到长沙，并不急于找工作，而是耐心观察着市场，像一只狼窥视着原野。她经常上网，找资源，跟朋友联系……

鲁鲁早上醒来，发觉对女人没有一点儿念想了，他真担心会出现生理性的疾病。

故此，他恨透了秀秀，她不仅抹杀了他认为生活最美好的部分，还质疑了他作为男人最基本的部分。但是有一点秀秀没说错，他一直没有女朋友；但也不能全怪他啊，就是因为秀秀的存在，才阻止了他找女朋友的冲动。

读大学期间，青春萌动，冲动又好奇。于是他学了著名主持人王老师的绝招，找了一个女朋友。

当时恰好一个女生走近，鲁鲁像一匹狼敏锐地察觉到了猎物一般，凭着敏捷的身手，很快就突破了女生的密集防守，经过很多次的越位，反越位，终于有了收获。猝不及防的是，就在他拥抱着女生吻住她时，他闻到了一种难以名状的狐臭味。

尽管是淡淡的，但让他对女生彻底绝望了。因为这种味道不由得又让他想起秀秀的狐臭，那是他的噩梦。

为此，他与女性交往通常会保持一定距离。

可是，他是一个正常的男人，怎么可能永远远离女人？

他特别佩服老谭，那么浓的味，闻起来居然还能甘之如饴。直到琪琪走近他身边的时候，他才从根本上改变了看法，琪琪身上有一种香味，那是一个来自美丽女人的香味。原来女人应该是这么美妙的味道。他的心再次萌动了。

既然牛皮吹出去，总得有所行动，不然那小两口问起来，作为男人面子往哪儿放？为了男人的尊严，鲁鲁决定要赴汤蹈火。

他隐瞒了追求的目标就是琪琪这回事。因为他估计琪琪并不好追，而且自己追女人也没有什么经验。但是，男人不能没有雄心壮志。虽然存在着一些困难和障碍，但他又不是被吓大的。

他始终记得语文老师的教导：如果你自己都看不起你自己，那让别人怎么看得起你；如果你都还没有尝试，怎么知道结果就是失败？

因此，对于一个即将走入战场的男人来说，自信和勇气是多么的重要。这次他遇见了琪琪，管他什么乘胜追击也好，绝地反击也罢，反正这次决战，不成功，便成仁！

为了决战胜利，他特意在网上搜到《获得爱情的秘籍》网络珍藏版、《情圣密码》经典版、《教你追女神》老生常谈版、《论征服与被征服》实战版、《爱情心理学》专业版……

他闭关修行，参悟其中教义，领悟其中精神，琢磨其中玄妙，又花了三天三夜……

读了那么久的书，学习那么多讲座，鲁鲁准备打电话了。但是他还是觉得有所不足，故此，他特意洗澡三次，并焚香祈祷两次，再把兜里的钞票装满。可还是不放心。于是他又换上了前不久才买的一套新衣，在镜子前确认自己很帅，才感觉到底气足了。他对镜子里的自己说：

“没有追不到的女神，只有没做充分的准备。加油！再加油！”

可他又想起了老谭和秀秀。但他坚信自己和老谭不一样，自己是一个脱离了低级趣味的、具有优秀品质的、高尚的男人……

想到这里，鲁鲁定了定神。好歹他们有过一次约会，这次他打电话过去一点儿不紧张，一点儿不……紧张。

接通后电话那边似乎在忙，只听琪琪问："有什么事？"

鲁鲁被浇了一盆冷水，像灰太狼似的说："最近一部大片上演，想请你……"

"啊，好……就这样……"挂掉了电话。

他莫名其妙。过了几分钟又着急地第二次打电话过去。

"在忙。"琪琪直接给挂掉。

鲁鲁这团火也直接凉透了。

正当沮丧时，他闻到一股狐臭味。他的脑袋立刻清醒，赶紧躲避。那股味儿，简直比风油精还醒脑。

他赶紧捂住鼻子，扫视了一眼，发现了秀秀站在那儿。

"被拒绝了？"

鲁鲁的脸立即涨成了猪肝色，"什么叫拒绝？听到没有，她在忙。"

他清高地瞥了一眼这个女人，心说真是讨厌，昂首挺胸地走了。

3

虽然他装着很坚强，实际还是被琪琪挫伤了自信。所幸的是，秀秀还不知道他追的就是琪琪，不然讥讽会如海啸般扑来。

尽管如此，他还是有些心灰意冷。在他的眼中，琪琪永远是一个忙人。他很难想象这样貌美如花的单身姑娘，怎么会身兼数职，而且把每一份工作、每一件事都做得漂亮。

这时，手机响起，躺在床上，赌气不接，现在谁找都不接。手机响了一阵，停了，鲁鲁好奇地看了一眼，谁知竟然是琪琪。天，他恨不得用超光速回拨过去。

琪琪接得也很快，她在手机里说，上次打电话她正在会议中讨论方案，所以不方便接听电话。另外，她给鲁鲁介绍了一个工作，可以第二天就上班，问他是否愿意。

鲁鲁想都没想就立刻答应，只要是琪琪介绍的，不管做什么他都愿意。结束了通话他还不住地乐，拿着手机难抑兴奋，在房间踱步到十二点才睡觉，连梦都是甜的。

第二天清早，他赶到琪琪介绍的公司。老板娘正在办公室里破口大骂，员工们坐在下面，一个个噤若寒蝉。

鲁鲁上来报到，老板娘看了他一眼："既然是琪琪介绍的，那一定是人才了。"

没料到这么快就被提到"人才"的高度，他赶紧说了不少谦虚的话。

有了新的工作，鲁鲁过上早出晚归的生活。他很快得知，这家公司基本是老板娘做主，见面第一次就碰到她骂人，已经见识了下马威，因此他上班更加小心谨慎，免得出现纰漏。

秀秀那边也觉得到大展拳脚的时候了。经过一段时间的酝酿，各方面的准备工作都做到位了，她才把自己的宏伟计划告诉老谭——她准备成立一家网络科技公司，主要业务是版权经营。

虽然老谭没懂版权是如何经营，但愿意跟着秀秀干。

鲁鲁下班回来，看见老谭和秀秀忙里忙外搬东西，在另外一间不大的卧室里放了三台电脑，在他们的卧室也放了一台。

他很好奇地问："你们这是搞什么名堂？不会是研究外星人吧？"

老谭很自豪地说："秀秀要办文学网站，你住一间卧室，另外两间卧室，我们用了。"

他说完转头，想起什么，又转过来："对了，正好你是搞计算机的专家，对网络门儿清，谈谈你的看法。”

刚被人称为人才，现在又被称为专家，他不禁有些飘飘然，于是也就装作勉为其难，硬着头皮说几句自己的看法：“专家嘛，我不敢当的，不过你这么叫了，那我就当把好人，给你指点指点。做文学网站倒是挺热门，只是现在这种网站实在太多了，漫山遍野到处都是，可是真正做起来的就少得可怜了，没有清晰的盈利项目，光靠个人出资维系肯定长久不了，如果有强大的公司背景，有人慷慨赞助……”

“我们自己出资，而且也有比较好的盈利项目，我原来就是干这一行的。”秀秀突然冒出来，打断他的话。

鲁鲁很惊讶：“自己投资？这个嘛，我就不好说了，反正我不怎么看好这个项目。”

秀秀鄙视道：“说了半天全是废话，没讲一句有用的出来。不泼冷水你能死啊，还专家呢，我看你就是一个草包。”

鲁鲁气恼地反讥：“反正对你这草根就是对牛弹琴。现在是网络科技新时代，有人在网上开店，有人辞职在家炒股，有人在网上写小说，问题是你要能赚钱。”

秀秀想插嘴，他不给机会，紧接着说：“这事可不是一句话就能搞定的，创业没那么简单。你想要是都那么容易，人人都成‘土豪’了。”

秀秀更气恼了，恶狠狠地瞪了鲁鲁一眼：“闭嘴吧你，马云为什么成功了？刘强东不也成功了？还有搞微信平台的P2P，现在估值两个亿。创业不是靠想，而是靠闯。说点儿正经的，我开公司弄网站，你来给我当程序员怎么样？也算我大发慈悲，给你这个大闲人一次忙碌的机会。”

老谭见两人吵架，左右不是，听到秀秀这么说，赶紧拉住鲁鲁说：“怎么样？你这块盐碱地还没有人愿意开发吧？”

鲁鲁依然嗤之以鼻，傲气地说：“我这块可是肥地！我在公司里都不知道被老板表扬多少回了，做事认真负责，是个干大事的人……”

秀秀实在听不下去了：“你放心有酬劳的，不是无偿付出。”

鲁鲁正想很有骨气地拒绝，秀秀说：“有工资，每月三百，包早中晚三顿饭，加房租算我们的。”

他把到嗓子眼的话又咽了下去，谁会跟钱过不去呢？但他不想妥协得太快，于是又故作高姿态，讨价还价地说不可以占用他过多时间。秀秀一口答应。这样也就不管骨气不骨气了，他同意给他们做兼职。

一个月后，公司证件很快办下来了，网站也做出来了，秀秀以自己的名字给它命名为“秀秀中文网”，一个以女性读者为主的小说阅读网站。

一切就绪，秀秀宣布，新的一天到来了，我们伟大的公司诞生了。公司的董事长兼总经理兼网站站长兼总编辑就是秀秀，而她的手下有哼哈二将，一个是英俊潇洒的帅哥老谭，一个是自命不凡的癞皮狗鲁鲁。

秀秀此刻豪情万丈，就差找个摩天大楼站上去，睥睨楼下的芸芸众生，向全世界发布公司成立的消息了。

网站建立初期，秀秀的干劲不由得鲁鲁不佩服。她不知道从哪儿邀来一帮人入驻网站，网站很快就有了人气。她不断搞推广，做宣传，拉作者，签版权。

最让他意想不到的是，她居然还准备给网站的主要编辑和版主开工资，尽管钱很少，但这是文学网站从没有过的，真是豪气干云，而且一点儿不差钱。

鲁鲁很担心地问老谭投了多少钱，老谭满不在乎地说：“注册资金一百万，实际投入就二十几万，后来又加了近二十万。”

鲁鲁捏了把汗。

对于文学网站他还是有相当认识的。有太多的文学青年凭着一腔热血，拿着并不高的工资，前赴后继地办起来一个个文学网站。结果除了起点中文网、红袖添香网和17K网等几个大网站赚了钱以外，大部分的文学网站没过几年就都灰飞烟灭。

这几十万应该是他们两人所有的积蓄，可能还加了父母的。就秀秀这么折腾，这些钱砸在水里不知道能起几个泡泡。

老谭并不赞同鲁鲁的看法，他说：“你不懂，秀秀经营的是电子版权、出版权和影视改编权。几十万也就是买一个厕所的钱，秀秀说一般是两年，最多是五年，她就能挣一套房，外加一辆宝马。”

鲁鲁一听，蓝图确实宏伟，不过对这个他真的不懂，不懂就别插话。他本就是一个散漫的人，对经营的事完全是外行，他不是不爱钱，只是如果拿工作之余闲适的时间和心情来换钱的话，他不愿意。

秀秀一心扑在了网站，晚上除了键盘上“噼里啪拉”的声音，就没多大动静了。鲁鲁又恢复了美好的心情，轻松坠入梦乡。

在梦中，他爱上一个美丽的女人，那女人居然跟琪琪一个模样。他轻轻地抚弄着女人的头发，女人的脸上红扑扑的，他们抱在一起望着窗外，天空雪白雪白的，就像他们纯洁的爱情……

4

秀秀和老谭全身心投入到事业中去，努力打造秀秀文学网站的品牌。在秀秀看来，商业竞争不仅仅是渠道和价格的竞争，更重要的是品牌的竞争。一旦“秀秀”这面大旗深入人心，它会带来意想不到的溢价。

鲁鲁看不懂他们的“胡作非为”，也懒得琢磨，意外的收获是，他们太忙也就没有时间关注他的爱情了，耳根反倒清静起来。

开始秀秀做的是一锤子买卖，即是买空卖空。

低价收一本电子版权，然后想方设法高价卖出去。网站运行正常以后，拉了一帮人来写长篇小说，不管文章如何狗屁不通、文不达意，反正小说写满十六万字就给钱，一百元到四百元不等。

鲁鲁想破脑袋也没明白，很多“烂”小说，里面记“流水账”的有之，滥竽充数的有之，错字连篇的有之，这些所谓的原创还有多少可读性?

他知道这样说，肯定会让很多人不满，说不定自己还可能成为“千古罪人”。虽然国民的创作热情需要鼓励和支持，但是也需要适当的引导，不可像无头苍蝇似的盲目乱撞。

秀秀笑而不答，只催促他多收，多让作者写，只要不抄袭，不涉黄，不带有不良导向，有多少收多少。

收电子版权看似容易，其实杂事实在太多。鲁鲁不愿意做，老谭其实也不愿意，但是他身不由己，很快就被乱七八糟的事折腾得要命。

他不仅每天上班，还要抽时间管理网站。他要用不同的用户名回二百个帖子，还要跑这里，跑那里，买东西，送买卖的电子版权合同。

公司和网站建立以后，秀秀明里是董事长和站长，暗里用“马甲”活跃在网站上，成了“天使秀姐姐”，吸引一帮骚客鱼贯而来。而在家里，秀秀俨然一个榨取别人剩余价值的“秀扒皮”。

秀秀对手下的人有条不紊地指派工作时，还算和蔼可亲善解人意，而对老谭就是指使和鞭打了。老谭动作慢了，或者任务完成得不到位，不是暴跳如雷破口大骂，就是手掐拳捶，再要么就是一脚……残忍到令人发指的地步。

鲁鲁看得直冒汗。秀秀本想也对他那样，遭到他断然拒绝，他声明只负责网站的程序，如果逼急了他宁可不要工资。

秀秀无奈，只好去榨老谭。因为网站暂时离不开程序员，她不太敢得罪鲁鲁，万一他真的离开，她一时半会到哪儿找廉价的程序员。

因此，公司所有的苦力活儿都归了老谭。

看着那头苦命的老牛，不知疲倦地奔忙着，鲁鲁也只能无限地同情一下。老谭白天上班已经够累了，但只要有一点儿时间，他还要去取包裹、送文件。

以前买菜、做饭的任务是归秀秀的。可现在秀秀身份不同了，这些活儿全归了老谭。害得老谭下班回家之前，急急忙忙跑步去菜市场，买了点儿菜，再跑步回来做饭。晚上还不能躺下，还得回帖、发帖，说秀秀是天使美女，说网站前景远大。

秀秀也是一样废寝忘食地扑在网站上。从早上六点，工作到深夜一点，已经到了焚膏继晷、争分夺秒的地步。

住宅区的住户一盏一盏灯都熄灭了，秀秀住的那个房间里的灯仍然亮着，不时传来敲击键盘的“噼里啪拉”声和 QQ 来新消息的提示音。

秀秀用她最温柔的语气，给一些作者发消息：“您好，请问您愿意成为我们公司的签约作家吗？”

作者问：“你们是个新公司？”

“对啊，这里有非常多的帅哥美女，都期待看您的大作。”

“都有谁啊?”

秀秀贴上周星驰的照片。

“他啊。考虑一下吧。”

秀秀赶紧换成舒淇的。

“不用考虑了，行，行，行……我签。”

电脑这头的秀秀咬牙切齿，面露凶光：“哼哼哼，再不签，我还有绝招。”

就这样，她已经把上网当成了一件革命工作。不过，虽然秀秀的网站人气上来了，流量也在不断地增加，但是签约量一直没上来。

第一个月她的网站只签了六本，第二个月十一本，第三个月九本。秀秀没有泄气，还在不断挖人，挖小说，到处发广告，写软文，一会儿白脸，一会儿变黑脸，净干那些鲁鲁很不屑的事。

鲁鲁很不理解，费了那么多精力，却只有那么一点儿书的收入，还要养活一帮人，何苦来的呢?鲁鲁再次在心里同情了一下可怜的老谭，他没白没黑累死累活的，投入的那几十万却极有可能要打水漂了。

秀秀根本没时间去焦虑，她总结了一下，网站人气还不够，签约量少，其中有一个很大问题，就是网站招聘的美工不行。那个美工只会做一些简单的图片，不懂程序，所以没法将网站弄得更漂亮、更大气，这也是为什么她一直想找一个好的美工和程序员。

她瞥了一眼鲁鲁，鲁鲁赶紧跳起来，摆着手说：“我只负责程序，不会做美工。”

秀秀只好瞪着他，眼神异常凶狠。

鲁鲁不敢跟她多搭话，现在她哪儿都是火。论力气和体重，他还真不是秀秀的对手，真一个不小心触怒了她，很可能就惹祸上身，后果简直不堪设想。

这时，鲁鲁灵光一闪，想到一个人，就是琪琪。记得上次琪琪说，她是搞装饰设计的，她来做网站的图片，岂不是小菜一碟？再者，这也是一个跟她建立联系的好借口。他哼了哼，高傲地跟秀秀说，我可以帮你找一个美工试试。

秀秀本想表示鄙视，再来一顿臭骂，就凭他能找来什么好美工，但马上又想，确实有这个可能，因为他是编程序的，接触美工的机会相对也多。

于是她放低姿态“不耻下问”：“是谁？哪儿的？”

“就在这座城市。”鲁鲁故作神秘。

秀秀有些怯了，她一直认为网络是网络，现实是现实，不能混为一谈。如果现实中她的真实容貌，被不靠谱的人泄密了怎么办？大家发现原来所谓的天使秀姐姐，竟然是这副尊容，那后果就很严重了。秀秀对自己的长相是有自知之明的。

见秀秀不说话，鲁鲁补了一句：“她是专门搞装饰的。”

“是你女朋友？”

鲁鲁把头扬了扬，很肯定地说：“嗯。有问题？”

秀秀的好奇心被他挑了起来，难道土豆里还能长出麦芽来？鲁鲁对她的表情十分受用，仿佛报了仇一般，鼻子哼了哼。

秀秀咬了咬牙，大腿一拍，说：“好吧，就死马当活马医。”

鲁鲁一面欢天喜地，一面心里也没底，忐忑不安地给琪琪打了电话，生怕对方像秀秀一样，劈头盖脸地一顿臭骂，或者心不在焉地敷衍两句。

电话接通了，琪琪问：“有事？”

她的问话，让鲁鲁有了底。一般来说，女人的心很难琢磨，心情好时，随你怎么胡说八道，都会笑得合不拢嘴；不高兴时，你都不知道哪儿触怒了她，劈头盖脸把你一通骂。不过此时，琪琪的心情似乎很好，这对鲁鲁来说是个绝好的机会。她温柔的口吻让他瞬间恢复了自信，而自信的男人可以口若悬河，滔滔不绝……他把秀秀网站那点儿芝麻大点儿的小事，说成关乎生死存亡的大事。而这样的大事，必须请她出马才能扭转乾坤。同时又把琪琪说成比及时雨宋江还义薄云天，比白求恩还舍己为人。最后，也不忘说秀秀对她的才华的仰慕。他说得口干舌燥，为此喝了八杯水。

“这些她都没有跟我说啊。”琪琪狐疑。

秀秀开公司，办网站，她是知道的。她也早想抽时间去看看。秀秀的事她一定会帮忙，可关键是秀秀没跟她说起过，这让她摸不透秀秀的真实意思。

鲁鲁一下子明白了琪琪的顾虑，马上说是秀秀派他来请的，毕竟她原来是我们“四人帮”的老大，难免放不下面子。

鲁鲁说假话的时候一点儿不脸红，可以说具有一本正经胡说八道的非凡本领。他的苦口婆心自然产生了效果，琪琪答应去秀秀的网站帮忙。鲁鲁感到欣慰，水没白喝，目的已经达到。

他想，如果以这个为契机，他们的关系定能正式步入一个新的开始。

“耶！”他疯狂地叫着，开心得在原地转圈圈，好像已经梦想成真了似的。

第四章　拔出利剑，只为尊严

1

鲁鲁说带“专家”过来，这“专家”竟然是老同学琪琪，老谭看到一愣，“哧”的一下，脑袋瞬间“短路”了。

鲁鲁走上前来，得意地说：“这是琪琪，我们的老同学，专门搞装饰的‘专家’。”

他特意把“专家”的声调提高了二度，他知道这年月“专家”很吃香。

秀秀闻声走出来，一看这就是鲁鲁所说的“女朋友”，也是一愣。虽然她早听说琪琪和华华在闹矛盾，但也不至于看上鲁鲁这个癞蛤蟆。她脑子里也是“哧”的一下子，发生了“机械故障”，运转失灵。

站在旁边的鲁鲁踮着脚，分外得意。他从秀秀和老谭两人惊异的目光里，看出了一种从未有过的挫败感。那个从不入女孩子眼的鲁鲁，一副窝囊样的小男人，居然能追到女神?!

还好老谭是见过大世面的，反应极快，马上招呼琪琪进来坐，让秀秀端茶送水。

秀秀的脑子也恢复正常，满脸春风招待着琪琪。琪琪说都是老同学了，不用这么客气。虽然屋子里的两个人是怎么想的她不知道，但看到一旁猥琐的鲁鲁，也猜出了几分，只是装着一无所知。

琪琪不露声色地跟他们聊了会儿。待到琪琪吃了一个橘子，秀秀拉着她进入了公司的工作场所。鲁鲁也跟了进去，他自认为做程序的技术不错，想着得找机会在琪琪面前表现一番。

可恨的是，秀秀根本没给鲁鲁机会，琪琪也没有。秀秀把网站简单介绍了一番后，说出网站急需修改的一些问题和需要的一些图片。

琪琪听了以后，根本不需要鲁鲁介绍程序。她进入网站后台，浏览了一番，然后进入数据库，思考了一会儿，说："我明天给你一个改造方案，如果你们觉得可以，我就把网站现有的一些图片和程序换掉。"

鲁鲁有些失落，琪琪面前他无用武之地。秀秀倒是很吃惊，她根本没想到琪琪的效率会这么高，有点儿不太相信地说："是不是很麻烦？"

琪琪会心一笑，说："不麻烦的，这个我做得多了。"

秀秀放了心，还想问要多少钱，但一想这样问不太合适，因为她是鲁鲁请来帮忙的，价格应该找鲁鲁商量。于是她又说了不少客气话。

鲁鲁此刻终于找到机会说话了，赶忙插嘴说："为了这个网站没少让站长操心，她经常累得像狗，趴在桌子上都站不起来了，简直比农民工还农民工。可她还在坚持，现在网站处在水深火热中，能否扭亏为盈，就在此一举了。"

秀秀狠狠地瞪了他一眼："你才是狗！我像农民工吗？"

对于两人的争吵，琪琪只是呵呵地笑，并不表态，从读书到现在向来如此。

等他们安静下来，琪琪拿起包，回头对秀秀说："放心，我尽力。时候不早了，我先走一步。"

鲁鲁想送她出门，想着也正好证明两人关系非同一般。

琪琪却说："我还有一些事情要急着处理。"

她说完"吧嗒，吧嗒"地出了门，拦了一辆的士绝尘而去。

鲁鲁大失所望，站在街道上与她挥手告别，直到那辆的士消失在车流中。

他回到屋里，听到两人正在兴致勃勃地谈着琪琪和他的事。

老谭看他回来时可怜巴巴的模样，有点儿幸灾乐祸地问："有戏吗？"

"我看没戏。"秀秀兴奋地说。

"可惜了，琪琪很漂亮，好文静，还是女神！"老谭看到鲁鲁进来，故意将"好"音提高了二度，把"女神"提高到了八度。

鲁鲁告诫自己：忍住，顶住，千万别输在赌气上。

"问题是人家要看得上他。"秀秀眉飞色舞地继续说道，"我敢肯定，鲁鲁帮我找美工，只是他的一个借口，想接近人家才是真。不过，我怕是白费心机。"

多么冰雪聪明的秀秀！多么善揣人意的老谭！鲁鲁的热血，一个劲儿往上蹿，恨不能扑上去咬秀秀一口，再踹老谭一脚才解气。只是，他想到自己这副小身板，算了，咱好男不跟女斗，不跟小人一般见识。这两个浑蛋，惹不起还躲不起吗？

鲁鲁狼狈地回到自己房间里，躺在床上一边看着天花板，一边苦思冥想。琪琪可能是真的很忙，一定是真的。可是，他真有机会吗？他的曙光在哪里？

这种糟糕的心情只是一会儿，不，顶多十秒。很快他就站起来，自我鼓励地说："像我这样才华横溢的人会找不到女朋友？岂不是笑话！想那么多有屁用，有机会怎么样，没有机会又怎么样？我鲁鲁多的是机会，绝不会服输！"

2

第二天，秀秀果然收到了琪琪发送给她的修改方案，里面有一些需要增删的代码和程序，并配有一些图片。她赶紧叫鲁鲁，让他看看。

鲁鲁跑过来一看，不禁叹服。这样复杂的程序，她能一个晚上做出来，真专业！

他按照琪琪的方案，把程序安装成功。顿时，网站有耳目一新的感觉，不仅外观更加漂亮，而且优化了一下界面按钮，让写手投稿和读者阅读更加便捷。

此后网站好评如潮，仿佛重生。

秀秀乐得直尖叫，在房间不断地扭摆，自觉仪态万千，陋室生辉。鲁鲁见状赶紧躲了，害怕看得酸水都吐出来。

晚上，秀秀想请琪琪吃顿饭，感谢她把网站装饰得这么漂亮，帮了自己一个大忙。这个光荣的任务又交给了鲁鲁，以他的名义请。

鲁鲁很乐意，求之不得。

电话里，他再次口若悬河，夸大其词，说她的方案救活了公司，让秀秀暗无天日的事业重见曙光。同时，也用秀秀的名义表达了对她的赞赏和感激。趁机说希望晚上能一起吃顿饭，请务必赏光。这样的攻势让琪琪很难说不。

晚上，四人又聚在了一起。他们来到一家自助烤肉店，原因是秀秀喜欢吃肉，鲁鲁也喜欢。他们也征询过琪琪的意思，她没有表示反对。

在餐桌上，秀秀以为这一年多琪琪会为了保持身材，不怎么吃肉。谁知她惊奇地发现，琪琪非常喜欢吃肉，但就是不长胖。想到自己连喝水都要长肉，激动地在那儿哀号：“上帝啊，你为何厚此薄彼？”

“厚此薄彼也许没错，但也是塞翁失马。”坐在一旁的鲁鲁插嘴道。秀秀看着他，不知道他要说什么。鲁鲁兴致高涨，给她一个眼神：“你看他们一对，真是人世间奇葩。”

秀秀和老谭你看着我，我看着你，脸上满是疑问号，等待他的下文。

“我讲一段他们的往事吧，琪琪听了就明白了。”鲁鲁道。

在他们班上，秀秀不仅是体育健将，而且是群星中最耀眼的一颗。她太优秀，也太有凝聚力了，所以让大家都很担心失去了她可怎么办。

为了肥水不流外人田，全班四十二个男同学组成的“男委会”一致决定：所有男生全力以赴追秀秀，谁追到算谁的。

结果经过一番激烈角逐，老谭一马当先，获得第一。有人不服气了，上帝为何厚此薄彼？难道老谭就比其他所有男生都优秀？

可第二名的同学大呼：优秀，真的优秀呀！然后另辟蹊径，去追另外一个远不如秀秀名气大的女生，而其他男生呢，也很识趣地去追别的女生了。

追到秀秀的老谭享受到了一种打着灯笼也找不到对手的感觉，享受着全班男同学的鲜花和掌声。

直到毕业会上，老谭扬扬得意，大谈追秀秀心得，造成很多同学提前离了场。当然，也有坚持听老谭演讲到最后的老朋友，终于等到他演讲完毕，他们热泪盈眶，热烈鼓掌，感谢老谭给大家做了肠道清洗，比胃肠清药力还强。

琪琪边吃边笑。而正吃着的秀秀，还没咽下去饭菜，在喉管里哽着，板着脸说："你是不是想找死？"

老谭满不在乎，打了一个圆场说："你们看，鲁鲁就是一个孩子。"

几个人继续有说有笑，一直吃到晚上九点，大家告别。鲁鲁走到琪琪身边，害怕她又急急忙忙打的士而去，赶紧说："我们走走吧，对身体好。不是老有人说：饭后百步走，活到九十九。"

琪琪点头同意。

鲁鲁很高兴，望了望夜空，只见繁星密布，一轮弯月挂在天空，不禁感叹："今晚的月色多美，心情也格外的舒畅。我们几个老同学好像又回到以前了。"

琪琪也感叹道："是啊！"

鲁鲁见她心情不错，他的信心就唰唰往上涨，居然有了一种癞蛤蟆想吃天鹅肉的勇气，他斗胆问了一句："经过这么多年的深刻交往，你觉得我这个人怎么样？"

琪琪嫣然一笑，说："你好像脾气很好，有时，也挺逗。"

"我就这点儿好？其实吧，我这个人的优点就像一座冰山，露出来的只是微不足道的一点点，更多的在下面。你想不想去挖掘？"鲁鲁越发不知深浅。

琪琪微微一笑，不再作声。

鲁鲁见她没有反对，更加不知死活："那你觉得像我这样有这么多优点的人，想要追你，你怎么看？"

琪琪微微笑着说："嗯……说实话，我们不合适。"

鲁鲁立刻呆在那儿，张着嘴半天才吭哧出一句："为……为什么?"

"你不是我想要的那种男人。"琪琪无意敷衍，她知道干脆简单地拒绝，对大家都好。

鲁鲁愕然，心情顿时跌到冰点。

琪琪有些抱歉地看着他，补了一句："当然，当朋友还是很好的。"

现在再美的景致在鲁鲁的心里都是黯淡无光的。他木然地迈着脚步，跟在琪琪的后面。在走到一个路口时，琪琪上了一辆的士车，淡淡地说："再见了。"鲁鲁甚至已经说不出一个字。

那天晚上，鲁鲁不知道自己是怎么一步步走回去的，他第一次尝到心碎的滋味。

3

秀秀的网站人气在增加，进驻网站的写手不断增多，访问量也噌噌飙升。秀秀加紧收长篇小说的电子版权。后来，她发现这样太局限了，就开始拓展小说以外的版权，如传记、少儿、经济、管理、生活等类目的图书，总之能被市场看好、利润可观的她都做。

范围扩大以后，虽然仍以长篇小说为主，但她在网站上加了一个综合板块。她到处打广告，人气和知名度也在不断地增加。为了更好地激励一批人为网站服务，她决定重新选拔网站管理层。

秀秀将一些活跃在网站的诗人和作家拉进管理层队伍，并在首页顶上位置，放了一个"秀秀网管理人员名单"，高高挂着。在秀秀看来，这不仅是一种荣耀，还给人的感觉是全国瞩目，万众一心。

名单里有董事长、站长、执行站长、副站长、总编、执行总编辑、副总编、主编、执行主编、副主编、编辑、论坛总版主、执行总版主……

鲁鲁没搞懂什么叫执行站长、执行总编、执行主编，他好奇有没有执行董事长。

秀秀直翻白眼，说："知道我为什么一直瞧不起你吗？我们的差距不是金钱和物质方面的差距，而是思维和格局上的差距。你说你叫我怎么给你解释？就好比……知道指导员、政治委员吗？"

"知道。"他看不懂秀秀这样的"神人"，但后面的名词，还是知道的。

"就是那个意思了。"

这次鲁鲁有点儿懂了，执行站长就是做思想宣传工作的，高举秀秀网伟大旗帜的，贯彻秀秀方针的，树立秀秀网品牌形象的。

秀秀还是摇了摇头，看来还是没读透。她指了带"执行"的职务名，说："你看是不是多了一个位置？这一来是荣誉，二来大小也是个'官'。"

鲁鲁恍然大悟，仰视，再仰视。他琢磨：荣誉嘛，还说得过去，就是不知道这"官"是多么大的"官"啊。如果按级别，秀秀公司是省工商局注册，那应该看作省级单位吧，所以这"官"，应该约等于处级干部吧！

他赶紧再看名单，执行主编是老谭，而自己也荣登副主编宝座。他想：他这个"官"应该算个副科级吧。

对于公司这次的任命，鲁鲁既不支持，也不会反对。反正是在秀秀地盘，她想任命谁就任命谁。老谭欣然接受，好歹是主编，官也挺大的；而鲁鲁整天像死狗一般，趴在床上，打不起精神。

秀秀带着十二分的同情，宽恕了这个可怜的男人。谁让他好不容易冲动一次，却这么快就夭折了。

鲁鲁何止在爱情方面遭遇挫折失意，在工作方面也同样很失意。老板娘原以为鲁鲁是“品学兼优的人才”，可没多久她就发现鲁鲁是“草包”一个，整天心不在焉。更有甚者，他的老毛病又犯了，竟然在工作时间里睡觉。

老板娘站他身边飞沙走石般地咆哮：“你别跟我说，你在梦里编写程序代码！”

鲁鲁站起来，惊恐地看着老板娘，像一只小羊羔儿，面对着一只饿狼。他哆哆嗦嗦地说：“我在思考，思考……”

“你在思考？你打着呼噜还能思考？”老板娘仍不肯放过他，骂个不停，多亏当时没有找到平底锅，不然锅子飞过去，肯定要把他砸出地球之外。

鲁鲁赔着笑脸，被她扇了一耳光之后，又把笑脸贴到另一边，而且贴得很精准，老板娘再次一巴掌过去，这才消了气。她指着工作文件嚷：“告诉你，三天之内不给我弄好，就给我滚蛋。”说完，骂骂咧咧地走了。

鲁鲁的手在她背后挥舞着：“你就这样对待一个人才吗？还好，我能忍，我忍！”

正当鲁鲁全面挫败时，老谭则是信心满满。

他每天到网站巡视一番，不时指点一下网站兼职的小青年，那架势好牛。恨不得让众人齐呼：主编威武。除此之外，他决定为网站开拓市场，经常对外宣称：我是主编，有书就拿来审一下。

过了两天，老谭还真有了业绩，签到一本出版物的电子版权。鲁鲁不相信，然而事实胜于雄辩，这大大出乎他的意料。

其实这个作者也找过鲁鲁，说有一本自费出版的书。鲁鲁详细询问书的情况时，发现这个作者有些支支吾吾的，似乎想隐瞒什么。

鲁鲁本来就懒，所以就没继续问了。

但老谭不管那些，他询问得知，这是一本自费出版的小说，有书号，而且价格也相当的合适，于是二话没说就代表公司和作者签约了。

老谭第一次有了业绩，高兴得就差开新闻发布会了，而秀秀对于老谭的进步大加赞赏了一番。她斜眼看着鲁鲁，“看吧，优劣泾渭分明！怪不得我听说鲁鲁读初中时，就是一个差生。”

鲁鲁气得面红耳赤，“什么叫差生，我的成绩在班上经常可以进入前十名。”

“比起老谭呢？”秀秀白了一眼，不容他狡辩。

鲁鲁知道应该抓紧撤离火线了，趁着没被她气死之前。有位名人说得好：永远不要跟女人吵。他非常认同，何况这个女人已到了疯狂、不可理喻的程度。

过了一段时间，秀秀将书卖给A公司，上传到咪咕阅读。可是咪咕阅读相关负责人发现，这本书没有CIP数据核字号，在版本图书馆的网站查不到这本书。显然，这本书的书号是假的。

A公司主管怒气冲冲要求秀秀公司退款，秀秀说了一个上午的好话，才平息了A公司主管的愤怒，并退了款。然后老谭被她拎到房间里，问：“怎么回事？!”

老谭惶惶不安，一副比窦娥还冤的表情，辩解道：“不是有书号吗？”

“难道你不知道查一下是不是真书号？”

可怜的老谭站在角落里无言以对，秀秀拿起扫帚将他揍得体无完肤，老谭狼狈地逃到了鲁鲁的房间。

鲁鲁看到他这副模样哈哈大笑，一个劲儿地在旁边幸灾乐祸。

他的笑更让秀秀火冒三丈，她指着两个男人大吼：“你们两个没用的男人，什么都做不好，白养了你们，滚!”

“什么叫养？我什么时候叫你养活了……”鲁鲁很抓狂，狂啸道。他还没说完就被老谭拉到了房间，“别跟她计较，女人嘛。”

这话说得好像他很男人似的。

鲁鲁气急败坏地说：“你们家的事，别扯上我。”

老谭拉住他说：“没事，就让她骂一会儿。”

老谭表现得成竹在胸。

鲁鲁暗叹这小两口真是奇葩一对儿，自己遇到他们，就是人生中最大的悲剧。

想到这儿，突然觉得自己的命运好凄凉。

不过，让他欢天喜地的是，琪琪来了，简直云开雾散见晴空。

4

琪琪这次来，是秀秀亲自出马邀请的。琪琪本来工作很忙，但秀秀还是将她搬了过来，因为这次秀秀想在网站搞一次大的征文活动。

这个活动秀秀出了重金，而且联系了报社、电视台、影视公司，想尽可能搞得有模有样。所以，她请琪琪做一个漂亮的征文专题网页。

现在秀秀网已经非常美观、大气，乐得秀秀手舞足蹈，身上的肥肉一颤一颤的，煞是扎眼。无疑地，对网站页面功劳最大的，也是网站最需要的人，就是琪琪。这样的人按理说要多拉拢才是，但秀秀有自己的顾虑。

如今她们早已不是往日的纯洁的同学关系，在校园里她们当然是女汉子和女神的区别，可现在秀秀在网络中是“天使秀姐姐”了，她自然非常害怕在容貌上丢分。

她们一起走在街上，会让人联想到美女与野兽，试想哪个女人会愿意做那个野兽呢。如果秀秀要找闺密，肯定得找比自己丑的，因为那样才能衬托出自己的美。

而琪琪作为地道的女神，是不需要秀秀来衬托的。她走在大街上，任谁看到了，也会毫无疑问地认定，她是一个标准的凹凸有致的美女。

琪琪不仅面容姣好，在工作中也是全能人才，可说是秀外慧中型。秀秀心里再怎么矛盾，但为了网站的发展，还是不得不拉近琪琪。

秀秀已公开宣布，她的网站虽然才成立不久，但在文学网中的点击排行，已经进入三流网站，直逼二流。

她还信心满满地说：“用不了几年，秀秀中文网就可以做成中国一流的文学网，将腾讯文学抛在后面。”

为了这个宏伟的目标，她太需要搞一个大型征文活动，来提高网站的知名度了。

通过这次征文，她将为写手开辟一个新的天地。凡是来参加大赛的作品，秀秀董事长庄严承诺，做到“三个容易”：作品签约容易、上架容易、拿到稿费容易。

同时，他们会积极联系出版社、文化公司和影视公司，开拓渠道，为作品谋求更好的出路……

她话音刚落，老谭就热烈鼓掌，热烈欢呼：“好啊！好啊！娶了这样的老婆，我就平步青云了！”

但在鲁鲁眼里，他们两人就是外星球的怪人。

鲁鲁不懂什么是电子版权，也不懂哪些是商家，哪些能称得上作家。秀秀说她的网站是一个划时代的优秀网站，他真不知道怎么“划”了，难道写手入驻她的网站，就成了明日之星？就前程似锦了？

他听不懂，也看不懂。除了表示赞赏，就是表示赞赏。但让他高兴的是，琪琪因为这次征文，又走入了他们三人的生活中。

尽管她穿着名贵的衣服，提着名贵的包，和他们三个人有一些不同，按照现在网络语言叫“气场不合”，但是，鲁鲁凭着二十六年的人生经验，看穿琪琪高傲的外壳里面，装有一颗孤独的心。

她就像远处窗户里的孤灯，在黑夜里，沉默不语，轻轻地发着光。表面上她拒绝任何人靠近，可潜意识里更渴望别人理解和走近。

在这种情况下，虽然琪琪已经拒绝了他，但是羊已站在狼的洞口，哪有放过之理？无毒不丈夫，现在不乘虚而入，更待何时？他要利用一切手段，加紧对琪琪的进攻。

有了这样的狼子野心，何愁娶不到媳妇，抓不到羊？

他给琪琪发短信：“尽管你没接受我，但我依然想拥有你。”他又斟酌了一下，觉得“拥有”这个词，太过粗鄙低俗，于是就改为“我依然想继续爱你”。虽然文绉绉的，但足以表达其真心。

发过去以后，他的心跳得厉害，身上热得想到冷水里泡一泡，或者敷上冰块降降温。他从县城来到长沙，就是来追琪琪，等待了这么久，就是为了今天。他有的是时间和雄心壮志，如今他是拥有烈焰一样的男人。

十分钟过去，他没有收到回复。又过了二十分钟、三十分钟……他为了能及时看到回复，不敢把手机放在口袋里，一直拿在手里，来来回回在房间里踱步，时不时检查一下手机，是不是有短信提示，是不是静音或者自动关机了。

他焦急地等了很久，很久……最后，终于疲惫不堪，倒在了床上，迷迷糊糊地睡着了……突然，听到几声脆响。他一跃而起，急忙打开手机，看到琪琪的回复："不聊了，晚安。"

鲁鲁呆在那儿。

不聊了？根本就还没聊吧！他没想明白，他们根本没开始呢。是不是……意味着可以聊，可以开始？想到这儿，他马上"懂"了，好像真的懂了一样，暗自为自己的"聪明"得意。

他控制不住大笑起来，现在他要出去，就现在，随便到哪儿走走都可以。去看看外面世界多美好，而他自己是多么幸福……

5

琪琪来到他们这儿搭餐，不需要她出一分钱。而且秀秀还给了琪琪2%的公司股份。琪琪当然不干，可秀秀坚持。

鲁鲁听到，直冲秀秀竖大拇指，"大气！"

秀秀哼了哼："那是。"

哼完了，给鲁鲁一个白眼，悄悄地在他耳边道了一句："你傻帽。"

鲁鲁顿时明白，真是一个人精，她的网站太需要像琪琪这样的人才。网站的程序和美工，琪琪样样精通，而请一个精通程序的美工，却是一笔实实在在的支出。

最关键的是：当有网友想看天使站长的"真人秀"时，秀秀居然装作无意地把琪琪的照片贴了出去，顿时网站人气唰唰暴涨。美丽有时候就是生产力啊！

也许是琪琪太出众，反倒显得鲁鲁一无是处。不管是在网络上，还是在现实生活中，他几乎没有一项胜过琪琪。鲁鲁有时会觉得很自卑，但往往只是一会儿，因为琪琪每一次的到来，都让他感觉生活一鹤冲天，根本没时间去好好研究自己。

虽然琪琪从来不承认是他的女朋友，但是鲁鲁从来都把她当作女朋友看待，对她表现得格外殷勤。

没有尊严就没有吧，只要开心，谁还管得了这个？只要她吭一声，别说给她端洗脚水，就算把洗脚水都喝了，他也会二话不说一饮而尽。

每次晚饭后，送琪琪回家成了他最高兴的事，他希望陪琪琪更多一些，但好像没机会了。因为有一天，他又见到了她的前男友——华华，这段时间华华和琪琪走得很近。

那天他下班早，准备接琪琪一起去吃饭，正好碰见了他们俩有说有笑，似乎很亲密。他们怎么又在一起了？这让他百思不得其解。想到他们曾经有过一段，他的身体像充了气的球，只要一根针的触碰，他就会爆掉。

鲁鲁心头涌动着难以平息的醋意，如翻江倒海一般。这些年，他已经忍够了，这次他决定冲过去。他从来不认为自己是一个冲动的人，可是这一次不由得他不冲动，他一定要问个明白。

他正以快如闪电的速度朝着他们奔去，但琪琪已经和华华上了一辆的士，车一溜烟开远了，他连说句话的机会都没有。看起来他们像是要办什么事，也有可能根本就是在躲他。

望着的士屁股的轻烟渐渐消散，他的脸就像天空的颜色，灰白灰白的。

他气恼地打电话过去问：“你在忙吗？”

“嗯。有点儿忙，有事？”琪琪答道。

“我刚才看见……你跟华华在一起。”

“是的。”琪琪一点儿不隐瞒。

“……”

“你有事说事，我忙着呢。”琪琪十分不耐烦。

“琪琪，我们见个面好吗？”鲁鲁近乎恳求道。

“晚上吧！现在忙着。”琪琪啪的一声挂掉了。

鲁鲁站在那儿，硬撅撅地说：“不！”

他还不死心，再次打电话过去：“琪琪，我喜欢你，真的。可以给我一个机会吗？你知道华华有过多少个女朋友，玩弄过多少女性吗？你知道吗？他是一个彻头彻尾的浑蛋！”

鲁鲁觉得已经豁出去了，除了琪琪，他可以什么都不要，包括他和华华的那点儿可怜巴巴的友情。

“现在我们可不可以不讨论这个问题！”琪琪生气地吼道。

“不可以！”鲁鲁更激动。

“鲁鲁，我告诉你，我找谁做男朋友跟你没什么关系，我们只是普通朋友。我警告你，如果你这样干预我的生活，那连普通朋友都做不成！”电话再次啪地关掉了。

没想到琪琪发飙了，鲁鲁像傻瓜一样愣在那儿。

他笑自己，琪琪说过爱他吗？没有。

什么时候说是他的女朋友了？没有。

全是自己自作多情？是的。

全是一厢情愿？是的！！

确切地说，他什么也不是。是他自己傻，是天字第一号大傻瓜！

他的心里像打翻了五味瓶不是滋味，他很想骂人，甚至打人。他的目光里甚至透出仇恨，嘴里不停地念叨着。

就是在那天，不幸的事发生了——鲁鲁被公司开除。

这事让所有人都觉得突然。

事情是这样的，鲁鲁把“失恋”情绪带到公司，工作时把文档搞得乱七八糟，遭到了老板娘的臭骂。本来骂了也就骂了，他又不是没被骂过，其实早就习以为常。在公司内部，老板一般不管具体事务，全由老板娘做主。谁犯错，谁工作不认真，她就骂谁，而且每次都骂得很重。这次鲁鲁犯错，理所当然要被骂。可是鲁鲁却不肯屈服，跟老板娘较上了劲，无理也要辩三分。

这是老板娘最烦的，在她眼里所有员工都应该逆来顺受，没有人敢挑战她的权威。公司里连老板都只是个摆设，怎么可能容员工置喙，唯一能随便说话的，就是她老板娘。

谁知鲁鲁火气比老板娘还大，他不再是辩驳，而是粗声回骂，骂人功力跟老板娘不分伯仲。老板娘从未在自己的地盘上受到这样的冒犯，简直放肆，她登时怒从心头起，恶向胆边生，几乎整个人扑了过去，戳着他的鼻子开始花式辱骂，就差挠几下子了。

这时，鲁鲁发出了怒吼：“你这个泼妇——!”

这一回地板好像都抖了抖，全公司的人都听到了。

全公司的人都知道，老板娘的确是个泼妇，但从来没人敢这样说。老板娘被他的怒吼惊呆了，随后从牙缝迸出一个字：“滚!”

这个字撞击到所有人心上，鲁鲁却很不以为意。他觉得自己那一声怒吼，就像英雄拔出了自己的利剑一样。其实每个人心中都有一把属于自己的利剑，始终藏着，此刻他拔出来了，豪气干云，笑傲江湖，把敌人完全镇住了。

之后，鲁鲁毫无悬念地被赶走了，那场面一定不怎么好看，但他觉得是悲壮而热烈的。

那一刻，他认为自己很男人。因为全公司没人敢像他这样，他的头顶突然有了一个无限放大的光环，好像把之前丢掉的尊严，都找回来了。

第五章　人如蝼蚁

1

女神没追到，反而把工作给弄丢了。这成了秀秀和老谭口中最大的笑话。每次两人说到这个，吃到嘴里的饭会笑喷出来；如果睡在床上，可能直接笑到了床底下。秀秀甚至想在网站搞一个专题，说给所有人听，也算世间的奇闻逸事。让大家看看，世上居然还有这样可怜的、倒霉的、蠢笨的男人。那样她的网站肯定点击率会暴增，人气暴涨，多么好的一次炒作机会。

鲁鲁咬牙切齿地吼道："你要敢这样，信不信我把你的网站给黑了！"

秀秀一脸鄙夷："当黑客？你有这个本事？让我见识见识。"

他顿时哽住。不是没这个本事，而是从来没在这方面上过心。骂不过秀秀，又丢了工作的鲁鲁，只好关起门，哪儿也不去，成天趴在床上，心灰意冷像条死狗。

而秀秀每天工作像打鸡血一样。她在公司加紧布局，调整战略，增加炒作的次数。虽然对于网络小说很多人不屑一顾，但据资料统计：截至2019年上半年，我国手机网民规模达到8.47亿人，手机网民各类APP使用时长中网络文学比重为9%。阅读网络文学是中国人上网的十大原因之一。这么大的体量，秀秀不会看不到。

她从宣传网站，逐渐转向签约图书的炒作和作者的宣传。前段时间一个热播的修仙IP剧的各种版权收入是1026万元。按照这个计算方法，她的网站只要炒火几本书，她就有可能赚得盆满钵满。

她挖空心思寻找优秀的作品和作者，然后想方设法炒作，引导话题。要做这些自然离不开琪琪，她是一把好手。但是琪琪听说了鲁鲁意气用事辞职走人的事，十分生气。因为这份工作是她介绍的，而且她和这家公司有往来。琪琪拿回了出租屋的东西，很少再来了，她不愿意再见到鲁鲁。

秀秀再想找她来时，琪琪找了各种理由推托，气得秀秀想拿菜刀剁了鲁鲁，是他害得秀秀网白白损失了一个很关键的人才。作为报复，秀秀停了鲁鲁的兼职薪水。

老谭觉得有些过意不去，说："不好吧！他才失去工作。"

秀秀白了一眼，问："他为网站出过多少力?"

鲁鲁知道自己几乎就没出什么力，做的远远没有不拿薪水的琪琪多。想到她，鲁鲁的心更加寒冷，在她面前，他的自尊永远找不回来了。

一个星期后，鲁鲁坐在床上清点了一下自己的财产。卡里还有四百七十五元六角，裤兜里还有二百二十八元五角，加起来一共是七百多一点儿。他还没算这个月没交的房租和水电费，另外还有伙食费。

算起来，他所剩无几。如果他还不去找工作，将有饿死的可能。他非常非常想回县城老家，但是他离开时太决绝了，害怕回去又是一个笑话。因此，他必须重新找工作，在长沙活下去。

尽管他暂时放下了心中所有不良情绪，满怀信心地去找工作，但结果很不如意，那份美化了的、恨不能贴上花的简历，他不知道投了多少份，每次都是石沉大海。刚开始还有公司邀请他去谈谈，但面试了一次又一次，最后还是没了消息。

他第一次感到有些惶恐。记得大学毕业那年，他很快就找到了工作，虽然工资不高，但毕竟有了工作。之后，他辞职，又很快找到了下家。而这一次，他早早就去了人才市场，可每一次都垂头丧气地回来。

那些新毕业的大学生，早已没了天之骄子的傲气，姿态已经放低到尘埃里，只要是工作，他们都抢着做。鲁鲁也审时度势，在简历意向工资那一栏从四千八，改为三千八、二千八，最后一千八也没有人愿意请他。

他口袋里的钱在一点点减少。这时，他有点儿后悔过早拔出了自己的利剑。三千八虽然不高，但也算勉强过得去，现在一千八也没有了。

没有找到工作的鲁鲁成天睡懒觉，弄得老谭也很心慌，问了几次，找到工作了吗，秀秀就冷笑，就这模样也想找到工作？老谭也只能赔着笑脸说是啊。

秀秀还觉得不过瘾，特意装扮成鲁鲁的模样，在客厅里大摇大摆地走到老谭的跟前，说："老板，要个工作，你觉得我怎么样？"

老谭装成老板，战战兢兢地说："那你想要什么待遇啊？"

秀秀模仿鲁鲁的声音说："我要睡得比猪晚，起得比鸡早，干得比狗少，吃得比猫好。"

老谭一听，阴阳怪气地说："你还是杀了我吧！"

两人装扮得惟妙惟肖，在那儿乐不可支。

秀秀指着卧室里的鲁鲁，对老谭说："你看，这样的人谁敢聘用他?”

鲁鲁冲出来吼:“你们怎么不去当演员,保不准成明星了!”

对他们出神入化的表演,鲁鲁已经无力吐槽。现在的鲁鲁就差一把枪了。他说,遇见了秀秀和老谭这两个人,真是倒八辈子霉了。当年他大学毕业,开心的不是自己拿到毕业证,而是庆幸自己可以完好无损地走出大学校门。

秀秀对于他的回击,嗤笑道:“猪是最幸运了呀,怪不得长得一副猪样。”

秀秀骂了几天,老天可能也看不过意了,开了恩,让她整天忙得不可开交。

听说秀秀谈拢了一笔大单,最近她收到的合同比前几个月明显增多,而且网站人气仍保持较高的状态。骂鲁鲁的时间少了,他耳根才算清静了许多。

鲁鲁趴到床上想到小的时候,老师问他什么动物最勤劳,他想了一下说是蚂蚁。本来他想说是人的,因为他的妈妈很勤快,但是他的爸爸却经常被骂成懒鬼。这种不确定性,让他不敢答是人。确定的是他们家地上的蚂蚁整日忙忙碌碌,为食物而奔波,所以它们应该是最勤劳的。

老师对他给出的答案不是很满意,课本上有一组词“勤劳的小蜜蜂”,所以他的答案是错误的。虽然蚂蚁也很勤劳,但它们多少有点儿让人看不入眼。因为蚂蚁卑微,卑微到不配用“勤劳”两个字。

现在他觉得,自己卑微得就如蝼蚁。

2

到了月底,鲁鲁已经没法再交房租和水电费了。他只好找老谭通融一下，让秀秀先垫着，等找到工作再还给她。老谭爽快地答应，但用一种近似于怜悯的眼光看过来，让他觉得很不舒服。可谁叫他这般落魄呢？真是人在屋檐下，不得不低头。

秀秀比平时更关注他是否找到工作，经常问："找到工作了吗？"

虽然秀秀没像以前那样带着一种嘲讽的态度，但还是让他恼羞成怒，这不是哪壶不开提哪壶吗？

他恶狠狠地说："几个公司想请我，老子不愿意去！"

"为什么？什么样的公司？待遇不好？"秀秀饶有兴致地问。

"是大公司。待遇至少比你这个破地方强。"鲁鲁摆出一副不可一世的模样。

"得了吧！实在没地方去，到我这儿来吧，我们公司多养个人无所谓。"秀秀很大度地说。

鲁鲁听得火冒三丈，话里的"我们"意思是：她不是光杆司令，而是一个有几个人，或者是一群人的公司。在别人那儿"托大"也就罢了，对他这个知根知底的人来说，她还真好意思提，脸皮厚得抵得上长城的城墙了。而话中的"养"更是分外刺耳，以前他不靠她养，以后也不会。想到这儿，鲁鲁不是羞愧得想钻地缝，而是想把她摁进地缝里。

但一看到她那庞然的身躯，还是随便想想算了。其实他误解了秀秀的真实想法，秀秀网现在运营得不错，确实想请人，只要他肯低头，秀秀还真愿意请他。她的事情比以前更多，上个月她一共收到了近五十份签约合同，一个顶十个人的工作量，她都快乐疯了。

而老谭经常故意说公司加班。这种消极怠工，秀秀拿他也没办法，靠兼职肯定不行，所以她需要请几个全职工作人员来打理公司，何况现在她也请得起。鲁鲁虽然懒惰，但也是知根知底，再者他懂技术，从这些角度，秀秀对他还算满意。

不知情的鲁鲁却认为这是一种侮辱，他感到一种刮骨的痛。他跟秀秀吵完架，不得不又奔波在找工作的路上。身在江湖，不得不往前冲。可是，他在各大招聘现场的人潮中，产生一种强烈的感觉，自己真的老了。

尽管他才二十六岁，尽管是大学本科文凭在手，尽管是有工作经验，尽管是……可跟那些情绪激昂、细皮嫩肉、眼神新鲜的大学生来比，他一无是处。鲁鲁挤在这群年轻人中，心如荒漠。

当听到有人问，有没有意愿到他们那儿干时，鲁鲁甚至没有看是什么单位，就毫不犹豫地说："愿意！"

可等他把表填得差不多时才发现，原来是一家保险公司。

他当然知道保险公司是干什么的，但是他已经顾不得问什么待遇、工资等问题了。他很麻利地填完了招工表。从失业到现在，日子闲得发慌，他口袋里的钱已经所剩无几。以前秀秀还肯骂他是废物，现在她连废物都懒得骂了，可能觉得不容置疑的事，就无须多说了。就凭这，他必须找一份工作来证明自己。就像从山坡摔倒，滚下来时，必须抓住可以抓住的，哪怕只是弱弱的一棵草。

回到家，鲁鲁告诉那两口子，他找到工作了，正如他所说的，是一家搞金融的大公司。

老谭一听："你应该进网络公司啊，你学的是计算机网络……"

鲁鲁嗤之以鼻，"你就没听说过，一个中文系的学生去卖猪肉了？工作和专业不对口，这事很正常。我就是要用事实告诉你们，为什么机会总是偏爱那些'不务正业'的人。如果你死乞白赖地非要拿自己的专业就业，不失业才怪！所以我奉劝你老谭，不妨把视野放宽一点儿，因为你在跨界选择的时候，说不定能收获更多的机会。就像我，跨行业依然很强大。在这个社会上，强大才是正理。"

鲁鲁说得慷慨激昂，企图用强大的自尊狠狠地打击他们。

“你很强大吗?”老谭望着面前这位“巨人”,一时有点儿恍惚。

秀秀突然冒出一句:“没有底薪吧?”

鲁鲁没底气接话了。

“要是连续两个月都拉不到保单,就只能走人?”

鲁鲁脸上有些挂不住了,站在那儿直想撞墙。是的,他没有自己说的那么“强大”。

3

以前,鲁鲁可以眼睛都不眨一下地舌战群儒,但进入保险公司之后,面对那么多条例和细则,他开始心里发慌,说话结巴。公司对他们新来的员工只草草培训了一周,就直接上岗。

所谓的培训课,在他看来有点儿像传销课,至少那阵势一模一样。至于保险条例、细则,他没认真听,也不太懂。想着又有几人会认真看,所以他觉得还不如瞎编瞎吹。只是原来编瞎话脸不红心不乱跳,现在他吹起来却语无伦次、支支吾吾。

他为了表现得自信一点儿,一向懒散的他将自己打扮得人模狗样,穿梭于单位和人群间,拿着保单问人家是不是需要一份保险。本来保险是很严谨而高尚的职业,却被他说得稀里哗啦,什么不存在任何风险,只要你签了保单,你的一生从此保险等。说得言之凿凿,听得人家云里雾里,最后人家问:“说句实话,你相信吗?”

“当然信!”——鲁鲁哽了一下,三个字终没有说出口。

两周过去,他一单都没签到,也就是说,虽然找到了工作,但是没有一分钱的收入。他不知道现在人都怎么了,为什么都排斥保险。或许被人说中,连你自己都不信,如何让别人相信?自己都没懂，别人又如何懂？

他垂头丧气地回到出租屋，而秀秀正处于亢奋状态，恨不能二十四小时守在计算机旁边。按她自己说，她现在的业务量，快接近一个中等公司的业务量了，忙得不可开交。她公司资料房间的电脑由三台，增加到了五台，可她还是觉得不够用。

鲁鲁不说话躲在房间里，心中有一股难以排遣的郁闷，从口袋拿出一包烟。以前他不抽烟的，但是为了跑业务，特意买了一包应酬客户，谁知烟发出去不少，但客户一个没签到。他点燃了一支。香烟缭绕，弥漫到整个房间。他的心在烟雾里发慌。

他的床不远处有一个化妆台，那是房主留下来的。化妆台右侧有一块镜子，可以用来化妆。

鲁鲁刚搬来时，房主说："这个柜子你如果不要，我就叫人搬走。"

他犹豫了一下，说还是留下吧，虽说他对着装不是很讲究，但时不时可以用一下。

可是，此时他想到了鬼。

他记得有一部电影，讲的是在这样的化妆台镜子里，住着一个自杀了的女鬼，会时常跳出来，要么吓吓人，要么拉人进去。此时，他心情郁闷之极，真希望镜子里的女鬼能跳出来，或者拉他进去。

同是天涯沦落人，他们可以一起聊聊心事，聊聊为什么他的生活会一败涂地，聊聊她又为什么会选择自杀，是她的男人发了迹，又看上别的女人，就抛弃了她吗？为这样没品位的男人去死真不值。如果他发迹了，一定不会抛弃他的女人。

想到这儿，他不禁苦笑，发达这事好像与他没有关系，日子过得一天不如一天。就这模样还想女人，难怪琪琪看不上他。如果他是琪琪，也看不上他。像他这种男人是不配谈爱的，或许琪琪早就看透了他，只是没说。

鲁鲁就这么意志消沉地躺在床上，不知不觉睡着了。梦里的琪琪眉头轻皱，朱唇微启，就站在不远处静静地看他，他拼命向她奔过去。

“琪琪，你难道不知道，我真的爱你，就算死了也爱！”

琪琪转过头看着他，说：“你配得上我吗？”

刹那间，他觉得胸口好闷，一下从梦中醒来。房间里很空，他家徒四壁，一无所有。看着窗外，天还未亮，外面一片漆黑。他叹了一口气，爱，也需要讲资格的。而明天，他还不知道怎么面对。

4

鲁鲁再度失业，是他主动递交了辞职报告。不是保险公司不好，而是他深知自己不是跑这种业务的料。虽然平时看来他能言善辩，特能胡说八道，但是真正跑业务，他就秒变口吃了。

生活的困境在一步步加剧，他实在不好意思找老家的父母接济，更不敢回县城，只好硬着头皮找老谭借了一百元。老谭翻了翻口袋，也不说什么，将口袋里的三百多全都给了他。

鲁鲁一愣，没想到老谭会这么仗义，说了一句：“有钱了，我还你。”

“没事。”老谭很不当回事地说。

过了一会儿，老谭有些难为情，对他说：“秀秀那儿确实需要人手，要不你去帮她？”

鲁鲁不知道他是有意还是无意，是看他可怜，还是为了显摆自己的幸福。不管为什么，他断然拒绝了，原因很多，但最重要的一条是作为男人的尊严。他没想过到秀秀这样的女人手下讨饭吃，他宁肯不活。

虽然这些话鲁鲁没跟老谭说，但老谭估计也明白。因为都是男人。尽管有的时候，老谭不那么厚道。

第二天，鲁鲁又冲进了人才市场，也去了职业信息所。他对大公司失去了信心，开始关注一些小公司，只要求有一点儿底薪。可是就算这样，求职的人依然很多，人很难进去。他不知道中国为什么有这么多人，不是一直在搞计划生育吗？求职的人像蝗虫一样，一批又一批地进来。

古语有云：否极泰来。

这次进人才市场，比前次要幸运得多。当一个信息公司的人问，是否愿意到网吧做事时，鲁鲁二话没说，立刻就报名了。

到网吧做事，一千五百元，包中晚餐，鲁鲁没有异议。好歹自己也是一个本科生，工资明显偏低，但已经顾不了。他想了一下，维持生计还可以吧，如果以后有合适的再跳槽，就当一个过渡。信息公司还说，要值夜班。他说没问题，反正他现在也是孤家寡人一个。

信息公司的人对于鲁鲁这么爽快地答应，多少有点儿意外，通知他明天就去上班。鲁鲁点头表示没问题，现在他的姿态可以要多低有多低。

他把找到新工作的事，告诉老谭。他愣了一下，大约是没想到，鲁鲁再不济也是一个公司程序员，没想到会沦落到做网管。老谭再次向他提秀秀需要人的事，他到网站来至少有一个对口的职位。

鲁鲁摆了摆手，说："不了，宁愿去网吧，至少咱活得像一个男人。"

老谭不说话了，他听着有点儿刺耳，好像鲁鲁这么说是意有所指。

鲁鲁没在意他怎么想，反正自己的处境，是虎落平阳吧！去网吧至少可以有活下去的机会，能有这一步，也算是一种胜利。他决定庆祝一下，到理发店把头发剪了，明天好去网吧上班，多少给人家留一个好点儿的印象。

他选择了一个小理发店，有一个小女孩在理发。

他害怕女人狐臭，更害怕男人口臭。记得有一次一个男理发师给他刮胡子，他与男理发师的脸贴得很近，男理发师的口气直接喷在了他的脸上，那股突如其来的臭味直接让他反胃，赶紧让理发师停下来，迫不及待脱去披肩，跑到外面呕吐不止。

如果要选择的话，他当然倾向于把他自认为尊贵的头颅交给女孩。倒不是他有什么花花肠子，至少女孩子理起发来要温柔细腻得多，而且女孩子口气也没那么重。他来这个理发店几次，慢慢地跟这个女孩子混熟了。

女孩叫麦麦，来自湘西农村，是一个90后。可能才到这座城市不久，对这里充满了好奇。他们都是从外地来的，有共同语言。她经常给鲁鲁讲这样或那样的趣事，时不时把鲁鲁逗得哈哈大笑。倒不是她说的那些事很有趣，而是她那副天真的表情很可爱。

麦麦聪明伶俐。听理发店的师傅说，她悟性很高。尽管才学一个月理发，手艺已经比其他人要好很多。手艺虽好，但收入很低，小女孩抱怨一个月才挣800元。

鲁鲁马上想到什么，问："你喜欢看小说吗?"

麦麦说："喜欢呀！古言、现言、穿越、重生、修真都很喜欢。"

鲁鲁虽不懂麦麦说的那些网络用语，但还是很兴奋地道："太好了。"

"什么太好了?"麦麦不明白地看着他，好生奇怪。

第六章　不做路人甲

1

鲁鲁推荐麦麦到秀秀公司，这让麦麦很担心。

一路上，她不住地问："鲁哥，你说我能行吗?"

鲁鲁很有把握地告诉她："行，肯定能行，是人就行。"

麦麦"啊!"地惊叫了一声，鲁鲁赶紧说："不是，我是说，你要是不行就没人能行了。还有，老板如果问你，你怎么答知道吗?"

她拼命地点头，但还是有点儿紧张，问要不要笔试、面试，要不要……

麦麦初中毕业就出来打工。别看她年纪小，手脚很麻利，而且长相也不赖，很讨人喜欢；但毕竟涉世未深。鲁鲁领着她来到秀秀网络科技有限公司的大门口，而秀秀和老谭早已站在那儿等候了。

他指着公司门口像巨灵神一般的女人说："这位大美女就是公司的董事长。"

麦麦仰视，鞠躬，道："董事长好。"

秀秀斜着眼睛看鲁鲁说："这就是给我推荐的能压倒群芳的顶级

大师？”

“董事长就是董事长，智商比天空还高三英尺，一猜就猜到了。别看她年纪小，很机灵的，特能做事。”

秀秀转脸看着麦麦：“学历？”

“中专。”麦麦很认真地答。

“年龄？”

“18.2岁”

秀秀白了一眼，继续问：“性别？”

麦麦惊叫：“啊？！”

她转眼看着鲁鲁，一脸无辜地说：“女，这还看不出来啊？”

“我当然能看出来，问题是你到底是女孩，还是妇女，是不是同性恋……”

鲁鲁扯住秀秀说：“问多了，问多了，不带问人家隐私的。”

“什么叫隐私啊，这叫了解，你懂个屁！”说完把很严肃的目光投向麦麦，恨不得将她的一切都挖出来。

“我是女孩，没有同性恋倾向，性取向也正常……”麦麦面红耳赤。

“三围？”老谭突然插话道。

麦麦又惊叫：“啊？！”

秀秀转脸看着老谭：“闭嘴！”

老谭嬉皮笑脸地说：“我是看你日理万机，所以想替你分担一些。”

秀秀一脸严肃：“我需要你分担吗？”

老谭点头哈腰地说：“你说得对，你都对。”

麦麦有点儿放心了，望着董事长嘻嘻地笑，“那这个我就不报了。”

经过比较详细的问询，秀秀同意了鲁鲁的推荐，聘麦麦为秀秀网实习编辑。鲁鲁来向她祝贺，麦麦抚了下胸口说：“终于过了，吓死我了。”

正如鲁鲁所预料，秀秀太需要人手了。征文已经开始，为了不断拉写手，为了网站的一点儿人气，她一个人用了近一百个马甲，在她的网站上轮番吹捧，不断制造话题。用她的话说，这样的劳动量，简直可以拉十辆马车环绕地球一周。

麦麦很高兴，辞了理发店，来到秀秀的网站做坐班实习编辑。实习工资是一千二百元，转正后是一千五百元，还有提成，包吃住。

小麦麦搬进来以后，本来三室两厅的房子顿时拥挤了许多。老谭和鲁鲁各占了一间卧室，还有一间是公司的工作及资料间。秀秀决定把餐厅隔成麦麦的“闺房”，叫老谭买了一张专用的遮挡布，将客厅与餐厅隔开，里面放了一张在旧货市场买的单人床及桌椅，还配了一台计算机。这么齐全的配置，是为了麦麦一起来就可以工作，很节省时间，秀秀算盘打得很精。

这时，房租费、网费和水电费也重新分工。秀秀占了出租屋的四分之三，鲁鲁的伙食费由于不经常回来吃，所以秀秀就提议，鲁鲁每月只付一百元房租。如果在出租屋吃，无论好坏，一餐十元，吃一次记一笔，月底结算。几人都不吃亏。

小麦麦第一次进来，还是有一点儿小失望。鲁鲁说是一家公司，没有想到公司竟然是这样简陋。但她还是觉得挺开心，环境比理发店好得多，而且工资也比以前多了，转正了还要多，还包吃住，能省下不少生活成本。

鲁鲁还告诉她，虽然董事长有点儿变态，但也完全符合文化人的品位。你不是很喜欢到网站看小说吗？现在有的是时间，而且可以免费看。至于她给你安排的家务事，我看你也接受吧，就当婚前实习，以后嫁了人可以当贤妻良母。

小麦麦不住地乐，很天真地问：“那这份工作算不算白领？”

鲁鲁肯定地说：“算。”

其实这个白领就是保姆加苦力。秀秀安排给她的工作，不仅有寄送合同、取送包裹，买菜做饭、洗衣、打扫卫生，还要到网站发帖回帖，发微博，给小说写评论。

鲁鲁听到了，私下对秀秀说：“你也把她压榨得太狠了吧，都成了包身工了，人家小丫头卖给你了？”

秀秀白了他一眼：“你弄来的这丫头能不能用我还不知道？她是做编辑呢，那是文化人的活儿。我不压榨点儿，她怎么有提升的机会？”

按照秀秀的逻辑，害怕被压榨，还来混职场干吗？因为压榨与被压榨在职场中就很正常不过。被压榨说明你有用，说明你有迅速提高的机会。如果都没被压榨过，说明你无能，只配做新人。鲁鲁赶紧表示佩服，头抬得可以数天上的星星了。

对于这份工作，鲁鲁对麦麦很有信心。不就是收版权，有多高深的活儿？认识字的都会做，跟菜市场的小贩区别很大吗？他最反感那些装模作样的文人，摆一副臭架子，把自己当圣贤。可能他们的稿费还不如那些写网文的小孩子多。麦麦年纪小，见谁都很崇拜的样子，跟他们打交道正好满足他们的虚荣感。

安顿好麦麦，鲁鲁的心情依然没好起来。一转眼，秀秀这个刻薄、张扬的女汉子，事业好像越来越成功了，真是之前想不到的。

老谭像往常一样，自己有一份安定的工作，每天上下班。虽然生活在秀秀的淫威下，但日子过得也是有滋有味。唯独鲁鲁一夜回到了解放前，一穷二白，一无是处，仿佛是天下最倒霉的男人。

他孤独的时候，琪琪的音容笑貌仍不时地钻进他的心里。如果他会写故事，一定把这段往事写得风花雪月。但事实上呢，这个故事里无论如何也难以淡化一种羞耻的基调，这种情绪让他心乱如麻，堵得喘不过气来。他总是告诉自己他很优秀，但他并不优秀，他只是一只癞蛤蟆，而且这只癞蛤蟆还想吃天鹅肉，多么狂妄自大，多么不自量力。

如果可以重来，他还会去追琪琪吗？他情不自禁地问自己。他冷静地想了一会儿，如果重来，可能不会那么冲动，但是他依然会追，依然会爱，不管他有没有资格，值不值得，哪怕只做一个路人甲。

2

到网吧上班的第一天，是他新生活的开始。老板是一个二十八九岁的女人，年纪不大，但很漂亮。那女人看见鲁鲁一愣，眼神很复杂。她身旁一杯绿茶，散发着淡淡的茶香。鲁鲁没注意到她的表情，只觉得好笑，怎么全世界管事的都是女人？

网吧活儿不多，无非就是开机、上网、结账、帮客人叫点儿盒饭之类的，鲁鲁干得很轻松。偶尔也做一些“专业”活儿，什么装机、杀毒、重装系统等等，他完全可以应付。他本来就是搞计算机出身，对他来说就是小菜一碟。

鲁鲁很快融入网吧的工作中，虽说比以前忙了，身体上有点儿吃不消，但是找他的人多了，特别是技术上的问题，让他觉得很有成就感，逐渐恢复了自信，也就不觉得累了。

除了周末，网吧的人并不多。他和唯一的同事换着上，空出不少时间来。他在椅子上发呆，比较着现任和前任的老板。这家网吧的老板娘和前任区别很大。这家网吧的老板娘比较注重打扮，穿着不奢侈却很有品位。虽然她话不多，但待人和善，没有老板的派头，不像前任公司老板娘那么尖酸刻薄。

由于经常上网，他无意中查到了一家大型的公司。琪琪是那儿的高级设计师，地位很高，并且是他们公司唯一的女性设计师。难怪她对设计、装饰以及程序都很在行，简直是全才。鲁鲁和她之间，就是云泥之别，她的高度，鲁鲁只配仰视。

网吧老板其实就是老板娘。但他更愿意叫她老板娘，是因为老板太唬人了。老板娘待人很亲切，有时开了玩笑也不生气。听说她两年前离了婚，没有孩子，没有房子，网吧是她唯一的资产。

这样的单身女人不被男人盯上那才怪。只是谁约她，她都不出去。她比鲁鲁大三岁，叫雪小晴。

看得出雪小晴对他也很满意，但她搞不明白，一个计算机专业本科生，又有工作经验，为什么选择到网吧来做事。鲁鲁回答这种问题很尴尬，不想把自己说得很可怜，就直接说喜欢网游。

实际上他并不喜欢网游，最多也就是上网看看新闻，这个骗不了她。鲁鲁觉得说不过去，就装着很难为情，羞羞答答地说："其实我是被老板娘的魅力给迷住了。"这一招很管用，雪小晴不再追问了。他很得意，如果下次她再问，他就说："因为我彻底地爱上了你，为了追求你，我愿意卖身为奴。"

不必骂他无耻、流氓，真的假的重要吗？重要的是经过一个月的工作，鲁鲁彻底恢复了自信。本来他的自我康复能力就超强，换句话说，他像一只打不死的"小强"。

一个月后，雪小晴给鲁鲁涨了三百元的工资。尽管钱不多，还是让他很高兴，他已经能适应这种生活了。

回到出租屋，麦麦欢天喜地告诉他，老板娘给她转正了，工资涨二百块，而且签约还有提成。鲁鲁不好意思说他的工资也涨了，他们该一起高兴。

他第一次觉得秀秀还有一点点人性。他不知道的是，秀秀越来越喜欢这个丫头了。麦麦这个小丫头特别乖巧，而且很擅长谈价，才到网站做了半个月，就几乎得到了网站所有人的喜爱。

麦麦把自己的照片毫无忌讳地发到论坛上，根本不知道网络的风险。虽然此举有点儿喧宾夺主的感觉，让秀秀有一丝不快，但她很快有了一个粉丝团，为网站带来了不少人气，于是秀秀也就原谅了她。不仅如此，她的魅力很快就征服了一些写手，哪怕稿费少点儿，哪怕放弃大网站的签约机会，也要跟着她到秀秀网来参加征文，来网站签约。

麦麦也有烦人的时候，她总是记不住合同的条款，不管秀秀说了多少次，她还是会出错，总是不得不让合同往返两三次。秀秀几次怒气冲冲想打人，但她有自己的原则，她宁可暴打老谭，也不打麦麦。

在网吧鲁鲁一点儿也不觉得大材小用。他活得很自在，尽管钱少点儿，但挨骂也少了些，没多少压力。只是没想到，在这里他又碰见了琪琪。

3

琪琪跟华华分开以后，在居民小区租了一套房子。她几乎把精力都投入到工作中，这样就不会去思考乱七八糟的感情问题了。

一天晚上，狂风暴雨，雷声很大。她住的小区停电了，但是她要赶出一个设计，急得团团转。她猛然看到网吧那一片有电，所以冒雨来到了网吧。

鲁鲁闲着在网上到处逛，听到外面“嗒嗒，嗒嗒……”的声音，随后听到有人叫：“老板，上网。”

他觉得声音很耳熟，抬头一看，竟然是琪琪。

琪琪也看见了他，万万没想到，鲁鲁会在这家网吧做管理员。

鲁鲁讪讪地问：“上网?”

琪琪“嗯”了一声。

鲁鲁准备给她开一台电脑，琪琪说不用，她有自己带来的笔记本，只需要给她安排一个卡座就行。鲁鲁按照她的要求，找了一间安静点儿的小包间。她很满意，便开始做事。她一边思考，一边用纤细的手指不断敲打着键盘，不久就到了物我两忘的境地。

外面的雨仍然下着，丝毫没有停的意思。快到十二点，电还是没有来。这么大的雨，估计电业公司也没法派人来修，只有等到明天了。

鲁鲁从背后悄悄地观察，看她像是在绞尽脑汁设计什么图。

他悄悄叫了一碗馄饨，放在她的桌上：“随便吃两口吧。太晚了，别饿着。”

琪琪转头道了一句：“谢谢!”

她是将近一点走的。

鲁鲁不放心，说：“这段路黑，我送送你吧!”

琪琪说不要紧，直接拒绝了。

但鲁鲁还是坚持，因为有一段路没灯，她又是个女生。趁着网吧没几个人，他把门掩了掩，琪琪不好再拒绝。

两人一路无话。

过了二十几分钟，到她家的门口，琪琪啪嗒啪嗒地上去了，鲁鲁暗自高兴，隐隐觉得他们应该还有戏，这是上天又在给他机会。

第二天，雪小晴就知道了昨晚的事情，网吧里面没管理员很危险。虽然他出去不到一个小时，但极容易出事。

她问："送女朋友？"

鲁鲁很难堪地说："不是。"

雪小晴不再多说什么。鲁鲁懂的，很感激她能体谅。

鲁鲁偶尔会回出租屋，发觉麦麦这个丫头有些大大咧咧，随意把自己的贴身之物晾在公共卫生间和阳台上，他看了脸有些发烧，但又不好说什么。

这些对老谭好像无所谓，反正他是"已婚"人士，他懂这些。可鲁鲁有些尴尬，特别是麦麦穿着贴身衣服跑进跑出的时候。虽然他是个成年男人，生理卫生科考及格了，但还是看得脸红心跳。

麦麦丝毫没有注意到这些，这个丫头好像脑子里根本没有男女有别的概念。秀秀说过她几次，但麦麦总是记不住，总说下次注意。

老谭回来的次数明显多了，和麦麦有说有笑。有一次，鲁鲁看见老谭在阳台上偷瞄麦麦，便走过去吓唬道："你小子对麦麦要检点些，小心秀秀发飙撕了你。"

老谭马上涨红着脸说："我就跟她说说话，什么也没干。"

"那你在这儿干吗？看风景，还是偷看人家？"鲁鲁在他耳边悄悄地说。

老谭急得直赌咒，说真的是看风景，还骂鲁鲁变态。鲁鲁一点儿也不辩解，男人对这种事感兴趣不奇怪。不过，老谭把自己择得那么清，反倒让他哈哈大笑，都是男人，至于这么激动吗？

阳台上的谈笑，麦麦丝毫没觉察到。她非常热爱自己的工作，一边嗑着瓜子，摇摆着脑袋，一边敲打着键盘，嘻嘻哈哈地与人对话，处在忘我的状态中。

4

秀秀网征文结束，真可谓收获巨大，彻底扭转了公司亏损的局面。秀秀是全版权运营，电子版权、影视和游戏改编权以及引进版权等都在全面推进。

这次她一共签约了一百二十本书，推荐出版了十本书，还有两部小说顺利卖掉了影视改编权，更重要的是公司签约了一批有实力的写手，如今是写手和公司皆大欢喜。

秀秀算了一下，这次一共投入了十万左右，光电子版权的收入就有十万，再加上其他收入，盈利应该是在六十万以上。真是“钱”途无限光明，而且网站的人气和知名度都上来了。

从此之后，她签的大单多了起来，与她合作的公司越来越多，往来关系也更为密切。她悄悄地把公司注册资金从一百万变成了一千万。用她的话说，公司已经把业务做出中国，走向国际，不再是一个皮包公司了。

现在她自己专做大单，那些小散单都让麦麦一个人弄。麦麦好像天生就是做这一行的料，签书、推广、客服一件不落，样样都做得不错。她还把自己包装成“天使妹妹”，不知道从哪儿弄了一些真人照，使网站人气唰唰往上涨，签书也越来越顺畅。

秀秀这边不知道用什么方法，打动了一些出版商，专门出版她网站的小说。通过量的积累，网站渐渐有了一些口碑，并培养了一大批读者和写手粉丝，在业界的知名度节节高升。

随着公司业务的拓展，她有一些协议要亲自跑到外地签，听说是要跟一家影视公司签订战略合作协议。秀秀网通过征文活动，签约了一些好作品，她就想大力发展影视改编和动漫娱乐板块，从而多方位增加秀秀网作者的收入和知名度，也将秀秀网带上一个新的台阶。

可是想到出差她又不放心家里的这两个“二货”，倒是老谭拍着胸脯说：“你放心出去，家里有我守着。”

秀秀扫了一眼鲁鲁。鲁鲁提不起精神似的说：“我经常不在这里，有老谭打理就行。”

麦麦也点头表示会支持谭哥。秀秀听了放下心来，谅他们几个人也掀不起多大波浪。

其实不是掀不起，而是鲁鲁的注意力根本没放在这里。他始终觉得追琪琪还有机会。尽管自己身份依然卑微，但他总是跃跃欲试。他反思之前之所以特别生气，是因为琪琪和华华有过那么一段，他非常不愿意看到他们旧情复燃。可是通过这段时间的观察，他发现琪琪跟华华真的没有什么。他们可能也就是普通朋友关系，也就是说，他们以前的那段恋情已经真正结束，所以鲁鲁的生气和担心完全是多余的。

鲁鲁又开始寻找机会接近琪琪。他用福尔摩斯一样的侦探头脑，摸清了琪琪的作息时间。又用柯南·道尔的侦探手段，了解了她的一些生活习惯。于是，他就装作很自然地在路口与她“碰面”，然后又很自然地邀请她共进晚餐，然后又很自然地讲笑话逗她开心。

经过一段时间的调整，鲁鲁仿佛又回到了以前，拥有超出实力的自信。

琪琪还是对他不冷不热，有时也会笑笑。她说自己正在跟人谈一个大单，是一个单位办公楼的设计。目前，她已把外部设计谈拢，交了初稿。如果领导满意，她就将拿下他们整套楼的设计。

琪琪说了半天，鲁鲁没太听懂，问：“你不是在文化广告公司吗?”

“不可以身兼数职吗?我也在装修公司做设计师,也兼做软件设计与开发。”

鲁鲁顿时瞠目结舌。虽说都叫设计,但是跨行业呀!没想到这都可以。自己找个工作都难,而她却可以身兼数职,由不得他不表示崇拜:“琪琪太能干了,问题是要那么能干干吗?”

他的问题有些令人费解。琪琪脸上现出了不耐烦,似乎在想是不是该回答这个弱智的问题。

最后,她还是耐着性子告诉他:“我想买一套大房子,想开自己的公司。”

鲁鲁还想说,何必那么累呢?但他强行忍住了。三观不同,说出来只会被她鄙视。

对于琪琪的理想,他想到一个故事:

有一位年老的大富翁,有一天他在海边度假,悠闲地躺在睡椅上晒着太阳。他看见旁边有一个渔夫支着破渔网,也在那儿晒着太阳。

他觉得很奇怪,问:“你为什么不努力打鱼,反而倒在这儿晒太阳呢?”

渔夫问:“为什么要努力打鱼呀?”

富翁说:“你努力打鱼就可以买一个新渔网,你看你的网现在都很破了。”

渔夫问:“那为什么要买一个新渔网呢?”

富翁说:“有了新渔网,你就可以打更多的鱼,从而就可以挣更多的钱。有了钱你就可以买一条渔船,更大规模地捕鱼,你就可以挣更多更多的钱。”

富翁觉得这个渔夫简直愚不可及。

渔夫问："赚那么多钱干吗？"

富翁骄傲地说："赚够钱你就可以像我一样，在沙滩上悠闲地晒太阳啊！"

渔夫白了他一眼，说："那你认为我现在在干什么？"

鲁鲁非常赞同渔夫的想法，就让爱折腾的人去折腾吧！让爱嫉妒的人去嫉妒吧！让爱恨的人去恨吧！他觉得其实无论有钱没钱，人还不是都一样，都是坐吃等死的命。与其这样，还不如找一个收入不多但很清闲的工作，然后娶个老婆，悠闲地过着小日子。所以，他和琪琪本质上是两种截然不同的人。

5

鲁鲁重整旗鼓追琪琪的事，老谭知道后惊骇不已，他充满悲伤地说："兄弟，你就别折腾了，她那是天上的月亮，你够不着的。哥哪天给你介绍个，包你满意。"

老谭这个"包你满意"怎么听着那么不是滋味呢？这让鲁鲁很不高兴，琪琪就算来自天上，那怎么着？我喜欢！

他带气地反驳道："什么叫我折腾？我从来就不爱折腾，倒是女人爱折腾，你家秀秀爱不爱折腾？琪琪不爱折腾吗？天下女人哪个不爱折腾？再说了，我乐意！"

老谭看不懂他，说这又何必，仍语重心长地劝导："人家是为事业、为钱而折腾，你是为女人而折腾。人家能折腾出个子丑寅卯来，而你顶多算瞎忙活，到最后什么也没有，折腾也是白折腾。"

老谭说得像绕口令，带着一种恨铁不成钢的感觉。

鲁鲁顿时面红耳赤，不服气地说："我看你和麦麦关系挺好，老谭你可小心点儿，小心母老虎回来吃了你。”

老谭马上紧张起来，压低声音说：“你可别胡说八道啊，我们很清白。”

“我胡说八道？你清白？那天，我都看见你坐在人家麦麦的床上了。”鲁鲁现在也顾不得许多，只管将屎盆子扣在他的头上。

“也就是坐了一会儿，聊聊天，什么也没干。”老谭一脸“长白山”，很无辜地答道。

虽然鲁鲁有心嫁祸于老谭，但他也明白，就算老谭有心思，也很正常，哪个男人没有一点儿小九九？

老谭追秀秀追得太容易了，还没来得及享受过程，就迅雷不及掩耳地成功了，就像猪八戒吃人参果，吞得太快还没品出是什么滋味，就被定义为了“已婚人士”，所以有点儿别的心思也可以理解。

可怜的老谭，看到青春美少女，也只有看着眼馋的份儿。正如秀秀说的，他掀不了多大浪。鲁鲁正想着，突然来了一个电话几乎让他喜极而泣。

这样的电话自然是琪琪打来的，听她语气似乎很高兴，说要请他吃饭。他不想定义这次吃饭代表着什么，究竟有什么历史性的意义，经过上次的失败，他越来越成熟了，只是悄悄地把这份喜悦藏在心里，不再炫耀，免得好事突然就飞走了。挂了电话，他告别了老谭飞奔而去。

在餐厅见面后，琪琪非常兴奋地说，她连着接了两个大单，装修预算分别是七十六万和一百二十四万。

鲁鲁不太懂，问：“你可以赚多少？”

“按比例提成，至少二十万。”

鲁鲁顿时觉得嘴里的饭菜，尝不出是什么滋味了。

“如果打劫一家小银行会不会一次得到二十万？”他很认真地问。

“那可能不止吧！”琪琪被这个问题逗得哈哈地笑。

鲁鲁脸上仿佛有一个大写的惊叹号，嘴不自然地张着。

琪琪看着他说：“别愣了，你在网吧也是一个机会。hao123 的创始人就是做网吧管理员起步的。你可以利用做网吧管理员的机会，恶补一下 VS、Eclipse、Dreamweaver、Fireworks、Flash 等软件，现在很多网络公司需要这方面的人才。”

这些软件鲁鲁当然熟悉，只是许久没用了。

他突然想到一个耍赖理由：“如果我都学会了，是不是我们的关系可以升级……有机会做你的男朋友吗？”

琪琪笑着说：“别一天到晚想这些问题。”

她居然没有拒绝，鲁鲁顿时心花怒放，那感觉就像天使在他头顶上环绕。他承认琪琪不管做什么，哪怕是骂人，都能打动自己的心，真是人间仙女！

6

鲁鲁越来越喜欢值夜班，和他轮班的那个小伙子干脆不值了，全让他一个人值。这样，他上了晚班，每天清晨就有时间去胡同口，在最有名的那家早餐店买四个包子和两杯现磨豆浆，然后跑到琪琪的社区门口等她。

琪琪一般八点准时出门。他总是假装恰好碰上，把两个包子和一杯豆浆交给她，然后走一段路，看着她上的士，消失在车流中。虽然相处也就短短几分钟，但他对这种生活很满意。

起初琪琪还不太适应，把早餐钱给鲁鲁，可他坚决不要。久了她也不再强求。在她看来，鲁鲁现在很不得志，心理上形成了某种禁区。这种禁区让他有一种强烈的自尊，绝不能触碰。秀秀比以前更努力了，她已经把全部心思扑在了事业上。她出差回来，又开始恨不能二十四小时工作。她一面督促麦麦努力签约，一面鞭打老谭，让他也多花心思在工作上。两人拼命点头，就差在耶稣的十字架下起誓了，真是“家训”有方。

一天夜里，网吧只有两三个人玩通宵游戏。鲁鲁正准备睡会儿，恍惚间，一个瘦小的黑影闪入，他立刻感觉脚有点儿凉。那个黑影直朝他飘来，吓得他毛孔都张开了。

是女鬼！他断定，但马上又否定了，网吧灯光未熄灭，而且还有几个人在“噼里啪啦”敲键盘，按理说鬼不会来的呀。他决定变被动为主动，下床去看看，刚走到门口，猛然发现一张苍白的女人的脸，而脸上的一双无神的眼睛正看着他。

“妈呀！”鲁鲁猝不及防，倒在了地上。

天天念鬼，鬼真的来了。他埋着头瘫坐在地上瑟瑟发抖。

“鲁哥，是我。”

他定眼一看，这不是麦麦吗？

他深吸一口气，爬起来吼道：“这么晚了还跑来上网，发神经呀！”

麦麦的泪水簌簌而下，哭着说：“鲁哥，找你商量点儿事……借我一点儿钱……”

“什么？”真好笑，哪有半夜三更来借钱的。而且谁都知道，他是个穷人。居然还有人找他借钱，真是太看得起他了。秀秀和老谭不是很有钱吗？怎么不找他们？可接下来她的话，再次把鲁鲁吓到床底下。

麦麦说：“我怀孕了，得去医院打胎，但我没有钱……”

麦麦一边说，一边抽泣。

鲁鲁脑袋有种被炸蒙，一时找不到北的感觉。他仔细看了看眼前的麦麦，她已经长成大姑娘了，白净的瓜子脸，长长的睫毛下，一双大眼睛透着天真，这样的眼睛让人觉得她对男女之事还太不懂。

可是再细一看，她身材匀称，皮肤白皙，隐隐散发着某种诱惑，也难怪会有男人对她心怀不轨。只是这个小姑娘刚满十八岁就怀孕了，这让鲁鲁有点儿接受不了。

“是不是老谭?”他立刻想到老谭，心里骂着：这个狗东西，竟然趁着秀秀不在，做出这种不是人干的事来。

麦麦涨红着脸，说：“不是谭哥的。是我两个月前，在网上认识的一个男孩，说带我出去玩，我们去酒吧……我一点儿都不知道……”

鲁鲁觉得脑袋大了，该怎么说她呢？是成年人了，该懂点儿常识，至少知道保护自己吧，这也太荒唐了。

麦麦站在那儿不住地抽泣，鲁鲁心软了。事到如今只能把这个事解决了，何况他觉得自己应该也有责任。如果她好好地在理发店打工，或许就没有这种机会，是他把麦麦带到秀秀的公司，让她天天接触网络的。只是这大半夜的，突然冒出这么一个事，他实在有些不知所措。

他想给秀秀打电话，毕竟麦麦还是秀秀公司的职员，大家可以商量一下怎么办。可是麦麦坚决不肯。

她哭着说：“如果让秀秀姐知道了，一定把我开除了的。我不能失去这份工作，鲁哥，你一定要帮我。不然……我……”

鲁鲁看着她小小的身体，在一边抽泣，那么无助。他不知怎么的就想到了琪琪，同样是女人，为何她总是表现得很强势?

麦麦看出他有些走神，局促不安地说：“鲁哥……你在想什么?”

鲁鲁回神过来，说：“我会帮你的，先回去吧！”

麦麦望着他，将信将疑。

7

鲁鲁给老谭打电话时，差点儿没把老谭吓死，只听他颤颤巍巍地说：“鲁……鲁哥，这事别赖我，麦麦肚子里那个，真不是我的。”

“谁说是你的？”鲁鲁差点儿笑出来，这算不算做贼心虚？

老谭顿时松了一口气：“你带她去医院吧，这个真跟我一点儿关系都没有。”

“没有关系？”鲁鲁听了火冒三丈，没想到老谭会这么不近人情，就算跟他没关系，也不能见死不救吧！

既然他说没关系，鲁鲁灵机一动，说：“就算我相信，让你老婆秀秀知道……信不信，还真是一个问题，前段秀秀出差，而我又不在，晚上房子里就你们俩，一男一女，干柴烈火……”

鲁鲁说得慢吞吞的，却像一把刀猛戳老谭的心。

“你可别说瞎话。”老谭有些急了。

“那偷看人家，坐在人家床上这些事总有吧。”

“没有。”老谭下决心死不认账。

“那和人家勾三搭四呢？”鲁鲁在电话那头，很有耐心，像一只猫在调戏一只被逮住的耗子。

老谭直冒汗，求饶了：“鲁……鲁哥，我们商量一下怎么办吧！”

“出钱给麦麦做手术，没有其他办法了。”鲁鲁很坚决，觉得此时应该讹诈他一番，好色的男人必须付出代价。

“好。”老谭立马答应。

鲁鲁回到出租屋，老谭跑到他的房间里，关起门来小声商量，生怕露出一点儿蛛丝马迹。最后，老谭从口袋里拿出一千五百元。

“鲁哥，我只有这么多了。”

鲁鲁好笑：“这点儿钱应该不够吧！”

老谭急坏了：“我真没钱了，这事千万别让秀秀知道，不然我……我就完了。”

鲁鲁看着他那副窝囊样，忍不住地笑。

最后，两人商定：鲁鲁也出五百元，筹齐两千元带麦麦去医院。

但谁带麦麦去医院做手术，又很难达成一致。老谭坚决不肯带她去，因为带她去万一被别人看到，他怎么解释？还有做手术要签字，等于留下了证据，落人口实的。如果秀秀哪天知道，不扒他的皮，也会拉他去五马分尸。

鲁鲁听得不是个滋味，老谭的名声重要，他自己的名声就不重要？他还没找老婆呢。

“老谭，你真爷们儿。你以为你是大明星，地球人都认得你？”

老谭差点儿跪下来，乞求道：“鲁哥，这事我真不能。”

看着他可怜巴巴的模样，鲁鲁犯难了。他一个单身大老爷们儿带麦麦去医院，一是什么也不懂，二是让人看笑话不是？

他踌躇了一会儿说：“要么麦麦一个人去，要么三个人一起去，就算被人知道，也不怕。”

“麦麦一个人去？”老谭看了一下门外，说，“这不行，一个小姑娘万一有什么事……这个责任谁担？三个人去……这也不好吧？”

老谭突然想到一件事，笑嘻嘻地满脸讨好着说：“你记得上次三百元的事情吗？上次你有难，我可是义无反顾；这次你就当还我个人情，好兄弟，好哥哥……”

鲁鲁看着这个无耻的男人，恨不能扒了他的皮，但他还是能理解老谭的恐惧，如果秀秀发起威来，老谭还真扛不住。

“好吧，我只好一个人带麦麦去完成这项‘光荣’的任务了。是不是有点儿像荆轲？风萧萧兮易水寒，麦麦的肚子里的孩子兮，不复还。”鲁鲁一边摆着姿势，一边慷慨激昂，说着拿出手机，拍了一张自拍……他得留住自己的英雄形象，发到朋友圈，仿佛能名垂青史。

麦麦看着两个男人走出来，一点儿不急，仿佛没她什么事似的，问：“你们商量好了？”

鲁鲁瞪着这个青春美少女，好像堕胎的不是她，而是两个大男人。这个世界怎么了，男人瞻前顾后，女人没心没肺。男女的传统观念倒换，那一刻，鲁鲁很真诚地为这个世界感到担忧。

老谭也没心没肺地说：“你鲁哥带你去。你要好好听话哦!”

麦麦用复杂的眼神看着他，说：“知道了。”

老谭算是放了心，可谁知又出现了意外。

8

鲁鲁带着麦麦去医院，并在手术单上签了字。中年女医生白了他一眼，在诊断中不住地埋怨：“现在的男人太不负责任，一点儿不知道疼惜女人的身体，出了事最终受苦的还是女人。”听得鲁鲁很抓狂，嘟囔道：“谁不负责了？”

麦麦是下午的手术，手术之前，鲁鲁突然接到了琪琪的电话。电话里很吵，他隐隐约约听到琪琪让他过来一下，情况很紧急，像是出了什么事。

鲁鲁挂了电话，又立马打给了老谭，说自己不能陪麦麦了，有急事要去处理。老谭那头也急了，想到如果麦麦出了事怎么办，但鲁鲁坚决要走。

鲁鲁跑到琪琪那里时，看见她被工地的工人们层层围住，他们吵吵嚷嚷的，一看就知道情况不妙。

原来，一家小单位做吊顶的搭架突然坍塌，当时一个施工的工人来不及跑，被水泥砸成了重伤，已经被送往医院抢救了。医院要他们交钱，几个工人东拼西凑，凑了一点儿钱垫付。但是医生说，这点儿钱远远不够，让他们尽快交足医药费，如因未及时缴费而影响治疗，医院概不负责。

于是这帮工人急了，便找到户主要钱，可户主推脱说这事与他无关，让工人去找工程负责人，但哪里还能找得到负责人？工人们只好来找琪琪，因为她在那儿做设计。

小单位负责人为了摆脱干系，说之前签过承包合同。遇到这种事，承包人也不愿意承担责任，便“转嫁危机”，说是琪琪的设计有问题。

琪琪说她的设计是不可能出错的，她怀疑是施工材料有问题，才造成这样的后果。可材料又是琪琪本人推荐使用的，所以不管怎么样，她都无法推脱责任。那帮工人就将怒火转移到琪琪的身上，认定是设计的问题。于是，她被一群愤怒的工人围在中间百口难辩。

琪琪是个工作狂，她对工程质量的要求一向是精益求精的，只要图纸稍有不对，或施工哪儿有差错，不管损失多大，二话不说，立即修改，所以无形中她得罪了不少人。这个工程是经过琪琪精心设计的，按理说不会出现这样严重的事故，可还是发生了意外，如此便给了别人“报复”她的机会。

承包人不见了，琪琪打电话给公司。老总说先安抚一下工人的情绪，事后再处理。可问题是，此事人命关天，能等得了吗？等琪琪怒气冲冲地再打过去时，老总的手机已经打不通了，她只好继续打给公司其他负责人，不幸的是，没一个人肯过来。但是那帮工友可管不了许多，一定要先赔钱。

事发突然，这一时间，琪琪去哪儿弄来那么多现金呢？一个大个子工人急了，毫不客气地挥舞起了拳头。恰好那时鲁鲁到了，工人们以为他是公司的人，随之而来的便是不管三七二十一的一顿暴揍，沙包大的拳头冰雹般地砸到了实处。他们觉得打得一点儿也不冤枉，谁叫出了意外公司不管他们，不但不肯出钱，还逃避责任跑了，所以管他是谁呢，但凡与公司有关的人，谁遇到就是谁活该！不必存在什么悲天悯人之心，就像奥特曼打怪兽一样，简直痛快淋漓！

鲁鲁如果早知道是这样的场面，虽没有避弹衣和防护罩可以穿，至少可以穿得厚实一点儿。可现在他完全没有准备，就这样悲剧上演了。

他首先挨了一拳头，顿觉呼吸不畅，惨叫都来之不及。接着，他又被人一脚蹬在了胯上，咔的一声传入耳朵，似乎比痛觉来得还快，像是骨折了。再后来，他被一个大个子抓起丢了出去，像灰太狼一样，在空中飞了起来。他重重地摔在地上，像一团泥，瘫了下去。可就在落地的那一刹那，他看到琪琪投来了软软的、怜惜的目光，不像往常那样昂扬而锐利。他突然笑了，因为当那种怜惜落在他身上的时候，让他觉得很受用，那是他第一次感受到了这个女人的脆弱。只是，他再一次体会了自己的悲壮。

像英雄一样的悲壮。

他突然明白，为什么人们普遍喜欢项羽，并称之为英雄，而只把刘邦看成一个小人了。因为刘邦即使成功了、称王了，又怎么样呢？终究不过是一个地痞流氓。小人虽然暂时拥有金钱、权力和地位，但是长久被后世唾弃。而英雄在大多数的时候，虽以悲壮收场，但他们却可以享得人们的眼泪、鲜花和颂扬。

这一次，鲁鲁也得到了，是琪琪给他的。

这已足够。

9

鲁鲁在急诊室住了三天，本来他是可以多住几天的，反正是由公司买单，但是他实在受不了医院那股药味，所以坚持要出院。

琪琪工程上的事也很快得到了处理，打人的工人逃逸了，原本愤怒的工人也平息了怒火，加上现在公司的人也受伤了，没人想太苛责。但是公司还是希望做得尽善尽美，不仅那个受伤工人的医药费得到了落实，而且鲁鲁也得到了公司最高层领导的亲切慰问和慰问金。

只是琪琪很后悔给鲁鲁打那通电话。她完全可以将这个事情给工人解释清楚，就算他们不听，男人们也不至于动手打她一个女人。她如果实在无法控制场面，至少还可以拨打110，可偏偏鬼使神差地打给了鲁鲁，害得他挨打受伤，欠了他好大一个人情。

但是，鲁鲁觉得因祸得福，因为他得到最大的补偿就是，在他住院的三天里，都是琪琪来照顾。与此相比，公司补的那点儿钱，完全可以忽略。

他觉得跟琪琪在一起，才是最大的快乐，而快乐本身是无价的。

琪琪问他：“你受伤了，我怎么看不出一点儿痛苦?”

鲁鲁说：“那点儿伤是小事，重要的是你在我身边……”

“别，别，下次我可不敢再害你受伤了。”

“没事，下次有这种事你一定还要叫我。”

“你是不是很……很……赖皮?”

“如果能天天见到你，我愿意选择赖皮。”

面对他的纠缠，琪琪哭笑不得：“如果你将赖皮的劲头用在工作上，肯定很出色。”

“为了你，我愿意努力。”鲁鲁想，爱一个人，连三观都可以改变，爱情的力量实在很强大。

秀秀听说这件事的前因后果，“虚情假意”地来看鲁鲁。她敏锐地判断出这定是一场鲁鲁自导自演的苦肉计，是男人惯用的伎俩。过程极有可能是他们提前商量好了，才来演这出戏的。

鲁鲁知道后，十分佩服秀秀的睿智，她真是比智多星还机智，比诸葛亮还神机妙算！如果她出生在三国时期，那可能会出现历史性的颠覆，涌现另一番天地吧！

秀秀才没管鲁鲁怎么想的，充满同情地说：“你们男人对女人花心思，不要总用这么拙劣的一招。”

说完，她狠狠地白了一眼老谭。

鲁鲁大笑起来，说：“以后老谭挨打时，一定挺住，挺住，不能喊痛，不然一叫，伤口开裂，不就真成了苦肉计了?”

老谭好像并没有太在意他们两人的你来我往。他给家里买了一只鸡，将它炖了，熬了一锅好汤。鲁鲁感动得差点儿从病床上滚下来。鲁鲁还了解到，那次他前脚刚走，老谭后脚就跑往医院，这还真是个厚道的男人。

对老谭的这一行为，秀秀觉得鲁鲁应该磕头作揖表示感激才对。因为鲁鲁根本不值得别人关心，只是老谭这个人实在太好了，气得鲁鲁很抓狂。

老谭得到表扬，整个人得意扬扬，走起路来都与往常不一样。而让鲁鲁更受不了的是，一连三天，顿顿有鸡。吃得鲁鲁想骂人，说："别再送鸡汤来了，如果再送，信不信我全都给你扔出去！"老谭被吓得不轻："我送，你不吃，但也别扔，行不行？"

鲁鲁丈二和尚摸不着头脑，心想："为什么不能扔？是不是最近秀秀下手太重，把老谭打得不轻，连神志都不清了？"

老谭眼泪汪汪："你不知道麦麦有多可怜，她被推出手术室那会儿，哭得有多惨。"

原来，鲁鲁走后，麦麦手术后就住了院。老谭赶到医院跑上跑下，把麦麦安顿好，回去报告给秀秀说是胆囊炎住院，而自己偷偷去照顾。她从未做过手术，出了很多血，被吓坏了。她身体非常虚弱，所以需要鸡汤补身子。

秀秀前脚走，老谭后脚就把鸡汤端走了，连根鸡骨头也没留下。鲁鲁这才明白，老谭是借着给他熬鸡汤补身体的由头，把鸡汤送给麦麦。

他虽非常生气，但还是替他担忧，问："万一秀秀去医院看麦麦不就露馅了？"

老谭冲着他挤了挤眼，说："她恨不得二十四小时扑在网站上，哪会抽时间去医院？"老谭告诉秀秀，麦麦在另一家离这儿很远的医院住院。秀秀也就更不愿去了，让老谭代为慰问。

鲁鲁叹服，老谭好有爱心，好聪明，世界难题在他眼里都不是难题。可问题是老谭这样关心人家，是不是对人家有意……

老谭一副委屈模样："我敢吗我？"

鲁鲁一想，也对，他还真不敢。但还是不放心："麦麦肚子里的孩子真不是你干的？"

这话吓得老谭双脚打战，又是赌咒又是发誓："真不是我，那是畜生干的事。"

鲁鲁哈哈大笑，他当然知道老谭不是畜生，只是闷骚而已。他早就断定，从精神层面上来说，老谭恋爱还是很纯洁的。麦麦的到来，犹如给出租屋注入了一股新鲜劲爆的气息。老谭也只敢悄悄地喜欢，有心没胆，因为出租屋里，秀秀像泰山一样屹立在那儿。

10

琪琪准备开新公司的事，鲁鲁是出院后的第三天才知道的。

公司这样处理这次事故，琪琪很不满意。如果承包责任人不当甩手掌柜，如果施工公司老板不遇事就逃避，而是及时派人过来协商，鲁鲁就不会受伤，她也不会陷入那样糟糕和尴尬的境地。

而公司却不这样认为，因为图纸毕竟是琪琪设计的，而且造成这次事故的施工材料也是琪琪推荐的，她出面并负一部分责任是无可非议的，公司这样处理当然没有问题。

结果，琪琪毫不含糊地与公司直接发生了冲突。

琪琪说道："我虽然在公司不拿底薪，但我手里可有劳务合同，毕竟还是公司的人，而且对外签署的合同都是公司与单位签订的。我只负责设计，拿提成工资而已！至于施工材料嘛，虽然是我推荐的，但是决定权依然是贵公司啊！更何况工程有质量负责人，出事怎么就变成找搞设计的负责了？"

那日双方争吵得很激烈，周围的空气都凝滞了，气氛十分紧张。琪琪嗓门很尖，整个公司都沸腾了。平时看起来很娇弱的她，骂人的声音并不小，比女高音还高。

吵架的结果是，琪琪辞职，离开了公司。

虽然隔着玻璃，但是比较好管闲事的员工打听到，老总被她骂得很难堪，所以老总也就不挽留她，由她而去。其实就算老总想挽留也没有用，因为她迟早是要走的，把对方骂得狗血淋头不过出口气而已。

她离开公司很干脆利落，该带的带走，该扔的扔掉，一点儿不拖泥带水。与鲁鲁相比，她表现得很在理，很洒脱，很强大。回想鲁鲁当时辞职时，同事们一致认为他离开得很屈辱，很难看，很弱智！

鲁鲁还听说，琪琪是那个公司最好的设计师，几乎是神一样的人物。她的离开必然会带走一些客户，给公司带来不小的损失。可在鲁鲁看来，她的离开未必是一个很好的抉择，因为她在公司收入和地位都很高，离开了只能从头开始。

尽管如此，他还是觉得琪琪就像一个剑客，意志坚定，侠肝义胆，恩怨分明。

不管别人怎么想，琪琪反正是我行我素。既然公司不厚道，也别怪她无情无义。她要技术有技术，要人缘也有人缘，何苦还为别人的公司打工，给他人做嫁衣？于是，她开新公司的想法骤然而至，而且她又是那种想干就干的实干派，立即就谋划起来。

鲁鲁虽觉得有些草率，但他实在说不上话。琪琪既然已决定了，如果他再来指手画脚，反倒是惹她心烦。更何况这是她的选择、她的人生，他没有反对的权利。

琪琪正在为筹备开设公司而忙得不可开交，顾不上鲁鲁。鲁鲁也不敢给她添乱，只有在实在无聊的时候，才给她发了几条骚扰短信，让她注意休息。这些话对琪琪来说无疑是废话，她很少回复，可能也没有时间回复。

等到公司筹备得差不多时，鲁鲁以为琪琪会邀请他去公司帮忙。事实上，琪琪的确这样做了，但结果却出乎他的意料。

琪琪说：“等我公司弄好了，你来我公司帮忙吧！”

鲁鲁非常高兴，因为这是他梦寐以求的。他不为钱，只想有更多时间跟琪琪在一起。但他还是谨慎地回了一句：“你的那一行，我怕不太懂，能行吗?”

其实，鲁鲁并没有要拒绝她，他只想客气、谦虚一下。

可是琪琪接下来的态度完全出乎他的意料。他以为琪琪虽不会再一次盛情邀请，但至少也会补一句，比如“没事儿，你进来可以先学习”之类的话。那样，鲁鲁会很高兴地答应，愿效犬马之劳。虽然他对琪琪这一行确实不太懂，但本身搞计算机程序的，对他来说做设计编程应该并不难。

但是，琪琪沉默了，鲁鲁等了半天，她就是没补那么一句。他失望极了，也非常后悔，当时直接答应多好，还谦虚什么，这不是没事找事吗？可他后来想想，或许琪琪根本不是真心诚意邀请他，或者琪琪只是把他当作一个普通朋友，并不太相信他，再或者琪琪根本看不上他。想到这儿他心中堵得难受，喘不过气来。

的确！他只是一个网吧管理员，一个月还挣不到两千块。他深知，琪琪的眼睛看不到他的世界，她从来没有考虑过要找他当自己的男朋友。男人碰到穷，必然很难堪，鲁鲁不由得悲从中来。

他仰望天空，星云密布，不知道属于他的那颗星在哪儿。难道自己真的那么卑微，无法入眼吗？难道他来到长沙只能做她的路人甲吗？他自言自语，泪水潸然而下。

第七章　再乱也是花絮

1

日子并不以某个人的意志为转移，它始终继续着。琪琪在为她的公司有条不紊地奔忙着，大到公司选址、办证，小到购买办公用品、清洁物品等。鲁鲁几次打电话过去，琪琪总说是忙不过来，可偏偏没再说那句“你过来帮忙”。只要琪琪邀请他，哪怕是暗示他去帮忙，鲁鲁也马上就飞过去，赴汤蹈火，万死不辞！可是她只字不提，不知道究竟是有意还是无意。

他天天待在网吧。把手机放在上衣口袋里，他不敢放在裤子口袋，因为担心手机响了他没有听到就错过了，这错过可能就是他一生的幸福。可是一天两天三天过去了，再没有接到她的电话。他期待着，期待着……终于，很沮丧。

鲁鲁只好把心思放在网吧，渐渐地喜欢上了网管这份工作。其中还有一个原因，就是雪小晴。

前一段时间他住院不能来网吧工作，给雪小晴打了一个电话，说如果实在忙不过来，就再请一个人好了。雪小晴说好的，却又反问他要不要帮忙。那时他正处于幸福之中，当然说不要。等到鲁鲁回到网吧上班时，发现她依然没请别人。只是把网吧的同事给累坏了，这几天都是同事和老板娘扛着，最后同事实在扛不住了，凡是晚上过了十二点，没人包夜，同事就直接关门回家。

鲁鲁问同事，为什么老板娘不请人？

同事气愤地说："来应聘的，穿着不整洁的，不要；多要工资的，不要；人长得不帅不高的，不要；文化程度太低的，不要。又不是选快乐男生，把条件定那么高干吗？"

看得出他对女老板一肚子意见，鲁鲁安慰这位同事几句，说这几天让同事多休息，所有的事他来做。在接下来的几天里，鲁鲁把心思都放在了工作上，一天忙到晚。因为这样，他就没有时间想琪琪，也没有时间忧伤。

雪小晴每天照常来收账，有时看到鲁鲁值班太久了，就让他去休息，她来做。鲁鲁不答应，反而嘱咐雪小晴好好休息。弄得雪小晴都不好意思了，其实她不知道，他这是在逃避。

雪小晴只好随着他，但是也没有加工资。鲁鲁倒觉得无所谓，反正他就没想过要加钱。网吧地板被他一天拖了八遍，桌子抹了六次，窗户的玻璃也被他抹了三次，干净得连老鼠都不好意思踩进来。但是鲁鲁觉得还是不够。最后弄得那些上网的人都有意见了，说这样的弄法影响他们上网了，他才不得不停下来。

日子闲得发慌，他坐在凳子上观察着雪小晴，发觉这个女人不仅有事业心，而且非常有生活品位。她的穿着十分讲究，几乎没见她穿过重样的衣服，这点与琪琪有明显的不同。

琪琪穿着随性随意，如牛仔裤、露脐装。有时围着围巾，或者戴着帽子和墨镜，在手腕和腰带上会挂上手链腰链等配饰作为点缀。看似杂乱无章，其实样样精致，从中透露出性感迷人的气息是谁也比不了。她的话平时不多，但语速很快，让人感觉很锐利。

想到琪琪，鲁鲁心里不禁又堵了，郁闷和烦躁接踵而来，让他呼吸不畅。他赶紧拿起拖把，几番折腾，实在没什么地方要拖的了，他便坐下来打量雪小晴。

雪小晴是一个精致的女人，她穿的衣服，不一定是名贵的，花色多以暖色调为主，给人一种很温暖的感觉。她也爱穿紧身衣裤，衬托出身材的凹凸有致。她年龄不大，性感迷人，与琪琪最大的区别是待人很亲切。

这样精致的女人，又是单身，应该有很多风花雪月的故事吧。鲁鲁对这类女人接触不多，以前在电脑公司，多是一些小女孩，他的客户也多是家庭主妇。因为陌生，无端地对雪小晴产生一种惶恐和戒备，也因为好奇，他不由想跟雪小晴走得更近。

想到这儿，他觉得挺好笑，怎么拿雪小晴和琪琪比较起来了？雪小晴对自己挺好的，刚到网吧上班不久，就给他加工资了，倒是自己，心里很阴暗。

这也不能全怪他，出租屋里乌烟瘴气的，也难以出淤泥而不染。只要秀秀出门，老谭就找各种理由懒在家里，说照顾麦麦不过是挂羊头卖狗肉。

鲁鲁躺在房间里，经常听到他们叽里咕噜，追追打打，时而娇声呵斥，时而放浪大笑，老谭贱的，简直就是电影里吴孟达演丑角的翻版。

对此，老谭狡辩地说："我们只是闹着玩，别人不相信，你还不知道我吗？"

老谭都淫贱成这个样子了，谁会相信？反正鲁鲁不信。老谭再怎么闹，别搞到他的房间里就行。如今，他的房间是唯一的一块净土。空闲的时候，他忍不住想琪琪。秀秀说，那天上街，无意中看到琪琪跟一个男人走得很近。鲁鲁赶紧问是谁。

秀秀嘴里迸出两个字，鲁鲁听了直接想撞墙。

2

其实鲁鲁早应该想到是华华。如果说出身富贵的人家到底有什么地方值得向往，那么最直接的回答就是钱。拜金主义真的很龌龊?相反，优越的物质条件、高品质的生活，都离不开钱。人有钱会延伸很多产物，比如自信、资源、品位、人脉等等。

自从华华与琪琪分手以后，他开始了独自生活。他不想回到乌烟瘴气的家里。他的父亲从八十年代开始打拼，从个体户做起，摸爬滚打三十年，不仅有了公司，还渐渐成长为一个集团公司。他们家最不缺的就是钱，外面风流韵事自然不会少，所以他母亲对他的父亲很有意见，早早搬出了原来的居所，过着分居的生活。

华华从小跟母亲长大，他对父亲也不怎么亲近。长大以后，父亲有意让他来公司接班，但他不肯回去，即便如此，他的父亲对他期望很高，在钱上面对他一点儿不吝啬。所以华华从小到大一点儿不差钱，直到他遇见琪琪。

他的父亲以为自己在外经常拈花惹草，儿子在外有点儿绯闻也很正常。不仅没劝阻，反而很自豪。谁知儿子玩真的，这让他的父亲很愤怒。吃过无数苦的父亲深深地知道门第人脉的重要性，一向要强的父亲坚决反对儿子与一个平民家庭出生的琪琪结合。为了让儿子妥协，他不仅停止支付儿子的生活费，而且停了儿子的信用卡。

华华和琪琪分手后，他的父亲以为儿子妥协了，马上重新给儿子启用信用卡，苦心婆口希望他能早点儿回心转意。但是华华任性惯了，就是不回家，宁可过着打工生活。他经常是今天换这家，明天又换那家公司，一点儿没有遗传到他父亲吃苦耐劳的基因。

父亲心痛儿子，加上华华在社会上也历练了很久，决定给他一笔钱，让他自己创业。华华还没想好如何创业，却发现心里始终放不下的是琪琪，于是他又死乞白赖重新找她。

他们分手都一年了，琪琪自然不肯答应，但终究是女人，经不住华华的软泡硬磨。她的工程出事时，华华在一家建材公司做销售，就是他给琪琪提供的劣质建材。都说恋爱的女人智商特别低，她怎么也没想到华华把有质量问题的建材，推荐给了自己的公司。而公司因为是琪琪推荐的，所以也没认真验收，就用在工程上了，结果出了事。

事情发生后，两人都觉得冤。华华发誓这个事绝不是他故意的。他找到了任职的公司，老总说他也不知道，那批货是三角债，是用货抵债过来的。华华很气愤，仗着练了几年跆拳道，把公司老总暴打一顿。

公司老总被打得皮开肉绽，准备报警的，但是想华华的老爸是集团老总，生意往来密切，多年来靠的是他们集团给业务吃饭，所以他一方面找到华华的父亲哭诉，希望“妥善”处理；另一方面给华华赔了点儿钱，送走了这个“灾星”。

琪琪自己办公司，华华提出合伙，琪琪同意了，名义上是各人出资一半，其实是华华出资了大半。更让琪琪感到意外的是，华华不仅为她提供了大量的物质资源，还为她牵线搭桥，让她轻而易举地坐享大量的人脉资源。

华华的父亲听说这个事后，气得七窍生烟。那资金原本是想让儿子创业的，谁想他竟然给琪琪投资了，但儿子大了，他的父亲生气了半年后，也慢慢想通了，暗地里帮他“铺路”。

华华作为集团董事长的公子，虽然惹是生非，离开父母到处“作死”，但是他像父亲一样聪明，很清楚自己在做什么，一心帮助琪琪创业。

俗语说：龙生龙凤生凤，老鼠的儿子会打洞。华华利用他父亲的人脉，建立了自己的社会关系，将琪琪的公司打理得妥妥当当、红红火火。后来知道了鲁鲁趁着他和琪琪吵架分开的那段时间，对琪琪有非分之想，华华心里十分恼怒……

3

琪琪不是没有考虑过鲁鲁的感受，也不是不知道他的心思，但是他们之间真正的距离不是钱，而是不一致的三观。因此，他们虽然认识的时间很长，但倾心交谈的时间很少，更无法形成交集。在旧的时光里，他们的友情没受世俗玷污；在未来的日子里，她真诚地祝福鲁鲁安康、幸福。

虽然他们在不同轨道行驶，但琪琪多么希望鲁鲁能理解自己。因为再美的女神，也是女人，也得面对形形色色的问题，也会陷入各种形式的困境。她没法告诉鲁鲁生活有多么艰难，也无法让他感受萦绕在自己身侧的压力。鲁鲁帮不了她，更不可能是她的依靠。

她需要跟华华的合作，而此时的华华不知听谁说的：鲁鲁趁着华华与琪琪分开之际，见缝插针，死乞白赖追求琪琪。这让华华十分愤怒！以前华华只知道鲁鲁是白日做梦、异想天开，现在居然敢明目张胆地穷追猛打。华华再一想到上次琪琪与他分手，极有可能就是鲁鲁落井下石，所以华华对他更是恨之入骨。

虽然华华的愤怒是不可理喻的，猜忌是空穴来风的，但事实已经这样了，所以琪琪实在不便再次邀请鲁鲁加入自己的公司。

而鲁鲁怎么可能知道这些呢？他倒是同情起秀秀来，因为他们“同是天涯沦落人”，像是难兄难妹。因为只要她前脚刚出门，老谭后脚就溜了回来；可当她在“家”时，老谭就总是借口说要出门加班，非得把自己标榜得很有事业心。秀秀拿他无可奈何，这种苦楚，只有鲁鲁知道。

出租屋里鸡飞狗跳，老谭时不时弄乱了麦麦的头发，麦麦时不时又动手掐了老谭一下，要不然两人就是躲在麦麦的“办公室”打闹。这些龌龊事，鲁鲁看在眼里，烦在心里，并不断地提醒老谭：“你也注意点儿，小心秀秀回来撕了你！”

“不会有事，”老谭很自信。老谭有时也觉得自己的确有些过分了，便没羞没臊地坐在鲁鲁旁边讲真相，“其实我真的觉得麦麦很可怜。”鲁鲁不知道老谭的“胡作非为”与麦麦的可怜有多大关系，他明明是在趁火打劫、浑水摸鱼。可老谭却说，他真没想占她一点儿便宜，她一个小女孩来到这座城市，身边又没有一个朋友，真的太需要人照顾了，所以他就适当地照顾了一下……他一边说，一边掉两滴鳄鱼的眼泪，那演技可以评最佳男配角了。

鲁鲁实在听不下去了，问：“你是活雷锋？”

“我就不能响应号召，争当活雷锋？”

“有你这么丑的活雷锋？麦麦是刚满十八岁的小女孩，对男女之事，对这个世界懂得还不多，老谭你下手别太狠。”

“哪里，哪里……我对她的喜欢，完全是哥哥对妹妹的喜欢那样。”老谭继续感慨道，“麦麦比我们家挑剔敏感的秀秀和冷若冰霜的琪琪都可爱得多，她乖巧伶俐，认真勤恳……作为公司的领导……”

鲁鲁根本没心思听他说完，心情很糟糕，恶狠狠地说：“老谭，平时有秀秀在，我还真不敢，今天，信不信我揍你一顿？”

老谭一惊，立即跳开，可能是长期“锻炼”的原因，真是“狡捷过猴猿，勇摽若豹螭”。问：“怎么？你敢对一头野兽动武？”

鲁鲁怒吼：“滚！”

老谭怏怏离开，鲁鲁不想理会，一头倒在床上。这个出租屋里到底有没有正常人？他无力争斗，只好装作视而不见，相忘于江湖。

4

琪琪的公司红红火火地开办了起来，华华给了她很大的帮助。在鲁鲁的眼里，琪琪聪明、独立，堪称完美，可他不知道的是，她也很辛苦。她那么独立能干，可是在恋人面前，她也希望做个不问世事的小女孩，也希望有一个温暖的怀抱，也希望有一个男人为她冲锋陷阵。

鲁鲁对琪琪奋不顾身，正因如此，在她的内心里，还是对他有一点儿愧疚的。他单纯、善良，对爱执着，但容易受到伤害……她希望找个机会跟鲁鲁解释一下，正好她的公司要开业，邀出租屋几个人吃顿饭庆祝一下。她刚走到门口，发现里面乱作了一团。

秀秀因为气愤，面色苍白、面目扭曲，麦麦躲在墙的一角瑟瑟发抖，老谭一副贱样，低着头坐在沙发上，不敢大声喘气，不敢说话，惶惶不安。此时只有鲁鲁若无其事，好像已习惯了这样的“大场面”。

原来，秀秀在老谭的衣服口袋发现一本病历。她觉得很奇怪，自己又没生病，难道老谭病了？她翻开一看，原来是麦麦到医院做人流手术后的检查报告单。

这个蠢货，当初小心到连陪麦麦做人流都不敢去，后来居然胆敢陪着麦麦去做妇检。这个病历本可能只是麦麦让他拿一下，老谭就随手放在了衣袋里，没承想忘拿出来了，结果就这么被发现了。真是常到河边走，没有不湿鞋的啊！

秀秀一直还以为老谭是个胆小忠厚的人，谁知他居然会骗自己。秀秀指着两人问："这是怎么回事？你不是说麦麦是因为胆囊炎住院吗？"

老谭低着头，如惊弓之鸟。倒是麦麦首先跳出来说："本来是胆囊炎，结果B超检查，发现怀上了……是我叫谭哥，陪我去医院的，不关他的事。"

秀秀看着这个丫头问："那关谁的事？"

麦麦哭着说："那人我在酒吧认识的……我一时不小心……就发生了那事，没想到就有了……"

鲁鲁和老谭面面相觑，在一旁的琪琪也很好奇，谁想秀秀突然发飙："不可能！"

接下来是老谭被打的惨叫。麦麦说得吞吞吐吐，底气不足，而老谭又不敢理直气壮，这种情况谁会相信？既然不相信，那就不怪秀秀出手了。

虽然老谭练得一身"功夫"，但是再敏捷的猴子，也躲不过重量级拳手的攻击。他在被攻击中还想申诉的，可已经来不及了，身体剧烈的疼痛，除了拼命地叫唤，再也说不出一个字。

麦麦跑过去拉着秀秀说："真的不关谭哥的事。"

秀秀转过身来，勃然大怒："还想骗我？你们趁我不在家，干了多少见不得人的事？别以为我什么都不知道。"

说着，她又扑向麦麦："今天我非掐死你这个小婊子不可。"

眼看一场灾祸骤然而至。在这千钧一发之际，谁也没想到，鲁鲁像被施了“幻影术”，闪电般挡在了麦麦的身前，说：“你有没有想过，可能真的不关老谭的事？”

秀秀被问住了，手悬在半空：“那关谁的事？别说关你的事。”

“如果是我呢？”鲁鲁哼了哼。

“不可能。”秀秀还是不相信。

鲁鲁瞟了一眼琪琪，说：“那我很明确地告诉你，这事的确是我干的。你忘了是我引麦麦到你公司上班的吗？你看看人流手术的报告单，写家属签字的人也是我。你们家的老谭也就是闷骚而已。”

秀秀扩大的瞳孔，渐渐地缩小。

老谭愣住了，麦麦也愣住了，琪琪的脸上也写满了惊奇。

“现在你还有什么不明白吗？请不要伤害我的……麦麦。”他轻轻地搂住了麦麦，再次觉得自己像一个英雄。这次的英雄不是在杀戮的战场上，而是在这里，舍情取义。

当然，他又再次体会到了悲壮。

老谭似有良心发现，嚷道：“鲁鲁，你疯了，为什么要说出实情……”

这就是悲壮。秀秀信了，转身拧起老谭，咬牙切齿地道：“我叫你闷骚，我叫你闷骚……”两人准备回到房间里，老谭还想说些什么，但秀秀把门“啪”地一关，什么也听不清了，房间里好安静。

麦麦反应过来：“谢谢鲁哥。”

在她涨红的脸上，除了感激，更多是惊吓过度，怯怯地说道。她不敢再说什么，匆匆地回到她的“闺房”里。

鲁鲁站在那儿，正如老谭所说，他真的疯了。

琪琪本想请大家吃顿饭，却不想看到这一幕。她盯着鲁鲁的脸许久，越发惊奇：“真没想到，你还有这一出戏。”

“其实让你惊奇的戏还有很多，要不要我都说给你听听？”鲁鲁要流氓地说。

“没兴趣！”琪琪把门一带，走了。

琪琪走的时候，鲁鲁感到一股凉风，凉到了心底。记得有人说过，你投入的感情多少，决定了你离开的时候痛苦程度的高低。他明白，琪琪根本没爱过他，所以这样的离开，很“人道”。

而对于自己，他还有一丝报复的快感——你可以有别的男人，我也可以有别的女人，这多么公平！不知道这算不算一次有力的回击呢？

也许解救老谭完全没有必要，因为他本来就活该。但是琪琪以后，就可以不必再怀着一丝歉疚，奔向她的新生活了。而鲁鲁内心里剧烈的疼痛，让他无法思考什么，只想睡去。如今的一切，如果都是一场梦，那该多好！

5

那天晚上，鲁鲁失魂落魄地回到网吧上班，结果又出了事。

他的同事早早就下班了，只剩雪小晴一个人守在网吧。这个女人既当老板又当员工，真是全能人才。鲁鲁走进来的时候，发现她尴尬地坐在那儿。原来是网吧里有个留着长发，长得像“长毛”的男子正在津津有味地看血腥的片子，丝毫不顾及别人的感受。

鲁鲁走近身强力壮的“长毛”说：“把它关了。”

“长毛”不予理睬，如若无人，点燃一根烟，把腿放在电脑桌上。鲁鲁就动手“啪”的一下切断了那台电脑的电源。

小伙子霍地站起来，吼了一句：“干什么？想找死？”

只见那男子一拳头挥了过来，正好打在鲁鲁的鼻子上。顿时鲁鲁的鼻子鲜血直流。

鲁鲁一声不吭，很冷静地擦干净嘴角的血。

“长毛”看着鲁鲁冷笑，仿佛在说自不量力就别多管闲事，继续打开电脑看片。他没想到，鲁鲁以迅雷不及掩耳之势，操着一把椅子向他砸了过来。

他们身体的实力悬殊很多，所以“长毛”根本没想到鲁鲁会攻击他。他迅速地用手挡了一下，结果凳子断了一只脚。愤怒的“长毛”，尽管受了点儿伤，但仍快速反击，再次一拳头挥过去，但鲁鲁这次早有防备，“长毛”扑了一个空，但“长毛”紧接着一个飞腿过去，鲁鲁这次可没那么幸运，可怜的鲁鲁像一个皮球，又飞了起来。

鲁鲁摔在地上时，他一点儿也不觉得疼痛，因为与心里的痛相比，身上的这点儿疼痛简直不算什么，只是鼻子撞在桌子上，血涌出来，地上殷红了一片。

刹那间，击打声，惊叫声，网吧乱成了一片，雪小晴立刻报了警。

“长毛”被公安带走，送到派出所拘留。鲁鲁被送到了社区医务室上好了药，回到出租屋，病休三天。

受伤的鲁鲁没得到秀秀的一点儿怜悯。因为她正筹划搬家，按她的话说，这个屋里太乌烟瘴气，只是她没有想过吗？是谁把这个屋子搞成这样的？难道她和老谭就是合法夫妻？既然不是，又凭什么指责别人？如果要以离开的方式表达愤怒，那么就请两人抱成一团，以圆润的方式滚蛋。

搬家还未完成，很快两人又产生了分歧。按老谭的想法，他们该买一套房。现在长沙三环的房子一平方快一万元了，看形势以后的房价还要涨。但是秀秀说，公司才渡过困难期，事业才刚刚开始，何况现在赚的那一点儿钱，还不够买房的。

最后，秀秀习惯性地占了上风。但问题是，不买房就还是得租房。于是秀秀又要重新寻找房子。这时老谭说，既然是租房，不如就先在这里凑合一下。她在老谭的软磨硬泡下，暂时放弃了搬家的想法。

鲁鲁闷着笑，是老谭压根就不想离开这里吧，对他们的去留问题，鲁鲁压根没放在心上，现在他谁都不想理，秀秀几个人想怎样就怎样。

麦麦倒是很高兴。虽然秀秀对她冷冰冰的，但她感觉得到了两个男人的庇护。照料鲁鲁的任务也就自然落在了她的身上，端水送饭，还给鲁鲁做肩部按摩，服务周到。可鲁鲁觉得自己就像一个活死人。

他躺在床上，清晰地记得琪琪离开时，脸上带着轻松的、厌恶的、决绝的表情。他虽然脑子里一团乱，但他心里明白，出租屋再乱也只是花絮，只有琪琪才是他心里的主角。

此消彼长，秀秀越来越发达了，听说一笔单，她就赚了好几万。而且她网站有一部小说已改编成电视剧了，作者知名度上来了，伴随着秀秀网的名气也大了起来。她全部的心思都放在了签大单，赚大钱上。

自从上次秀秀觉得自己冤枉了老谭后，心里便生出一丝愧疚，于是给他买了一套皮尔卡丹衣裤，花了六千多；她还是觉得不够，又给老谭买一块劳力士表，又是好几万。

老谭喜极而泣，穿着秀秀买的衣服，戴着新手表在客厅里，被秀秀指挥得团团转。他看见鲁鲁起来上厕所，扬了扬戴在手腕上的新表，兴奋地叫着："秀秀刚给我买的，名牌！怎么样?"

鲁鲁懒得搭理这个人。平心而论，秀秀对老谭确实不错，在给他钱、买东西方面，她从来不心疼，这样的大手笔，还真是令人仰视。她自己都没舍得穿过一件名牌。

老谭也觉得，在这个世界上只有秀秀舍得给他买名衣名表，连他的爸妈都没这么舍得过。秀秀对他一心一意，老谭孰能无情？他经过反思之后，决心刻意远离麦麦，不再像以前一样跟她打情骂俏了。

他对秀秀变得言听计从，体贴入微。他唯一觉得对不起的就是那个为他两肋插刀的鲁鲁，简直就如他的再生父母，就算粉身碎骨，也难以为报。

光想着鲁鲁，他却忽略了麦麦那颗年轻、敏感而脆弱的心。

第八章　出租屋闹“鬼”

1

一到了晚上，基本上都是鲁鲁一个人守在网吧。网吧有隔出来的两室一厅，其中一室是网吧值班人用的，里面有床，有一个柜子；另一室是雪小晴的办公室，里面有一张办公桌和一个衣柜。

这两个房间小，又紧挨着，外面就是一个小“客厅”，厅里放了两个办公桌、一台冰箱和一些餐具。墙上还有张油画，虽不是名画，但给人感觉很温馨。

雪小晴说：“你干脆搬进来住，省得跑来跑去，把你原住的那边退了，连房租也省了。”

鲁鲁答应了，只是不放心老谭和麦麦。他突然想到一个绝妙的方法，网吧不是缺人手吗，正好可以把麦麦招进来。这个小丫头，挺灵巧的，端茶送水，很讨人喜欢。重要的是，如果这样，她和老谭就不必朝夕相处了。等到某一天，麦麦想开了，老谭充其量只是她人生中的一个过客。

他把想法和雪小晴说了，雪小晴听后，笑嘻嘻地问：“是你女朋友？”

鲁鲁尴尬地摇了摇头：“我可没那么风流，只是我的一个妹妹。”

他记得秀秀也曾问过类似的问题，不知道雪小晴是不是就爱开这样的玩笑，反正他明确地否认了，不能总把屎盆子扣在自己的头上。

雪小晴答应了，开玩笑地说：“不是亲妹吧，可以慢慢发展成为女朋友啊！”

鲁鲁不可能把麦麦、老谭和秀秀之间错综复杂的关系，以及三人的爱恨情仇说给她听，只能说他和麦麦是不可能的。雪小晴不多说了，鲁鲁隐隐地觉得，雪小晴很相信他。因为他记得原来的同事曾经说过，雪小晴招人很挑，决不乱招人。这次她都还没看到人，就很爽快地答应了。

鲁鲁非常高兴地把这事说给麦麦听，他以为她会很乐意接受，可是他错了。麦麦一口回绝了，幽怨地说：“我就在这里，哪儿也不去！”

鲁鲁看着这个脑残的丫头，本来还想劝劝她，可麦麦突然激动地站起来说：“谭哥亲我了，摸我了，什么都做了。等秀秀姐回来，我还就告诉她，谭哥喜欢的人是我！”

她的声音很大，老谭刚到门口，听到后呆在那儿，脚不敢挪动一步。

鲁鲁也同样惊恐地看着这个丫头，呆在那儿。正在这关节眼儿上，只听见开门声“哐当”一听，声音不大，却起到了震撼效果，秀秀拎着包也回来了。老谭顿时吓得魂飞魄散，两只脚在那儿抖。

秀秀风尘仆仆，踌躇满志地赶回来。一进门看到三人都在惊恐地看着自己，有些奇怪，看看自己及周围，没有发觉哪儿不对劲，问：“都怎么了？”

鲁鲁回过神来，很机智地说：“我们正在说话，谁想你突然进来了，就都站起来夹道欢迎秀秀董事长归来!”

“你们正说我坏话吧。”秀秀进门一边放下东西，一边说。她揣摩人心思的能力，比一般人都强。

老谭有些忐忑，走过去要帮秀秀整理东西。秀秀总感觉哪儿不对劲，看了老谭，又瞟了一眼麦麦。那个脸色发白的小丫头正像一个女僵尸，站在那儿一动不动。

秀秀问：“生病了?”

“没有。”

“那是?”

“失恋了。”麦麦的脸发白，表情很僵硬。

老谭一屁股坐在沙发上，望着窗外想：如果从这个楼跳下去，会不会死?

秀秀一脸狐疑，扫了一眼鲁鲁，继续说：“失恋了?鲁鲁不要你了?这个狗男人，我早就知道他不是好东西……”

她义愤填膺。

鲁鲁想笑，原来他可能还不如狗，如今秀秀已经将他拔升到了狗的“高度”，真是可喜可贺。

“不是鲁哥。”

“那是?”

老谭随时会因为脑充血而暴毙，而鲁鲁的心顿时跳到嗓子眼里。鲁鲁可以不管秀秀怎么“拔高”自己，但是他不能不管麦麦的死活。

“有话我们屋里说。”鲁鲁拼命将麦麦拖进他的房间，时局已经开始失控，不能再进一步失控了。此时，如果他不下地狱，谁下地狱?

被拖进房间的麦麦，趴在床上号啕大哭。她的泪水哗哗而下，犹如一场持续的暴雨，要把房间变成一片汪洋。有没有诺亚方舟鲁鲁不知道，即便是有，估计麦麦也没救了。

2

鲁鲁回绝了雪小晴住在网吧的提议，因为目前出租屋里到处都是火星，一点即燃，一燃即爆，他不能在这时候一走了之。

麦麦已经没有了以前乖巧伶俐的模样了，现在倒像一个怨妇，尽管与她年龄很不相称。她工作也没有以前认真，作者找她时，她也是有一句没一句，这引起了秀秀的强烈不满。原先，秀秀只认为麦麦人品有问题，现在工作态度也有了问题，把她赶走是迟早的事了。而麦麦对秀秀更是一种怨恨，秀秀根本不知道麦麦恨她什么，因为在秀秀看来，麦麦和鲁鲁的关系，跟她有什么关系？

秀秀出门，老谭也出门。为了躲避麦麦，他将“凌波微步”演绎到极致。而麦麦因为怨恨，为了能抓住老谭，将“九阴白骨爪”发挥到了极致。两个人像武林高手一般，你来我往，你抓我躲。没抓到成了一股风，但老谭如果被她抓到，那可是招招见血。

说到血，老谭从小就怕。记得打针那会儿，针还没扎下去，他就差点儿晕过去。但是突然有一天，客厅的地板上赫然出现了一串血脚印。

这一串血脚印是老谭首先发现的。一天深夜，他起来小便，路过客厅，看到地上印着什么红东西，说不出的诡异。他打开灯想看真切，一串血脚印触目惊心地呈现在了他的眼前，他被吓得尖叫。秀秀和麦麦闻讯赶来，三个人你看我，我看你，谁也不知道怎么来的。

秀秀走过来，用手指点了点血印，血迹已干了。她又闻了闻，有一股腥味。很明显是血无疑。而那串血脚印从厕所，延伸到麦麦的“闺房”。秀秀有意看了一眼麦麦，发现她在瑟瑟发抖。

麦麦知道他们在怀疑她，急忙说：“不是我。”

不是她那会是谁？秀秀把目标锁定住麦麦，因为她发现脚印纤细，必是一个女人的脚印无疑，而出租屋内，除了她之外没有其他人。麦麦要逃往房间：“不要找我，不是我干的。”

秀秀不容她狡辩：“这个事下不为例，再出现这样的情况，立马滚蛋。”

秀秀说得出，也做得出，没有人怀疑。

麦麦觉得很委屈，因为没有人相信她，她气愤地说：“鲁哥经常不回屋里，前两天我就听到鲁哥房间外阳台有窸窸窣窣的声音，那声音一到半夜就传到屋子里，我一直不敢说。”

鲁鲁知道后，头皮发麻。

秀秀听到后说：“老谭，买点儿老鼠药回来，定是老鼠捣乱。”

老谭买回来，放在了鲁鲁的房间，可那种声响并没有消除，这个老谭也听到了，吓得在被子里抖。麦麦爬起来，却不敢靠近。秀秀听到，浑然不惧，披了一件衣服起来，想看个究竟。

她走到鲁鲁的房间，将里面的灯打开，里面空无一人，什么声响都没有了。秀秀很气愤，砰的一声关了房门。

可正在这时，屋里的灯就在关门的那一刹那全灭了，只见黑暗中有一星点火光，嘭的一声，火光中呈出一片红色。秀秀往外再细看，那红色似浮光掠影，看不分明，只听见叭的一声，一道光影飞快地闪过，奔向天际。

麦麦吓得惊叫，赶紧钻进被子里。老谭也捂着被子，周围黑漆漆的，仿佛房间里有一个厉鬼，随时会把他吃掉。秀秀似乎也有点儿被吓着了，张着嘴巴呆在那儿。

过了几秒，秀秀凭着强大的气场，回过神来。她辨认发光和出声的方向，正好是电闸的地方。秀秀冷笑，就凭这也能吓住她？秀秀已猜到问题所在，伸手去摸灯的开关，果然是没电了。她摸着回到自己的房间，从窗户向外看，果然房子周围几家的灯都熄灭了。

她顿时松了一口气，说："是跳闸了。"

第二天，老谭和麦麦心有余悸，秀秀打开灯，灯亮了，或许是有人抢修好了。鲁鲁早上回来，老谭抓着他问："是不是你这个房间里真有鬼？昨晚太可怕了！"

鲁鲁租房之前的确听说过这套房间有一个女鬼，难道真来了？那些声响原来没有的，现在有了，也许这还不能证明什么；但是那个血脚印，不一定是麦麦的，很有可能就是鬼留下的。

想到这里，老谭一屁股坐在沙发上，絮絮叨叨："我知道了，我知道了……"

鲁鲁不明白地问："知道了什么？"

老谭说："这个房间积蓄了太多的怨气，怨气一多鬼就出来了。这带血的印记，怕是大凶之兆啊！"

鲁鲁感到头大了。老谭说得太专业了，很在理。如果有半仙专业，老谭拿半仙文凭肯定不成问题。为人不做亏心事，半夜不怕鬼敲门。老谭做了坏事，所以心中有鬼。秀秀感觉不到有鬼，因为凭借着她强大的气场，连鬼神都惧，哪敢靠近。

第九章　豁出去的决心

1

雪小晴告诉鲁鲁，他唯一的同事辞职了。鲁鲁嘴上说没事，但是他失眠了。

鲁鲁了解到，虽然这家网吧是雪小晴婚后开的，属于婚后财产，但是离婚时有协议，网吧归雪小晴所有。离婚后，这家网吧成了她唯一的生活来源，也是她的精神寄托。雪小晴很用心经营着这家网吧，所以生意一直很不错。

有一天，网吧来了一个像索马里海盗的家伙，蓬头垢面，衣衫褴褛，眼神中有一种挫败后的不甘。他一进来就拦住了雪小晴的去路，雪小晴看见他一愣，稳住心神，说："你来了？"

"海盗"点头，乞求着："我们重新来过好吗？相信我，我会像以前一样爱……"

眸子里是满满的期待。

"不了。过去了就让它过去吧。"雪小晴不让他再说，眼神不住地躲闪，"你……保重。"她说完，快速离开了。"海盗"愣在那儿，不经意间，鲁鲁看见他的脸上挂着泪珠。

事后，雪小晴告诉鲁鲁，那个男人就是她的前夫，叫李斯文，刚满三十岁。

几天过去，这种不愉快的小插曲又出现在了网吧，李斯文又来了。他换上了一套稍微干净点儿的衣服，脸上却多了一种土匪样的神情。他再次找到了雪小晴，近似哀求地说道："跟我复婚吧，我放不下过去。"

雪小晴的口气中带了一种厌恶："不可能了。"

李斯文往前走了一步，突然开始要无赖，冒出了一句："要么复婚，要么给钱。"

眼神中带着蛮横霸道。

雪小晴再次愣了一下，大概没想到他会这么无耻。她推开他，准备离开。谁知李斯文不仅不让，继续说道："要么复婚，要么给钱。"

雪小晴十分生气地说："凭什么？"

网吧的网民看到这儿有好戏，比游戏好玩多了，便纷纷转头来当观众。

李斯文一副要无赖的神情，说："第一，网吧是婚后财产，我有份；第二，我把人生最美好的青春都献给你了。"

众网民听到顿时哈哈大笑了起来。如果是个女人这样说，那还可以理解，关键他是男人，而且是一个年轻力壮，刚满三十岁的大男人，这样说还真是罕见。

他最美好的青春是宝贵的，那么女人的青春就不宝贵？

有人干脆起哄道："是不是你的青春很狗屁？"

随即网吧里一片嬉闹声。

李斯文似乎没有听到，继续不要脸地纠缠："要么复婚，要么给钱。”

雪小晴冷冷地看着他，狠狠地回复道：“要复婚，除非我死；要钱，没有，只有这条命。至于网吧的归属问题，我们有离婚协议。”

她的话透着来自心底的寒意，足以让所有人感到战栗。鲁鲁可以想到这个极美的女人对于李斯文已经彻底绝望，也可以想象这个男人对她伤害有多深。这种冰冷和决绝，估计是经过了痛苦的洗礼之后才释放出来。

谁知李斯文一听离婚协议勃然大怒：“别提离婚协议，你那是乘人之危。”

雪小晴听到更是生气，情绪无法自控地喊道：“那你呢？是咎由自取。”

她趁着李斯文不注意溜走了。

李斯文看着她远走，扫视了一眼网吧，眼光碰到怒视他的鲁鲁。他不敢与鲁鲁纠缠，便再去追雪小晴。他像一只守株待兔的狼，有时守在雪小晴的家门口，有时就守在她回家的路上。

雪小晴见到他，立即绕道就走。李斯文则跑过去，继续拦着。反正不要脸了，你能怎么着？雪小晴没拿他怎么着，继续绕行，他就继续挡路，最后两人便起了冲突。准确一点儿说，应该是雪小晴遭到了袭击，受到了伤害。

两个人都充满了敌视，而且没有缓冲的空间。在冲突中，不管是李斯文有意还是无意，雪小晴被他推倒在水沟里了，全身湿漉漉的，冷得直哆嗦。但是李斯文仍不甘休，反正是要流氓了，干脆就流氓到底，一直在纠缠。

“你到底答应不答应？”李斯文态度很坚决，不达目的绝不罢休。

雪小晴态度更坚决：“你休想！”

她爬起来，头也不回地走，跟这种人已经不需要多说。

鲁鲁在网吧见到她时，她已是狼狈不堪，头发上、衣服上都脏了，连高跟鞋里也灌满了脏水。她走进网吧，头也不回，直冲到她的办公室。鲁鲁一看情形不妙，迅速到门口，像一个门神守在那儿。李斯文居然还想冲进来。

鲁鲁堵在门口，怒吼："滚!"

李斯文不敢再过来，但又不甘，对着网吧喊道："雪小晴，我还会回来的!"

说完怏怏而去。

过了一会儿，雪小晴重新换了衣服，走了出来。尽管光彩照人，但面容已憔悴。鲁鲁突然想到她的办公室有一个大衣柜，里面放着不少衣服，都是为了应付不时之需?

雪小晴说："今晚我守网吧，你回去休息吧。"

她没有解释，鲁鲁知道她那是想躲着李斯文。

他环顾一周，网吧一帮小子正在玩计算机游戏，酣战正迷；另一帮无聊的家伙正在看艳情片。暴力、色情，这儿一样不缺，这儿的一切都十分危险。雪小晴一个女人，不，一个非常漂亮的女人在这儿守夜，不是狼入虎口吗?

雪小晴读懂了他的意思，带着歉意说："要么你今晚在外面的沙发上凑合一下吧。"

看着她的背影，鲁鲁想到李斯文的话，问："他从那里……出来了?"

雪小晴停下脚步，站了一下，说："别管了。"

说罢，便头也不回，进到房间里去了。

晚上，鲁鲁蜷缩在沙发上，没有被子，有点儿冷。整个网吧只有里面的卧室中有一床被子，雪小晴盖着。外面传来"噼噼啪啪"敲打键盘的声音，那帮不知死活、不分黑夜白天的家伙，电脑游戏成了他们的精神食粮。网吧值班室房间里，一点儿声响都没有，估计雪小晴被那个前夫折腾得累坏了，所以很快就睡着了。

那一晚，他躺在沙发上辗转反侧，无法入眠，他又想到了琪琪。她现在应该很幸福吧！他把屎盆子扣在自己的头上，并不高尚，他不知道他这是在报复，还是在故意气她，又或者二者都不是，他根本就是在自暴自弃。

有时想想，琪琪虽然不爱他，但毕竟还是不忍心伤害他。如果不是这样，她怎么会隐瞒她跟华华的往来这件事？琪琪应该知道他的心，可是鲁鲁不领情，就是把她往外推。

如果他坚持，会不会看到希望呢？如果他对她和华华的往来采取一种大度的方式，或者根本视而不见，他是不是还有机会呢？他不怕付出，为了她，他可以卑微到尘埃里去……

长夜漫漫无心睡眠，他只好静静坐等天明。明天会怎么样，谁也不知道。生活就是这样，不管你怎样不堪，也得咬牙继续。

2

第二天天刚亮，鲁鲁从迷糊中起来，去洗漱间，看着镜中的自己，眼神很凄迷。他依稀地记得昨晚，她冒死给琪琪打过电话。他刚开口说便不知道怎么继续。

“琪琪，我想你。”

“我知道。”

“其实我对麦麦……不是那样的……我有苦衷。”

“哦，我理解。我不是觉得你不好，其实你很好。只是……”

“琪琪……我……”

鲁鲁还想说很多，本来有千言万语的，但是琪琪那边电话挂断了，或者她又开始忙了，又或者有什么其他事吧。他这样反反复复纠缠别人，不是和李斯文一样无赖吗？

尽管他有太多不甘心，但又不得不放下电话。如果再多给他一分钟，就一分钟，他一定会说，我爱你，真的很爱。她再没有给一次机会，就算给了，从鲁鲁嘴里说出来的也无疑是废话……

他独自坠入到无尽的黑夜中去，找不到方向。他拼命寻找着，挣扎着，不知道哪儿是出口，哪儿有光亮……

对着镜子，他赶紧擦干净脸上的泪痕，害怕回到出租屋被秀秀和老谭知道，又要准备开“新闻发布会”了。他正情绪激动时，一扭头，发现雪小晴也起来了，正在不远处。

她洁白而小巧的脸暴露在晨光里，美得让人心动。这个二十六七岁的女人，离过婚，被前夫无耻地纠缠，经过了一夜后，在脸上没有留下任何悲伤的痕迹。或许苦痛都被她“埋”了吧，真是一个坚强而美丽的女人。

雪小晴也看到了他，冲着他微微一笑，说：“昨天谢谢你了。”

鲁鲁回了一句：“没事。”

他开始打扫室内卫生，一晚上过去，网吧到处是烟蒂和口痰，他认真地打扫，以迎接新的一天。

他收拾完毕，不得不回出租屋。这段时间以来，他总是心绪不宁。麦麦和老谭在出租屋里闹，太让他不放心了。两人总感觉被鬼纠缠着，究竟是出租屋的女鬼，还是他们心里的鬼？鲁鲁不知道。他心里总是不安，结果还真出了点儿事。

3

秀秀的网站一直大量用兼职编辑。兼职编辑在她看来，一是物美价廉，不必付或很少付工资，都是按件计酬。也就是说，签了多少书，就发多少工资。二是她设置很多网站职位，她给优秀兼职编辑尽可能多的荣誉，反正在她的地盘上，她想怎么设就怎么设职位。这些兼职编辑站在高处，真是风光无限，但条件是你得努力做事。

兼职编辑也是有风险的，秀秀也不是没有考虑过，她搞了一个网编训练营。通过学习，给那些被公司录取，成为兼职编辑或者实习网编的人，以提成的福利待遇；转正以后，将享受底薪加提成加奖金的福利待遇。优秀的兼职网编，可转入专职，并颁发优秀网编证书及奖金。

除了长篇小说，短篇文学也迅速发展起来。与长篇不同，短篇文学主要是可以在短时间内，笼络到很高的人气，与长篇小说相互配合，取长补短。这样一来长短篇文学都在她的平台上野蛮生长着秀秀坐享其成。

秀秀深谙创业之道。办创业公司需要一个快速成长的能力，这与成熟的公司，或者公务员大为不同。大公司的职员一切按照流程走，不犯错，不犯浑，步子稳健而缓慢；而创业公司，在互联网的大环境下，发展速度是第一位的，你发展慢了就等于失败了。

秀秀网站能在短时间内，笼络到这么高的人气，离不开她的规划。秀秀的这种出类拔萃，让鲁鲁深深佩服。尽管在他看来，秀秀很丑，但是很有才。上帝对女人从来就没那么大方，要么给你美貌，要么给你才华。有才华的丑女，也同样很吃香，黄帝的老婆是丑女，诸葛亮的老婆也很丑，但她们都是有名的贤内助。

可是，即使你规划再好得，有再多的人帮助，也有出纰漏的时候。

秀秀的公司经营不久，她的一个兼职签约编辑送来一本书，这本是秀秀亲自审核的，这本书虽已发在了其他文学网站上，但有作者首发的截图，按理没有什么问题，于是就签约了。过了一个月，秀秀发给了作者稿费。作者觉得网站不错，于是又送来一本书，这本是未发在网上的，秀秀一查，更没有问题，也同样签约了。

秀秀把作者的第一本书送到移动阅读，但移动阅读的版权编辑说，这本书不能要，原因是版权有问题，秀秀把作品首发截图和作者资料都送上去了，但负责移动阅读版权编辑有点儿钻牛角尖，就是不让通过。秀秀蒙了，不让通过，她就要损失四百“大洋”。

秀秀让兼职编辑告诉那个作者，因为你的第一本书曾经在网上发过了，网站不要，所以你的第二本书的稿费就抵第一本书的稿费吧。于是签约编辑就把原话告诉了作者，作者当时就很不高兴，但也无可奈何。

麦麦做编辑以后，她的精明能干很快给网站带来实际效益。她发现作者第一本书已经按合同付款了，但是一直没上架。既然移动的咪咕阅读上不去，她就把这本书送到了天翼阅读，结果很快上架了。

过了近半年，作者发现他的第一本书出现在了天翼阅读，而送书的就是秀秀公司。作者怒气冲冲追问签约编辑。签约编辑是兼职，不知道具体情况，就去找秀秀，但她恰好出差去了，于是就找了麦麦，因为麦麦是公司的专职编辑。

而麦麦正处于情绪中。虽然鲁鲁承认麦麦的怀孕是他干的坏事，但秀秀对麦麦总是看不顺眼，对她经常没好脸色，总认为麦麦不是一个好女人。而麦麦对秀秀也不友善，她一直觉得自己很委屈，天真地以为老谭是爱她的，只是这种爱被秀秀压制了。她想找老谭一起抗争，可是老谭一直躲着她，所以麦麦就把这种仇恨转嫁到了秀秀的身上。

每个月她才拿一千多元工资，凭什么每天要做很多工作？自己得不到老谭一点儿爱，凭什么被秀秀像狗一样地使唤？心中的恨与怨不断在积蓄，故而影响到了她的情绪，并带到了工作中。因此，她能不说话就尽量不说话，能不管就尽量不管，在网上她再不是可爱的天使妹妹。

签约编辑找到麦麦以后，她也不客气地说："第一，签这本书时，她还没到公司，所以她管不了；第二，公司用了作者一本书，所以就付给了作者一本书的稿费。作者的第二本书，公司还没上架，按照协议书上架付款，因为书没上架，就不付款。"

签约编辑就把硬硬的话带给了作者，这下就像点燃了炸药，出了事。

4

作者质疑秀秀公司，首先秀秀公司存在诈骗嫌疑，骗作者第一本书因为发在网上，无法上架，所以第二本书的稿费抵了第一本书的稿费，结果第一本书明明白白上架了，为什么付的是第二本的书款？这明显是诈骗。

其次，合同是写明：书上架后付款。那么书永远不上架，那就永远不要付款了？既然作者跟公司签了合同，把电子版权给了公司，公司就该给作者稿费，不能因为没上架拒绝付稿费。这就好比我把东西卖给你了，你不能因为还没用，就不付钱了。

作者非常气愤，而居心叵测的人在网上发帖说秀秀的网站比黑社会还黑暗，说秀秀的公司是骗子公司。网络是一个公共场所，无聊的人总希望每天看到一些新鲜的事，加上由于秀秀公司发展得过快，让不少人羡慕嫉妒恨，所以总会有人在这件事上暗中“推波助澜”。

秀秀公司是不是骗子公司很快就成为无聊网民的谈资。一时间网上闹得沸沸扬扬，也引出了“买东西没用，是不是可以不付钱”大辩论。

理智者认为，在中国，文人最不值钱。辛辛苦苦写了一本十六万字的小说，就区区四百元给贱卖了，居然还有昧着良心的公司不付稿费。这样的公司，应该立即被提起公诉。工商局、公安局要对这样的黑公司进行处理；电视台、网络平台也应该一起行动，加大曝光度。

疯狂者说，这样的公司老总应该被抄家、诛九族；黑客说，我去灭了这个网站；网上侦探说，我要将公司老总的祖宗十八代全曝光；怀疑者说，这个公司本来就是洗黑钱的公司，应该让公安局查一查……

秀秀的网站兼职编辑纷纷离职，有的打了辞职报告，有的居然连说都没说一声，就此离开。毕竟，谁愿意待在这样的黑公司？

秀秀知道了这件事来龙去脉后，立即启动舆情“灭火”程序，并与“幕僚”开了一个简短的会。她首先亲自给作者打电话道歉，说因为她经常出差，公司职员不了解情况，才造成了这次的误会，并当即就给作者付了稿费。

然后，她立即发了一个公告：

第一，从网站开站以来，从没有拖欠过任何一个作者的稿费，就连网站编辑和管理员的福利，也是按公司规章制度按时发放。这次书的问题，是因为工作人员的失误，引起个别作者和写手的不满，在此她十分抱歉。他们管理团队自始至终坚守“真诚”信念，全心全意地为作者服务，请相信他们，并让时间来证明一切！

第二，秀秀网开办以来，真诚跟作者交流，探讨网络文学发展，不断受到各界人士的好评，这是有目共睹的。公司跟作者签约同样也是抱着认真负责的态度，尊重作者的劳动成果。

第三，秀秀网络科技有限公司是一家正规合法经营公司。自网站开站以来，已经跟腾讯文学、百度文学等网站和公司以及多家知名阅读平台开展合作，最近正在加紧布置接入移动咪咕、沃阅读和天翼三个手机阅读基地。同时，网站正在扩充渠道，已经和许多出版公司、影视公司达成了一系列的协议，这给作家和读者们提供更广阔的小说创作和阅读平台。

第四，秀秀公司经营的理念是：把更多的利益让给作者。公司每个月都有稿费清单公布在网站上，欢迎各位朋友前来查询和监督。

这条公告公布以后，有人开始说：网络是一个自由的渠道，但自由并不等于可以随意攻击、捏造谎言，不等于不负责任信口雌黄。至于写手的稿费低，是大环境使然，不能由秀秀公司来承担。作者的稿费只有四百元，那是公司给作者的一点儿补偿，并不能理解为“垃圾式”的收购。

很快，有不少作者纷纷给秀秀公司说好话，秀秀公司其实对作者还是很不错，比较讲究诚信的，比很多大网站好多了。

鲁鲁不知道一下子哪儿来那么多人给她说话，但她这几天早上都可以看到一位两眼放光、脸色乌青的女人坐在电脑前，不断发帖、回复，像机枪子弹一样射出去。他突然明白了。

这次事件又再次证明了，这个姿色平庸的女人，不仅勤奋而且有才华。她不断写软文，发帖子，终于看到了希望，网站慢慢稳定了下来，不少兼职编辑继续愿意为秀秀网服务。那么麦麦呢？秀秀早有了盘算。

5

秀秀把网站稳定下来以后，立即解除了麦麦的权限，并发布了公告，说麦麦已经离职，不再担任网站任何职务。虽然她在公告里没有说麦麦任何坏话，但是她恶狠狠地看着麦麦，仿佛随时要扑过去，手撕了她。

鲁鲁像一个牧人护着自己的羊，用自己的身体挡住秀秀可能随时发起来的攻击。面对着这个失去理智，几近疯狂的女人，他很公正地说，这件事不能把责任全推到麦麦身上。

首先，麦麦作为公司的职员，把书送到天翼阅读，不仅没有过失，而且有功劳；其次，麦麦并不了解情况，而秀秀当时又没在，所以麦麦她管不了，这是事实；再次，麦麦说公司用了作者一本书，就付给了作者一本书的稿费，至于作者的第二本书，公司还没上架，按照协议，书没上架就不付款，这本来就没有错，秀秀也一直是这么操作的；最后，这件事的关键是秀秀管理混乱，上架的书没有及时付款，而没有上架的书，一直搁置，这才是这次事件的根本原因。

秀秀恼羞成怒，不管鲁鲁的话在不在理，径直扑向鲁鲁：“她没脑子吗？既然我没回来，说让我回来处理不就行了？她明明是成心害我，你还护着她！你放着琪琪那么好的女人不追，却勾引这个刚满十八岁的小丫头，还跟我说是在理发店认识的，恐怕是早有一腿了吧！你的小情人让我养活，反倒来跟我说理！”

老谭看着情形不对，赶紧来劝架，拉着秀秀往屋里走，转头挤了挤眼，让麦麦拉鲁鲁到房里去。因为这架势不是秀秀撕了鲁鲁，就是鲁鲁准备跟她鱼死网破，毁灭地球。

谁知在旁边的麦麦再也忍不住了，胸中的怒火像核爆了一般："你来做什么，难道你还想再来栽赃鲁哥一次？你当初亲我、摸我的时候，怎么说的？你说你喜欢我，你爱的是我！"

麦麦这番话把这所房子都撼动了，在场的三个人当时彻底僵住了。谁也无法阻止核爆，这次终于爆了……

不知经过多少个时钟的"滴答"，秀秀首先反应过来，一转头，指着麦麦，撕心裂肺地对老谭喊道："说！那个小婊子，说的是不是真的?!"

老谭仿佛被抽空了所有的力气，双脚颤颤地站在那儿，吞吞吐吐地说："不……不……不是。"

麦麦准备冲过去，就算自不量力，她也要跟秀秀拼了："谭哥，别怕！你就跟她说实话，你本来爱的就是我。"

她把脸转过去，对着秀秀毫不畏惧地说："你说谁是小婊子？谭哥说得没错，你就是一个泼妇。告诉你，谭哥根本不爱你，他爱的是我！"

可能是秀秀打了预防针，这次没有核爆那样恐怖，但也有美国战斧式导弹的威力。麦麦还没意识到危险，想冲到秀秀那边，却被鲁鲁使劲地拉住。麦麦要甩开，但是被鲁鲁拉得很紧，她甩不开，情急之下，一口咬下去。鲁鲁一声惨叫。

伴随着惨叫的是，秀秀抓到老谭的衣领："好啊！我是泼妇，今天我就让你见识见识什么是泼妇！"

说完一巴掌打过去……

那一巴掌会怎么样，鲁鲁不敢看，肯定是《上海滩》的恐怖片了。他估计那一巴掌肯定不轻，后面的场面更为惨烈，真是妇女儿童不宜。他使劲地拉麦麦到他的房间里，那儿是目前唯一能躲避的地方。

鲁鲁把麦麦拉进房间，房门“砰”的一声关了的同时，又听到老谭的惨叫，接下来的是“噼里啪啦”的打斗，伴随着鬼哭狼嚎。鲁鲁想：这场面应该在动物世界才会上演，一头恶狠狠的狮子在撕咬一只山羊，山羊躲避着，挣扎着，最后一动不动……殷红了一片荒野。

鲁鲁心惊胆战守在房门口，以防麦麦冲出去。麦麦不顾一切想冲出去，去救她心爱的谭哥，鲁鲁则拼命堵在了门口。他救不了老谭，唯一能做的就是不让麦麦再去喂“狼”。

6

今晚，鲁鲁不得不给雪小晴打电话，说晚点儿才能到网吧。雪小晴听到电话里噼里啪啦，知道出租屋里出了事，安慰他说，网吧没事，让他安心处理好出租屋里的事情。

两个人白日打架，晚上终于累了。秀秀保持着昂扬的姿态，回到房间继续工作。老谭可怜巴巴地跟在后面：“秀秀，我错了……秀秀……”

“给我滚出去。”

老谭死皮赖脸，一动不动，秀秀便施展了她的飞腿绝技，一脚把他踢了出去，然后“砰”一下把门关上。

被踢出门的老谭，拼命拍打着房门：“秀秀，我错了，我错了，秀秀……”

他反复哀求着，乞求着。秀秀“两耳不闻门外事”，只想专心做好网站工作。这时，只听见“嗵”的一声，一个一米六九的大胖子，双腿跪在了秀秀的门口，不断地乞求道：“秀秀，我给你跪下了，原谅我这一次……”

鲁鲁惊呆了，麦麦也惊呆了。麦麦不知道哪儿来的勇气，红着眼对着鲁鲁说：“如果不让我出去，我现在死给你看。”

鲁鲁也给吓住了，不敢把门堵得太严实了，让开了一点儿，麦麦也就带着无畏冲了出去。自从她把这个惊天的秘密说出来以后，反而更增加了反抗的决心和勇气，死活都不怕了。

她拉着老谭，喊道：“谭哥，别给这种女人跪，不值得的，如果你没有地方睡，睡我床!”

鲁鲁差点儿笑死，女人大起胆来，十个男人也架不住。

这时，秀秀房门“砰”的一声开了，秀秀就像愤怒的金刚一样，走了出来。原先，她只教训了那个负心的男人，她忘了或者忽略了，还有那个臭不要脸的第三者。

这一次，可以说是她今生奇耻大辱，绝不能放过麦麦，她指着麦麦冷冷地说：“以前，我从来不打女人，今天得破个例了!”

她边说边撸起袖子，然后像狮子一样扑了过去。麦麦像受惊的羔羊，匆忙躲避。

酣战中，磕坏了沙发的一角，但是没有抓到麦麦。于是秀秀再次发起进攻，餐桌撞掉了一条腿，她依旧没有抓到麦麦，只抓破了麦麦的衣服。于是秀秀蓄势，再次猛攻，扑到了麦麦，眼看着这只“羔羊”就要遭到灭顶之灾，麦麦也闭上了眼睛，等待着死神……

麦麦听到“哧”的一声，是指甲刮肉的声音。她睁开眼睛，看到鲁鲁挡在她的身前。这次，鲁鲁又当了一回英雄，又像上次一样，也没有穿什么护身衣或者头罩。他闪电般用自己的肉身，挡住了秀秀凌厉的攻击。结果，脸上留下了五道血痕。血很快从脸上的伤口，流了出来。他想捂住，但是血透过手指，滴了下来，一滴，两滴……很快地板上殷红了一块。

屋里几个人再次惊呆了，秀秀也没想到鲁鲁会那么快，就算她想收手，也已经来不及了。麦麦惊呆了，又马上回过神来，一边哭着喊着“鲁哥，鲁哥”，一边在抽屉里找药水、创可贴和棉签之类的东西。老谭反应过来，也来帮忙，扶着鲁鲁坐下，在伤口涂上麦麦找来的碘酊。

鲁鲁脸上涂上了药，血渐渐止住。他苦笑着，这次自己又成仁了。他也不跟秀秀计较了，很大度地说：“就这样吧！有什么事，明天再说好吗？”

说着也懒得管秀秀如何表态，就往自己的房间里走。

站在一旁的老谭扶着他，正要陪着他进去时，突然听到一句：“老谭，你要我，还是要他？”

老谭立刻甩开鲁鲁，“我要你，要你。”

忙着奔向秀秀，在旁边嬉皮笑脸地说：“你肯原谅我了？太好了！”

这突如其来的变化，鲁鲁也顾不得伤口的疼痛，忍不住扑哧一笑，又摇了摇头，这样的男人真没救了。别人看到也许觉得很好笑，但鲁鲁觉得太正常了，但随即听到的是麦麦的号啕大哭。

鲁鲁真不知该怎么安慰这个脑袋不灵光的丫头。看样子，“读书少，见识短”这句话还是有道理的。老谭这样的男人，她难道一点儿不清楚？这样的结果，难道就一点儿没有预料到？居然拼命想抓住这样的爱情，真是可笑可气又可怜。

现在，鲁鲁给她两个选择：一是搬走，到他工作的网吧；二是回她的老家。

第十章　时光里的真相

1

麦麦没有什么可选择的，这里绝不能继续待了，又不想回老家，只能随着鲁鲁去网吧，因为那里至少还有一个安身之所。

鲁鲁拉她出门，麦麦依然对这里恋恋不舍，不时回头对着出租屋，咬牙切齿地说：“我永远不会原谅这个男人的。”

鲁鲁摇头苦笑，原不原谅无所谓，以后不见他就是。

可是，麦麦继续说：“我拿掉的那个孩子，也会恨他的。”

这话传到鲁鲁耳里，如同炸雷一般：“你流的那个孩子是老谭的？你不是说是酒吧那小子的吗？”

“是谭哥的。”麦麦又号啕大哭起来。

“酒吧那小子是你编的？”鲁鲁彻底迷糊了。

麦麦低着头，啜泣道：“也不是。带我进酒吧那个人……只是仗着喝了点儿酒，偷偷摸了我几把；而……谭哥把我脱了，他自己也脱了……说是……只到里面……溜达了一会儿，那不算……要算酒吧那人的，因为他先……谭哥还说……如果谁问起，决不能说谭哥，不然……不然就不要我了。”

说着麦麦又哇哇大哭起来。

听得鲁鲁一路上想找把刀，回去把老谭剁了，老谭真无耻到了无以复加的地步。原以为他只是调调情，谁知道玩得这么出格。男人玩出格了，敢承担那也算个爷们儿，问题是他要赖，死不认账还把责任往鲁鲁身上推。

麦麦哭着继续说：“其实，那个血脚印是我的。谭哥一直躲着我，我只想吓吓他。我流掉那个孩子后，晚上经常做噩梦，梦见了鬼，还有血，一摊一摊的血。我好害怕，觉得是我杀死了我的孩子。我想让老谭来多陪我一会儿……可是他见我就像见了鬼一样，我绝望极了。

“那天晚上，我肚子疼得很厉害，来了红，量很大，像崩了一般。我没注意到脚沾了血，留在了客厅。血脚印发现后，我以为梦是真的，更加害怕……以为……以为是鬼跟我来了。”

鲁鲁已经听不下去了，突然觉得很冷，身体不由自主地颤抖下。那个老谭，秀秀撕了他还算便宜了，应该把他千刀万剐。

他们就这样一前一后边走边说着，不觉间走到了网吧。因为是周末，网吧里有不少人。雪小晴在总台算账，鲁鲁走过去给雪小晴介绍：“这就是我上次介绍给你的那个女孩。”

雪小晴看着泪痕未干的麦麦，又瞧了瞧鲁鲁，开玩笑地说：“你欺负她了？还挺进入状态的，脸都挂彩了。”

“没有。是我遇到了流氓，鲁哥是好人，他为了保护我才……”麦麦害怕鲁鲁再次为她背黑锅，止住哭泣，编个事来为鲁哥澄清，因为鲁哥为自己做的已经够多了。

鲁鲁一笑，心想：谁说麦麦傻的？这不回答得滴水不漏吗？看样子读网络小说还有点儿用处。只是那个流氓是老谭吧，这次老谭要替他背黑锅了。

雪小晴也一笑："那今晚……"

对于突如其来的两个人，她不知道怎么安排了。

"如果可以，我想现在就搬进来住，只是麦麦没地方住，看能不能把你的那个小房间给腾出来，然后安个床……"他这样的要求很过分，但一想反正都这样了，也就顾不得脸皮了。

对于这样的事情，谁都会多心，鲁鲁说到这儿自己也觉得不好意思。因为毕竟一个大男人半夜三更，带着一个丫头进来住，这是来上班，还是来泡马子的？换作谁会答应？

但雪小晴很爽快地答应了，看得出她丝毫没有对鲁鲁有阴暗的揣度，而是充满了信任。他感动得即便是粉身碎骨，也无以报答了。当然，能让雪小晴这么信任他，这也说明鲁鲁的人品是杠杠的，想到这儿，他顾不得脸上伤痛，不禁乐了。

雪小晴走进网吧办公室，看了看说："那今晚你们将就一下，我明天再来收拾房间。"

鲁鲁答应。雪小晴看周围没有什么可交代的就走了。

网吧里只剩下几个包夜的，在网上"噼里啪啦"地厮杀。也许将现实中的种种不满，以及白日积累来的戾气，发泄到网络游戏中，所以他们一个个在网络中，见怪杀怪，见鬼杀鬼，都很英武。

这是鲁鲁第二次睡沙发上，此时的麦麦还在值班室里啜泣，声音时断时续。毕竟是一个小女孩，遭到这样的不幸，忍不住让人同情。她哭声不大，但足以把整个网吧弄得凄凄凉凉的。那几个包夜的人听得心烦意乱，吼了两句，鲁鲁也不敢还口，于是麦麦停止了抽泣。但过了一会儿，她又哭了起来。包夜的人再没心思上网厮杀，愤愤地走了。

网吧没一个人，安安静静的，这是经历天翻地覆的一天，鲁鲁终于可以安静睡一会儿了。

2

第二天，鲁鲁躺在沙发上，还没有睡醒，麦麦就开始打扫网吧了，这可能是她长期以来养成的习惯。

雪小晴来的时候，这个丫头还在忙。看得出在这儿她如鱼得水，麦麦本对网吧很熟悉，因为之前在理发店时，她经常到网吧上网。加上这个小丫头在秀秀那儿的磨砺，她懂电脑的基本操作，到了这儿根本不需要鲁鲁多教她。

麦麦好像已经忘记了昨天的伤痛，见有客人来时，热情招呼，哥哥姐姐地叫，嘴甜如蜜。加之长得也不赖，很招人喜欢。

雪小晴看了，对她也很满意，问："她真不是你女朋友?"

鲁鲁脑袋直冒汗，说："真不是我女朋友。"

雪小晴看着他难堪的表情，选择相信他。她找来了几个人，将她的办公室腾了一下，安了一张床。在给麦麦核定工资时，把她的工资定到一个月一千三百元，包食宿。鲁鲁有些疑惑，因为他开始来的时候是一千五。不过麦麦很高兴，因为她在秀秀那儿还没有这么多。他不再说什么，这样的结果已经很不错了。

鲁鲁没敢问麦麦为什么一下子想通了，也怕这一问又勾起麦麦伤心，再惹出什么事端来。他想到兰草，虽然它盛开时没有大朵大朵的花，但是不管把它放在哪儿，都很容易成活，而且保持着四季常青。

麦麦就像一棵小兰草，在秀秀那儿能活，到雪小晴这里依然能适应。她眼角的泪痕已干，恢复了以前那种乖巧可爱的模样。他不知道这是不是麦麦刻意装出来的，反正在她给那些哥哥姐姐们倒水、拿烟时，都笑靥如花。

麦麦的到来，让鲁鲁轻松许多。

雪小晴说："这段时间你太辛苦了，一起去吃顿饭吧。"

鲁鲁苦笑，这段时间何止是辛苦，简直是惊险、愤怒、疲惫不堪。他答应了，但是马上想到，他和麦麦是从家里出来，还没把换洗衣服带来。而身上穿的这件已经好几天了，加之昨天的折腾，早不像样子了。

雪小晴从衣柜拿出来一套衣物："我这里有一件T恤和一条西裤，你喜欢吗？如果喜欢就送你吧！"

"送我？"鲁鲁摸不着头脑。

"以前买的，一直存在这儿，你穿着我看正合适，所以拿出来。"

"存的？"这个说法很牵强。鲁鲁摸了摸料子，质地柔软而光滑，做工也非常精细，衣领上标有牌子，但他不认得，估计价格不菲。他又摸了摸，像是近期买的，特意送我？他不知道，反正女人的心思很难猜。

他呆在那儿，雪小晴出门去了。他一咬牙把衣裤穿上，在镜子前照了照，恰好麦麦也走进来了："像一个绅士。"

鲁鲁哈哈大笑，又在镜子面前照了照，确实有点儿像。麦麦真会说话。

过了一会儿，雪小晴也回来了，一袭花色旗袍，高贵而典雅，豁然生辉。鲁鲁再次呆了一会儿。他想到了琪琪，如果她穿这身旗袍有这效果吗？应该没有。

琪琪的穿着是随意的，仗着自己身材好、年轻，不管穿西装还是休闲装都赏心悦目，唯独不能穿旗袍，因为她穿不出"贵"和"雅"这两种气质来。旗袍不是因为你有婀娜的身材、姣美的容颜就可以驾驭的，你还得有独有的，成熟女性的韵味。

“看什么？走吧。”雪小晴看到他这种态度，莞尔而笑，内心里暗自得意。

雪小晴也给那个被自己容貌惊呆的小丫头交代几句，就出了门。

他们一道走入人群，鲁鲁暗自心虚，有些猥琐地跟在雪小晴的后面，他甚至不敢和她并排走，因为她美的程度早已超过了天仙，到了天理难容的地步。他有点儿担心，跟她走在一起，很有可能随时有人嫉妒得要恨死他。

3

市中心的广场灯光璀璨，人潮如织。广场中心有一个巨大环形喷泉水流直射，蔚为壮观。他们走到最繁华的酒店三十八层旋转餐厅吃饭，以中西餐为主。鲁鲁听说过，见过，但从来没到这里吃过。他怔了一下，知道这里的价格绝对不菲。

酒店的服务员彬彬有礼，已经到了谦卑的程度。鲁鲁又开始自我膨胀了，自我感觉好英俊，简直像一个名人。钱真是好东西，不仅买来了优雅，而且带来了尊贵。

服务员带他们到一个餐桌位置，很雅致，坐在那儿几乎可以看到这座城市的全貌。餐厅慢速旋转着，真是“坐地无须行一米，千里景色收眼底”。

雪小晴点了牛排、提拉米苏、水果沙拉等，还特意要了一瓶红酒，法国一九八四年的，其他的字母他就不认识了。他没学过法语，英语四级是“险”过，所以他无法了解这瓶酒更多的信息，但他知道这瓶酒绝不便宜。

侍者给他们每人倒了一小杯。雪小晴示意让他尝尝。鲁鲁直冒汗，以前喝过的红酒实在是少，了解得也不多，因此他根本没有鉴赏能力。喝了一点儿他能感受到的是，味道很醇正，好入口，微微带甜。两人碰了几次杯，鲁鲁感觉身体在升腾。

雪小晴看到他脸上的疤痕，问："怎么像一个女人抓的?"

鲁鲁明白她的意思，感慨道："身在乱世中，没办法啊!"

他突然冒出一句很沧桑的话来。

"身在乱世中?"雪小晴有点儿好笑，没懂。

该轮到鲁鲁笑了，她当然不懂，现在出租屋不就是一塌糊涂的乱世吗？这酒确实好，他喝着喝着，心中无比畅快。心里畅快的男人，话自然就多了起来。他害怕她再深究脸上的疤痕，也不愿意再谈及出租屋，所以赶紧转移话题，说："来这里吃饭的基本都是富豪吧?"

"不知道，我只是喜欢这里的氛围。"雪小晴微微一笑，很倾城。

"应该是，至少是隐身富豪。"她的笑，让鲁鲁有一些得意，得意的男人通常充满着自信，充满自信的男人，自然话就多了起来。鲁鲁想到《财经郎眼》栏目的调侃，也不管自己是不是幼稚了，胡乱侃了起来，"既然我们在这么富贵高雅的餐厅里，我们就聊聊乱世中的富豪吧，说春秋战国，当然，如果没聊到你，你也不要悲伤，因为铁定聊不到你。"

雪小晴掩口而笑，说："好，那先说谁?"

"说富豪当然要首选越国大政治家、大富豪范蠡，人称'陶朱公'，后世管他叫'商圣'，你知道'圣'是什么意思吗？圣就是很厉害的人，比如诗圣是杜甫，茶圣是陆羽，酒圣人是杜康。有人说情圣是王某人，因为他被称为'国民老公'。但按我的观点，情圣其实是我，只是无专家评定，要由后世者说。"

“你是情圣吗？真会给自己的脸上贴金。”雪小晴乐不可支，差点儿把喝的酒呛出来。

“为什么我不能是情圣呢？”鲁鲁立刻不服气地说，“大家知道范蠡很厉害，他不仅会经商，泡妞也很擅长，比如说他跟西施的故事，他跟西施就是一见钟情。一见钟情这玩意儿好啊，东方有，西方也有。你知道《绿袖子》这首曲子吗？相传是亨利八世写的。他就是因为遇见了一位穿绿衣裳的女子一见钟情，但是此后再也找不到她了，饱尝了思念之苦，作下这首闻名天下的曲子。范蠡比亨利八世幸运，他和西施一见钟情后，西施当时就发誓要嫁给他，范蠡非常感动，于是就把西施献给了吴王夫差。所以说，一见钟情是不是好东西很难说，要么你就被一见钟情的人给卖了；要么人家为你写下大作品，流芳百世了。

“可话又说回来，范蠡很厉害，连自己最心爱的女人都愿意献给别人。我一点儿不厉害，对爱情是忠贞不渝。所以说，他只能做商圣，我和他比起来，为什么不可以做情圣呢？”

“嗯，从这个角度……可以。”

“接下来的大富豪是春秋末期的子贡，他是一个富有但不厉害的人。也许你对子贡不了解，但他的老师，你肯定熟悉了，那就是孔子。他是孔子所有学生当中最有钱的一位，所以在孔子周游列国的时候，孔子坐的的士，下的馆子，泡的吧，打的游戏，这些钱都是子贡提供的。

“即便是这样，孔子还是不满意，动不动就骂他，子不是曾经有曰过，有钱了就快点儿送来啊，有本事多借点儿钱来花的才厉害。所以说，能挣钱真不算本事，可以毫无顾忌地源源不断花钱的人才厉害。”

“嗯。还有呢？”雪小晴让他继续。

“我们说说战国的白圭，也是一个很厉害的人，被人称为‘商祖’。如果你对子贡不了解，那么你对他可能更不了解了，还好他有位老师，叫鬼谷子。知道鬼谷子，那么你就想得到，并能理解他了。为什么在当今社会，有那么多人愿意去认干爹，认老师了。

“白圭很厉害，经商速战速决，不误时机。他把经商的理论，概括为四个字：智、勇、仁、强。他认为只有具备了这四个特点，才能成为土豪。”

“他的确厉害。”小晴点了点头，算是表示赞同。

“其实还有一位，是专门搞炒作的，他就是吕不韦。有人炒瓜子，有人炒股票，有人炒期货，而这位先生呢，他是‘炒帝’。炒作的‘炒’，皇帝的‘帝’。他炒的是秦始皇。

“他最最厉害的就是，把怀了自己孩子的女人，拱手送给了秦始皇他爹。这个女人出身并不高贵，但跟着秦始皇他爹，便高贵起来。女人生出来的孩子并没有多强，但他把秦始皇炒成中国最伟大的皇帝之一，而他自己也成了最有钱的人之一。所以从这个角度，先利人，才利已，这是多么高尚的行为啊！”

4

鲁鲁侃起来很进入状态，两人越聊越开心。雪小晴也说到她的网吧，从五十台电脑的小店，到现在快一百台，两个门面的大店，一步步走来都是充满艰辛。其实她的理想远不止如此，她望了望周围，仗着醉意，说想将网吧升级，开一个有品质、高雅的茶厅，或是精致的咖啡馆。

“是不是那些大富豪吸引了你？”鲁鲁问。

雪小晴看着他，坦然地说：“是啊，来这儿的人都不穷，我偶尔会到这里来，就是想感受一下，告诉自己需要的是什么。女人如果没有爱情，那就敞开心胸，去追求事业和金钱吧！”

鲁鲁听后若有所思，似曾相识的价值观，让他有些愕然。

雪小晴微微一笑，问：“发什么愣？”

“我发觉这个世界的女人都很有野心，远胜于男人。”他不由得感叹：秀秀是，琪琪是，加上雪小晴也是，就连麦麦那个小丫头，同样也有野心。她在逛淘宝时，不管买得起，买不起，全放在购物车里，还有对老谭……不也是一种感情上的占有吗？

“你呀，根本不懂女人。女人也想找一个靠谱的人依靠，静守着流年里简约的幸福。可是这种安逸哪儿找？”雪小晴越发伤感。

气氛顿时变得伤感起来，对她的话鲁鲁不敢认同，这句话如果用在男人身上是不是也一样呢？他自诩为情圣，却只想着自己的安逸，他有能力给女人一个安逸的未来吗？他突然想到秀秀，老谭何时给过她一个安逸的生活？不仅如此，老谭还偷偷摸摸拈花惹草。麦麦以为找到了爱情，可是结果全是欺骗。这个世界，男人并不可靠，女人只能靠自己。琪琪或许早已想清楚了这一点，很努力地工作，靠自己拥有一座大房子，有错吗？鲁鲁不能帮她，还给她添麻烦，而华华却可以帮她，她有错吗……

伤感的鲁鲁将酒杯里的红酒一饮而尽，很多时候酒对男人最为亲近。

“我们都别伤感了，为未来干杯！”雪小晴拿起酒杯，两人碰了一下。

“有时看淡就好了。人处在困境中并不可怕，可怕的是，你失去了善良和达观的态度。遭遇挫折，也没有什么，关键是你有没有失去前进的动力。”小晴鼓励道。

“有道理，”鲁鲁释然，“告诉你一个秘密，其实我一点儿也不善良，我喜欢女人，特别是漂亮的女人。”鲁鲁在酒精的作用下，感觉自己就是一个流氓。

“刚才不是有人自诩为情圣？”

“那是我的最高理想。”说着他的心一下子又黯然起来。他想到了琪琪，以及离婚的王菲。李亚鹏说，王菲始终是一个传奇，难道琪琪对他来说，也是传奇？

天色渐渐晚了起来，雪小晴刷卡付账离开。

“谢谢你。可是，你为什么无缘无故请我……”鲁鲁尽管问得很白痴，但他太想知道原因了。

“因为今天我很高兴，而且你上次帮了我……”

“真希望你天天都高兴。”鲁鲁贫嘴道。其实他今天也很高兴，尽管明天又要面对那地上和桌上肮脏的口痰和烟蒂，又得面对那帮不知死活的浑小子和傻丫头，像孙子一样被他们使唤，又得面对……

雪小晴在他的头上敲了一下：“走吧。”

鲁鲁跟在后面，渐渐赶上。这时的大街上被红绿照得灯火辉煌，人行道上熙熙攘攘的。他看了看雪小晴，她被一个衣店吸引了，于是拉着他进去看，鲁鲁绅士般地陪着她。当他们走到了一面镜子前时，鲁鲁凝视镜子中的两人，发现镜子里的那两个人，其实挺般配。

原来配与不配，与金钱无关，与权势无关，只与心态有关。

5

鲁鲁回到网吧时，麦麦仍在那儿忙个不停。她见鲁鲁回来，像小鸟儿蹦蹦跳跳地过来："今天雪姐姐请你干什么？"

"就是吃了顿饭。"鲁鲁尽量说得简单一点儿。

"又不带我去。"麦麦噘着嘴。

鲁鲁在这个小丫头头上敲了一下："好好做事，下次带你去。"

"真的？"麦麦乐了起来，又蹦蹦跳跳地做事去了。

鲁鲁看着她，感叹："到底是孩子，老谭还真下得了手。"

谁知被她听到，转身说："错。鲁哥，我不是孩子了，我今后要好好过。"

麦麦冲着他笑了一下。

鲁鲁一愣，突然想到雪小晴说他不懂女人，看来真是。

第二天，鲁鲁回到出租房取行李。既然人都走了，没有理由还把东西放在出租屋里。

秀秀看到他进来，什么也没有说，转过身继续做她的事，留给他一个绝然的背影。老谭依依不舍地问："真要走？"

"废话。"鲁鲁一边收拾他和麦麦的衣物，一边说。

老谭退开，知道多说无益，这时候想留也留不住。

"把这个房子的押金给我，这个房子以后就算你们租的，发生什么事也与我无关。"鲁鲁不客气地说。

老谭望了望秀秀，秀秀瞪了鲁鲁一眼："放心，你不在，我们会过得很好，房子里再也不会有人带不三不四的女人来了。"

她说完，又对老谭下命令："把押金给他。"

鲁鲁火冒，他在这个女人身上吃了多少亏，牙齿咬得恨不能吞了她。只是她太大吞不下，他又不是大蟒蛇。他看见老谭正在钱包取钱："老谭，别忘了上次欠我的钱，一并给我。"

"上次的钱？"老谭没听明白。

"要我提醒你？上次……五百元……"鲁鲁想着这事就火冒，他原本以为，麦麦怀孕真与老谭无关，直到麦麦说了才知道这小子在装蒜，骗到了他的头上。老谭自己干的坏事，居然让他买单。

老谭突然明白了，赶紧阻止他说完：“我记得，记得，向你借了五百元。”

他哪敢跟鲁鲁计较，那次麦麦做人流手术，老谭出了一千五百元，鲁鲁凑了五百元。

鲁鲁哼了哼，既然都这样了，咱也是亲兄弟明算账。既然是他干的坏事，钱理当由他全出。

“给他！”秀秀不明白这五百元的缘由，只想让这个无赖早点儿滚蛋。

老谭赶紧把钱给他，也想他快点儿滚；但是鲁鲁偏不：“还有，两千块钱也得给我。”

鲁鲁觉得反正是无赖了，那就别怪他巧立名目，狮子大开口了，坚决无赖到底。麦麦被他害得有多惨，而老谭事后又翻脸不认账，多少不给点儿赔偿吗？

“两千块钱？”老谭被吓着了，这回是真不明白了。

“别以为我什么都不知道，难道你忘了人家住院得营养费，出院的身体调理费吗？是不是又要我提醒你？”

“营养费？调理费？我想起来了……好兄弟，做人不能这样的……”老谭有点儿急了。

“你到底给不给，如果不给，我把事情说清楚，把账好好算一算……”鲁鲁恶狠狠地说。

“给，给……”秀秀在场，老谭哑巴吃黄连，只想息事宁人。

秀秀真的不明白了，什么营养费？转个头，问：“这又是什么钱？”

“是以前，我妈生病了，急着要钱，所以找鲁鲁借了点儿。其实不是营养费，是医药费。”

鲁鲁哈哈大笑，差点儿没被笑死，老谭你就努力认妈吧！

老谭把所有的钱拿了出来，数了数，还差八百，说：“好兄弟，其实我们都应该互相帮助的，你看我以前为你说了多少好话，请了多少顿饭……”

“老谭，别说废话，差多少?”秀秀就看不得他这副窝囊的模样。

鲁鲁嘿嘿一笑：“不多，就差八百。”

秀秀走到房间里，从包里拿出八百元钱，递给老谭：“给他!”

老谭脸有点儿挂不住，犹豫不决。

秀秀一脚过去，正好踢在他的小腿上：“做男人硬实点儿。”

鲁鲁接到钱，又一次哈哈大笑，对着老谭说：“好自为之。”

说完拿着他和麦麦的包裹走人，与他们分道扬镳。

第十一章　披着人皮的狼

鲁鲁把两千元钱给麦麦时，她眼泪吧嗒吧嗒流了出来。鲁鲁被吓着了，他最怕女人哭，真不会安慰女人，只好说："以后别干傻事了，拿着钱好好爱惜自己。"

麦麦哭着点了点头。

"以后别相信男人。"

麦麦再次点了点头。

他想到自己也是男人，于是补了一句："除了我之外。"

麦麦说好。

鲁鲁又觉得自己也不是东西，干脆又补了一句："最好以后，我也别相信。"

麦麦被逗乐了："以后我就信鲁哥，鲁哥真会逗人。"

鲁鲁一脸无奈，不知道说什么好。自从麦麦来到网吧，他立即就有种当官的感觉了，因为麦麦几乎把网吧的活都干完了，不用他再做什么事了。他想到秀秀说的，吃得比猫好，做得比狗少，正好形容他现在的状态。

他给自己安了个职位，他是指导员兼保安司令。他负责指导麦麦的工作，至于这个保安司令，因为他是这家网吧的员工里唯一的男人，这样的重担，他不扛，谁扛？

他就要这种感觉，很男人，麦麦也很配合他，经常端茶送水服侍着，还听从他的指令，他觉得自己很有“官样”。

一天，来了一个长发瘦脸的邋遢男人。鲁鲁一看，他不像是来上网的，就走过横横地问：“你是想上网？”

邋遢男人看也不看他一眼，不客气地道：“把雪小晴给我叫出来！”

那神情不是请求，而是在下命令。

当时，网吧人挺多，众人一看，这儿似乎有戏看，纷纷转头过来翘首张望。

鲁鲁顿时火冒，自己才当几天“官”，竟然有人冒犯自己，所以也不怎么客气了：“老板不在，如果没有事，请离开。”

那男人甩了甩头发，拖了一把椅子一坐：“我就在这里等她。”

鲁鲁这才瞧仔细，他皮肤白净，还戴着一副眼镜，一看就知道是文艺青年。再凑近细看，他衣服有污渍，还能闻到一股酸臭味，竟然是雪小晴的前夫。上次说还会来找她，果真又来纠缠不休。

他既然坐在那儿，就让他坐，只要他敢闹事，就对他不客气。鲁鲁想明白了，敌不犯我，我不犯人。敌若犯我，我必……雪小晴从外面回来了，看到这个尴尬的场景，假装没看见，径直走往办公室，可是那个男人霍地站了起来，挡住了雪小晴的路。

“让开。”雪小晴冷冷地说道。

对方同样冷冷地答复道：“要么复婚，要么给钱。”

两人的谈话牛头不对马嘴，煞是有趣。鲁鲁听到这个男人，好像就只会这么几句话。

“凭什么？”

“凭着我对你的爱。”李斯文将“爱”的声音提高八度，听得

“观众”十分震撼。

雪小晴的胃瞬时痉挛，一口浊物几乎要吐出来。挡在她面前的这个男人，曾经让她吃过多少苦，竟然还敢谈爱！她用一种极冷的语调，喷出几个字：“你就是这么爱我的？”

“是！没有你，我不能活。跟你在一起，我的血在燃烧……”他一边歌咏，一边摆着手势，像个诗人，更像一个疯子。

他的形态很夸张，网吧的“观众”一片哗然，这人不是神经病吧！非地球人类吧！鲁鲁看众人，知道他们不懂，网吧的客人又不是“文化人”，怎么会懂诗人？估计他今天又要吟出诗句来。

“出去！”雪小晴吼道。

“要么复婚，要么给钱。”李斯文不屈不挠。

雪小晴再没心情理会这个男人，从旁边绕过去。那男人一靠，再次挡住了雪小晴的路。

这时，鲁鲁走了过去，人若犯我，我必犯人。他知道是他该出手的时候了，保护雪小晴，给地球村丢脸的臭男人一点儿教训，都是他的职责。

他越走越快，风在耳边呼啸，热血在心中澎湃，他又一次有了当英雄的感觉。

“请你出去。”鲁鲁冷冷地对这个男人说。

“你？凭什么？”李斯文对蹿过来的鲁鲁感到莫名其妙，凭什么鲁鲁老是管他的闲事。

鲁鲁用手指了指自己，狠狠地说：“就凭我是这家网吧的管理员。”

“管理员？哈哈……”这个男人爆发了一阵嘲笑，对着雪小晴恨恨地说：“我早就怀疑你外面有男人了，这下还有什么可说的？”

他把鄙视的眼神又转向鲁鲁：“现在你还不如说，你是她第几个男人。”

李斯文还没说完，便挨了一耳光，这是完全出乎他意料到的，所以怒不可遏地要扑上去。

如果说李斯文那一记耳光应记在雪小晴的名义上，那么接下来的一拳头，鲁鲁也就当仁不让了，但是鲁鲁还是觉得不够。李斯文还没有反应过来，结果又挨了一脚，不，应该算是飞腿，因为鲁鲁是跳起来踢过去的。

鲁鲁的忍耐已经到了极限，也就不管什么招式了。老话说：“忍无可忍，就无须再忍。”

所以当他的热血在沸腾，也就不忍了，不管拳头，还是飞腿，像一道道算术题，一遍遍加了上去……

李斯文其实很脆弱。他鼻子流血了，嘴角也有了血，身子弓了下来，最后身体飞了出去。

鲁鲁理了理头发，听到了掌声，那是对他的英雄行为的赞赏，他还听到有人在说：“打得好，真他妈的过瘾。”

麦麦也悄悄地在他的耳边说：“鲁哥，你真帅。”他很得意，这次没有英雄的悲壮，只有英雄的昂扬。他昂着头，接受着大家赞许的目光和热烈的掌声。

可是那一瞬间，他突然想到了琪琪。如果此刻，她在该有多好……他发誓，他绝不是一个无能男人……

但是那边，李斯文不知道什么时候站了起来，在咏道：

我是一个任性的孩子

我想在大地上画满窗子

让所有习惯黑暗的眼睛都习惯光明

也许

我是被妈妈宠坏的孩子

我任性

我希望

每一个时刻都像彩色蜡笔那样美丽

我希望

能在心爱的白纸上画画

画出笨拙的自由

画下一只永远不会

流泪的眼睛

……

鲁鲁再次听到了掌声，只不过不是为他而鼓掌，而是为从地上爬起来诵诗的李斯文。鲁鲁有点儿看不懂了，这个世界让他有点儿晕。

李斯文从忘我的状态中回神过来，目光撞到一张苍白的女人脸。他怔了一下，从嘴里吐出几个字："我还会来的。"

2

鲁鲁发现麦麦比以前爱打扮了。如果一个女人突然爱打扮了，那肯定是谈恋爱了。但鲁鲁敢把脑袋拿下来打赌，恋爱的对象绝对不是他，因为他对麦麦一直保持着适当的距离。

最近，他们的网吧会经常收到快递，主要是一些衣服、首饰之类的。鲁鲁这才明白，麦麦这个丫头有点儿钱了。他经常看见有人说，不会花钱的女人不是女人。

麦麦显然不是，只要她有钱，她就没有忘记“挥霍”，特别是在网吧她有了一点儿小钱之后，开始了疯狂购物。

从全球的角度来讲，女人领导着世界繁荣，因为有钱男人首先想到的是女人，有钱的女人首先想到的是购物。没有男人会缺少创造力，而没有女人这个世界便会黯然失色。

麦麦是女人，也爱漂亮，把刚买来的衣物，特意穿给鲁鲁看：“鲁哥，我漂亮吗？”

鲁鲁说：“漂亮。”

像她这样一个花一样年龄的女孩，穿什么都漂亮。只是，要漂亮干吗？他想到了老谭那样的“狼”。她不知道，她的漂亮成了鲁鲁的一个莫大的负担。因为在网吧这种鱼龙混杂的地方，那些躲在角落里看三级片的浑小子，看到在不远处有一个天使妹妹，指不定能干出点儿什么事。所以他觉得有必要限制一下，禁止麦麦在工作期间穿短裙，理由是，穿着短裙凉。

麦麦非常快地答应了，因为雪小晴也不怎么穿短裙子。

鲁鲁很快发现，麦麦买来的衣服和雪小晴有点儿像。他恍然醒悟，麦麦的卧室有一个没有锁的大衣柜，里面有很多雪小晴的衣服，麦麦趁着晚上睡觉时间在里面翻试，想参照雪小晴的模样，成为一个精致的小女人。

麦麦变漂亮了，那些男网民来得更勤快了，他们怀着美好的心情，有事没事就找麦麦搭讪。麦麦也不嫌他们麻烦，跟他们有说有笑，跑来跑去给他们拿烟、拿饮料、买盒饭。

雪小晴也非常喜欢这个丫头，因为自从她到网吧工作以后，来上网的人变多了。雪小晴也给了她奖励，给她买了一件素雅的小外套。

麦麦非常高兴，很得意地在鲁鲁面前转圈，问：“鲁哥，漂亮吗?”

“漂亮。”鲁鲁只好再次回答。

他再次发现，麦麦也开始用香水了。以前他对香水是深恶痛绝的，因为秀秀的狐臭，加上浓浓的香水味，逼得他想自杀。等到接触到琪琪时，他第一次感受到了香水的诱人魅力；而雪小晴的香水味道是玫瑰花味的、淡淡的、持久的，适可而止，恰到好处，麦麦在努力跟着她学。

麦麦用香水后，他闻到一股不令人讨厌的味道。这一切令鲁鲁刮目相看，这个乳臭未干的小丫头，已经真正长大了，成为网吧，甚至是这座城市的一朵花了。

一个大姑娘爱打扮也是正常的，试问哪个大姑娘不爱打扮呢?但问题是直到有一天，麦麦突然说了一句：“鲁哥，如果老谭看到我变漂亮了，变成了一位像雪姐姐一样优雅的女人，他会回心转意来喜欢我吗?”

鲁鲁有种眩晕的感觉：“那样的男人，你还喜欢他?”

“他是我第一个男人。”

鲁鲁呆呆看着她，不知道怎么说了。

“我想要让谭哥知道，我不仅比秀秀长得漂亮，而且其他方面也比她强；我还要让他知道，他放弃了我，是他这辈子最大的损失……”她说着说着，竟然哭了起来。

女人转变得太快，他的脑袋不够用，有点儿晕。

3

网吧里只有一个男人，要保护两个漂亮的女人，他“压力山大”。他甚至不敢在外面多逗留，生怕在他离开的这一会儿网吧会发生什么事。网吧那些浑小子见两个女人，都虎视眈眈，这两个如花似玉的女子就如嘴边的肥羊，不咬上一口，谁甘心？

麦麦整天没心没肺的，跟客人打着哈哈，享受着众星捧月般的殊荣。鲁鲁最担心的就是她，不断嘱咐，说男人都是狼，一定要提防网吧那些男人，要她跟那帮男人保持一定距离，说得最后自己都不好意思，好像自己不是男人，不是一匹狼似的。

麦麦也听烦了，时不时插上一句：“有吗？我不觉得啊！”

鲁鲁气得牙齿痒痒的，这不是对牛弹琴是什么？他拍屁股走人，懒得再搭理她。不过还好，那段时间还真没出事。当他正觉得自己很了不起，戒备有所松懈时，雪小晴突然出了事……

那天天气很好，天空一片蔚蓝。鲁鲁打开门，发现外面墙上五颜六色，被涂满了图案，不知道是哪个街头艺术家干的。

本来，雪小晴正兴致高昂朝着网吧走来。突然在她眼前闪过一道熟悉的身影，只听哗的一声，像一桶油漆从天而降。鲁鲁有些奇怪，正当张头望去，听到雪小晴凄厉地叫喊：“你疯了！”

原来，一桶红红绿绿的涂抹颜料泼在了她的身上，一瞬间雪小晴的头发上、脸上、衣服裤子上都被染上了颜色，乍一看，像一尊五颜六色的雕塑。油质的颜料徐徐往下滴，不一会儿，地上绘制成一幅自然的水彩画。

泼颜料的男人并不走，而是悠然地以她为中心一个圈儿一个圈儿地转，然后得意而深情地吟咏着：

天是灰色的
路是灰色的
楼是灰色的

雨是灰色的
在一片死灰中
走过两个孩子
一个鲜红
一个淡绿

他一边朗诵，一边欣赏自己的杰作，在那儿自鸣得意。

所有人都惊呆了，鲁鲁以豹的速度冲了过去，然后一脚踢了过去。他知道崇尚暴力不对，但是现在只能是以暴制暴。他想起小时候电影里解放军叔叔打坏人的情景，如今那些让人血脉贲张的画面在他眼前浮现。他抡起了拳头，挥了过去。只见那个白净的男人，趴在了地上。

他想以更多的暴力打过去时，却听到雪小晴喊道："不要再打了。"

他十分不情愿地住手，看趴在地上的那个男人，竟然是让人恶心的李斯文。

雪小晴厉声问道："你还想怎么样？"

李斯文慢慢爬起来，擦干脸上的血迹，再拍了拍身上的泥土，颤颤巍巍地说："要么复婚，要么给钱。"

鲁鲁真的想不明白："雪小晴欠你钱了？"

"不欠钱。"

"那你为何总是纠缠？"

"因为无法了却一桩清楚明了的感情债。"

说完，他再次咏道：

你不愿意种花

你说

我不愿意看见它一点点凋落

是的

为了避免结束

你避免了一切开始

鲁鲁不懂诗，更不懂他。

李斯文也知道鲁鲁不懂，转过脸去看着雪小晴，说："还记得我们在茶峒写生吗？我们俩坐在河边。你喜欢画河边柳树，画河边的小草和在碧波中荡漾的小船；我喜欢画人，比如那船上的渔夫，那撑着伞，沿着河边走的女孩。你说那女孩画得不像，可你不知道，其实我画的是你。此生，我心中再没有其他女人了……"

他一边诉说，一边泪水滑落。

鲁鲁不知道，这是不是从无理中也要找一点儿理来。只听见李斯文继续说道："我参加工作以后，非常失意，内心中有一种无法排遣的郁闷，才犯了错误。难道你就不能给我一次机会吗，非要在我最无助的时候，逼我离婚！"

这会儿，网吧外围满了许多人。雪小晴不太愿意在这种场合跟他理论，转身回到网吧休息室。那个男人也想跟着进去，却被鲁鲁挡住了。有人说，对付这样的男人，报警吧。鲁鲁犹豫了一下，向雪小晴看去，但她无动于衷。鲁鲁有些泄气，嘴里吐出一个字："滚。"

李斯文一点儿也不感激，说："我还会来的。"

鲁鲁再次抡起了拳头，李斯文毫不在意，视他为无物。鲁鲁又转头看着雪小晴，不知道这拳头该不该挥过去。

4

这次事件后，无形中鲁鲁肩上的担子又重了，他几乎到了疑神疑鬼的地步，重点的保护对象由麦麦变为了雪小晴。雪小晴从她家到网吧之间的这段距离，鲁鲁恨不得全程接送，生怕哪一段路，又遭了袭击。有时，雪小晴晚了，他就开始催促，快点儿回去。上次李斯文泼了一桶颜料，下次如果趁着夜黑，泼一瓶硫酸怎么办？因为李斯文已脱离了正常人的思维。

以前他常听人骂，世界上的男人没有一个好东西；现在他深以为然，男人果真都是狼。他们是色鬼。浑蛋和无赖的混合体。

他整天提心吊胆，可是突然有一天，雪小晴失踪了。按理雪小晴早早就要来网吧收账的，但都已经到中午了，她还是没有过来，是不是又发生了什么意外？他拿起电话，发现她的手机处于关机状态，他越来越感到情况不妙。他叫麦麦好好看店，自己跑往雪小晴家想看个究竟。

他跑到了她的家，敲了半天的门就是没人开。邻居告诉他，雪小晴一大早就出门了。既然出门了，她会去哪儿呢？他到处找，心跳不禁加快。

他在社区找了三遍，没有雪小晴的踪迹。他又在社区外围三公里处又找了三遍，还是一无所获。他非常焦急，很仔细地寻找，连路上的那棵梧桐树，他都上上下下看了个遍，因为他担心那个变态的前夫，可能把她挂在那儿。鲁鲁连社区的臭水沟都没放过，他从头找到尾，找了一遍又一遍，因为他担心李斯文把她推进了沟里。甚至还注意哪儿是不是有一堆新鲜黄土，因为李斯文既然会泼颜料，难道不会杀人？

然而一切都显得那么正常，又不那么正常，最后，他很沮丧地回到了网吧。

麦麦见到他回来，很兴奋，跑过来跟他说：“鲁哥，你看这手机怎么样？”

他一看，是华为的新机型，问：“谁的？”

麦麦很得意地说：“是我的呀！”

鲁鲁有点儿来火，猛地一抬头，发现了雪小晴，对他笑意盈盈，顿时他脑子有点儿乱，问：“你怎么上午没来收账？万一……”

雪小晴看着他，调皮地笑着说：“万一什么呀？”

鲁鲁嗫嚅道：“你也知道网吧不安全。”

“雪姐姐，鲁哥是担心你，一个上午都在寻找姐姐。”麦麦藏不住话，突然插上这么一句。

鲁鲁脸色通红地站在那儿。麦麦笑嘻嘻地跑开了，回头没忘说一句：“谢谢雪姐姐！”

他有些尴尬，瞟了雪小晴一眼，发现雪小晴已经悄无声息地在他的心上占据了一席之地，这是自作多情，还是爱的萌芽？他分不清了……

第十二章　她的和他的梦

1

虽然上次是一场误会，但鲁鲁还是得了神经衰弱，总是担心会出什么事。他几乎把注意力都放在了雪小晴身上，就怕哪一天李斯文还会出现。李斯文是一个连命都可以不要，什么都干得出来的渣男。

每天下午，还没到六点，鲁鲁就开始催促雪小晴早早回家。如果晚上要出门，记得给他打个电话，谁叫他是网管兼保安。

雪小晴问："是治安不好？"

"你难道觉得现在治安好？"

"雪姐姐，真的是治安不好呀。"麦麦最近总喜欢莫名其妙插话，仿佛她是局中最清醒的人。

"既然你们都这么说，那么好吧！"雪小晴似懂非懂，不再理会他们，埋头继续弄账本。

雪小晴走了以后，麦麦神经兮兮地跑过来问："鲁哥，你是不是喜欢上了雪姐姐？"

“没有。”鲁鲁答得很肯定。

麦麦不信：“其实雪姐姐很好的，上次还给我买了一个手机。鲁哥你要加油！”

难道关心一下就是喜欢？他不想跟这个丫头多纠缠。平日，只要是雪小晴和麦麦安全，他就可以用“安逸”这两个字来形容自己过的日子。他可以跷着大腿，懒洋洋躺在沙发上，在八十平方米的网吧里悠闲地踱步。

有时他总觉得缺少点儿什么，缺的绝对不是钱。因为他不抽烟，不喝酒，很少用钱，他对于钱一直很不敏感。雪小晴发的工资，都是直接打到他的银行卡上，他每个月最多取几百元，留作零花。倒是麦麦，经常跟他借点儿，这个丫头爱淘宝。

麦麦也是幸福的，她虽然干的活儿很多，但她不嫌苦累，对她来说，这根本不是个事，整天笑嘻嘻的。网吧每隔一两天，就可以收到一两件小东西，都是这个小丫头“淘”来的。每到这个时候，她是欢天喜地，在这个小网吧叽叽喳喳蹦蹦跳跳。

如果李斯文不来打搅雪小晴的生活，雪小晴也应该是幸福的吧！因为从收入来看，网吧生意虽然下降了不少，但总体还不错，只是离小晴建一个奢华的咖啡馆这个梦想，还有一定的距离。

这种日子一日复一日，鲁鲁总觉得缺少点儿什么。生活难道只是这个样子？

到了晚上十一点半，该包通宵的人，都交钱了。不想玩通宵的人，也都回家了。他看到没有什么事，便叫麦麦早点儿休息，他也顺便在沙发上躺会儿。正在这时，他手机突然响了，鲁鲁一惊，琢磨着这个时候谁还会给他电话。他打开一看，竟然是雪小晴。他立即翻身起来，暗叫不好。

“我现在在外面。”

“你在哪儿？出了什么事？”鲁鲁有点儿急。

“我在蔡锷中路。”

“我马上赶过来，你给我发一个位置。”他放下电话，叫醒麦麦。她迷迷糊糊地问去干什么去呀，鲁鲁说有急事，匆匆忙忙出了门。

夜深了的士都很少。他一路疾走，寻找的士。他过了两条街，才拦到一辆的士，迅速开往雪小晴说的地点。当他找到她，发现她趴在人行道的铁栏杆上。

他急匆匆地走过去问：“怎么了？”

“没怎么。你不是说晚上出门要跟你打电话吗？”

这话听着有点儿冲，鲁鲁一时语塞。他的确是这样说过，但不理解的是都快半夜了，她在街上干吗？他望着不远处有一个大排档，那儿的夜宵内容似乎很丰富。

为了缓和这种尴尬，鲁鲁提议：“要么一起吃点儿夜宵吧。”

雪小晴答应。他们来到大排档坐下，鲁鲁发现她的眼睛红红的，应该是哭过，他心里莫名有点儿慌。

他点了一些烤鱼、牛肉串之类的，而雪小晴叫了两大扎啤酒。当服务员把两大扎放在桌上时，他就感到有点儿晕。

雪小晴的话不多，拿着杯子一杯接着一杯碰了喝。鲁鲁问两句，她就“嗯”两句，鲁鲁急了，这哪是喝酒，分明是灌酒。他嘴里突然爆出一句：“这样的喝法死掉怎么办？”

“死掉？”雪小晴没搞懂。

“是啊，我刚看到一个报道，一名公务员陪领导喝酒，也是这么急，结果意外地死掉了。那位领导被撤职，单位赔了一百三十万。我这样陪你喝，如果死掉了，算不算殉职？如果算，是不是也值一百三十万？”

“你值一百三十万？那也得喝死再说。”雪小晴被他逗乐。

“拿一百三十万废纸换一条命，你愿意吗？所以别喝了。”

“不，我就要今夜。”她任性地说，又看了一眼鲁鲁，“你心疼我，还是喜欢上我了？”

鲁鲁的脸一时僵住，他喜欢雪小晴吗？很显然，雪小晴很漂亮，是男人都喜欢。可是，这是爱吗？他不知道。

雪小晴没留意他的表情，努力想站起来。但是在酒精的作用下，她发觉浑身无力，只好借用他的肩膀，用手撑着勉强起来，说：“千万别喜欢我，我不是……我不是一个好女人，我不是……”

鲁鲁赶紧扶住她，这是干吗呢？

2

这顿夜宵是鲁鲁吃得最糟糕的一次，喝了酒的雪小晴趴在桌子上摇不醒。还好他出门带了一点儿钱，结了账，准备带她离开。可究竟是回网吧，还是回她家呢？鲁鲁拿不定主意了。他犹豫了一下，还是决定回网吧，至少有麦麦可以照顾她。

他站在路边打的士，像木偶站在路口等了近半个小时，还是没等来一辆车。到了半夜，天冷了起来，鲁鲁不由打了一个哆嗦，有些扛不住了。那边的雪小晴，趴在桌子上。街灯斜斜地射到她的脸上，那是一张精致的瓜子脸，但挂着悲伤的表情，让人有些心疼。

鲁鲁焦躁不安，她这么趴着很容易生病的。他索性不等了，背起雪小晴一边走，一边拦的士。还好雪小晴不是很重，他背着还不算太吃力。

雪小晴趴在他的肩膀上，一双细嫩白皙的手吊在他的前面，人处在一种半昏睡状态，对目前的情形似乎浑然不觉。但鲁鲁闻到一种女人的体香，身体里便不由得涌起欲望。

鲁鲁第一次跟年轻女人有这么近的距离，以前鲁鲁老是怀疑自己有洁癖，或者对女孩过敏，以至于不敢跟女性走得很近。而此时他不再是排斥，而是希望贴得更近一点儿。

他们不知道走了多久，鲁鲁额头上汗水一滴滴的，但他一点儿不觉累。他看到了前面一辆的士，犹豫了一下，还是招了手。

的士一点儿也没有犹豫，停了下来。他打开车门，把雪小晴放进去，自己也钻进车里，这才发现，他累得几近虚脱了。

车很快开到了网吧，他把雪小晴扶出来。这时，雪小晴睁开蒙眬的眼睛，问："怎么不是我家？我要回家。"

话没说完，身体没稳，又要跌倒。鲁鲁赶紧扶住，把她放进车里，让的士师傅开车，开往雪小晴的家。

所谓她的家，其实也是租的房子。她跟前夫李斯文买的那套半福利的房子，早就被她卖了，从此一个原本温暖的家，就这样散了。

的士开到了雪小晴的家时，鲁鲁将她扶出车子，背起她往她家里走。这时，雪小晴的手不再是吊着，而是轻轻地圈起，头很柔软地靠在鲁鲁的背后。

她眼睛浮肿，泪光点点："鲁鲁，我不想回家了。"

他不好办了，现在也快凌晨了，不回家去哪儿呢？

"我想去岳麓山。"她说道。

鲁鲁感到莫名其妙："你看都这时候了，是不是没见着鬼，你不自在啊！"

"那你去不去？"雪小晴赌气地说。

"去。我准备去见证奇迹。"说完。他赶紧拦住还没有来得及走的的士。

的士师傅瞪着眼睛看着两人："你们应该去蔡锷路 28 号。"

“那是哪儿？我不是长沙本地人，那地方我不熟。”

“长沙市精神病院。”

“师傅你瞧，咱精神很正常，就不用去那儿了。你就把我们送到岳麓山得了。如果我们见证了奇迹，你是功德无量呢！”

“得了，六十元，我就走。”的士师傅也任性了。

“打表不用那么贵吧？”

“那你走不走？”

“走。”他不得不再次委屈了一次自己。好像有人说“吃亏就是占便宜”，鲁鲁今晚可是捡了大便宜。

3

到了山脚，的士停下来了。师傅说是只能到这儿了。

鲁鲁说：“行，我们自个上去。”

的士师傅看他们下车，担心地说：“你们小心点儿，山上……”

鲁鲁转个头，说：“师傅，告诉你一个秘密，其实我姓钟，是钟馗的后人，第二百八十五代传人。”

的士师傅瞪着他，掐了掐自己的脸，还好能感觉到痛；又摸了摸自己的头额，正常体温啊，于是赶紧开车走人。如果慢了点儿，可能就没有正常的体温了。

鲁鲁扶着雪小晴，问：“可以走吗？”

“你说呢？”雪小晴望着他。

“还是我背着吧！放心点儿。”鲁鲁担忧地说。

“你好像很勉强。”

“不是啊，背这么一个大美女，求之不得呢。”

“是吗？那么我也告诉你一个秘密，其实我姓西，是西施的后人，恰好也是二百八十五代。”

“还好，你不是杨贵妃的后人，不然，我肯定走不了五十步。”

雪小晴呵呵地笑，看来酒醒了一大半。

如果说鲁鲁背杨贵妃走不了五十步，那么背着雪小晴其实走不了二百五十步，当鲁鲁走到二百四十九步半时，真的走不动了。

当那半步落下来以后，他瞄了一眼周围的环境说：“你看这个点，怎么样？正好可以看日出。”

小晴很体贴地说好，从他的背上滑下来。两人找了一个稍微干净的地方坐下，因为离早晨的日出还需要一段时间，山中的雾气很重，两人坐在那儿犹如在一种梦境中。

雪小晴此刻酒醒得差不多了，有些兴奋，不自在地坐了一下，又站了起来。

她看着林子里的雾气，说：“你爱做梦吗？你有梦想吗？”

鲁鲁一听，似有秀秀的口吻。如果是秀秀，鲁鲁肯定很反感，但此话由雪小晴之口说出，他乐于接受。这是不同的人说出来，产生不同的效果。此刻鲁鲁心情特别好：“每个人都有梦想的。”

他故意酝酿了一下。因为梦想大多都藏在内心里，不可能随便拿出与别人说。梦想就像内裤，你要有，但是不必露出来给别人看。

“那你的梦想是什么？”雪小晴兴致很高。

既然她有兴趣听他胡说八道，也就别怪他信马由缰了：“小的时候，我想当一名飞行员，可以像鸟儿一样自由飞翔。可老师说，笨鸟先飞，我想了一下，我自己这么聪明，就不必飞了。后来，我又想做一名政治家，可是我一说谎就脸红，老师说你看国外的政治家说谎谁脸红过？我想也是，这方面注定没什么希望了。我一天天长大，几经曲折，我不断总结，再认识，终于知道，我这么一个忠厚而且善良的人，应该选择计算机专业，做一名IT行业的技术员。这是多么高尚的职业，选择它，我找到了一种归属感。”

雪小晴乐不可支：“别自鸣得意了。谁都说教师的职业是高尚的，没听说过有谁评价IT技术员像老师一样高尚。”

鲁鲁哈哈地笑，反问：“因为本就很高尚，所以不需要别人来评价。你呢？有什么梦想？是不是想找一个……”

他暗叫糟糕，马上想到雪小晴的前夫，不会聊就别胡扯，都怪自己刹不住话。

果然不出所料，雪小晴一下子变得郁闷了，气氛变得凝重起来：“你说得对，每个人都有梦想。我出身农村，一个很苦的家庭。不仅苦，而且穷，这对一个家庭来说简直是一场噩梦………”

4

对于大城市来说，基本上是寸土寸金。很多居住城市的人，遇见了下岗，找不到工作这种情况时，有人会说，如果我有块地，我就永远不会下岗；如果我有块地，我就不会饿死；如果我有块地，我就不会到处求人、碰壁……其实这话太天真了。

说这话的人不知道，你有地，但你可能颗粒无收，或者收的还不如种的，你说会不会饿死？他不知道，好不容易种出来的菜要翻几十里的山路到城里来卖，为的是换几元钱，你说这上岗和下岗有什么区别？他不知道，在偏远的农村，很大程度上靠的是政府的救济，而救济的钱物都掌握在领导那里……

雪小晴就出生在一个很贫穷、落后、偏远的农村。她在家里排行老三，前面都是姐姐。她家很穷，她的父亲一直想要儿子，但是总是事与愿违。生下她时，父亲绝望了，三个已经是超生户，要养第四个，从经济条件来讲简直不可能，除非，将前面几个送人，或者溺死……

她很幸运，父母没有这样做，但在他们村干这种事真不是新鲜事。她的父母下决心，不管遇到什么样的困难，也要抚养她们三姐妹长大。他们像所有农民一样，勤勤恳恳，任劳任怨。事实上，父母的努力，直接影响到了孩子。她们三姐妹不敢说比别家孩子聪明，但她们却一定是村里成绩最好的。

村里有很多孩子连小学都没读完，可雪小晴的大姐念完了初中。村里孩子很少有念了高中的，可雪小晴的二姐是高中毕业。雪小晴比大姐和二姐都要优秀，她考取了重点高中，是村里唯一的考上重点高中的女孩。

雪小晴上高中时，父亲患了糖尿病，这病也就是大家所说的富贵病，因为治疗这种病要花很多很多的钱。如果这个病去折腾富贵人家去也就罢了，干吗要来她家呢？她家可养不起这病，对她家来说，这病可以改名叫“等死病”，得了这病的人就成了等死病人。

可谁愿意等死？就算雪小晴的父亲愿意，三姐妹也不愿意。因为贫穷，于是看轻了底线。大姐匆匆嫁了，留下了一笔彩礼钱，出了门。二姐进城打工，寄回来为数不多的钱。雪小晴没钱，她尽自己的努力，多干些活，不让父亲操劳。

那时还没有农合医疗，他们家的钱像流水一样花了出去，父亲的身体全靠打胰岛素勉强支撑着。那个时候，有钱就有命，而命轻如鸿毛……

命运绝不会因为你贫困就心生怜悯，或对你另眼相看。在雪小晴上高二那年，她的父亲撒手而去，三姐妹站在父亲的坟前哭成泪人。她与母亲相依为命，可到了第二年，雪小晴的母亲又突然去世，她的心开始抽痛。这种痛植入她的每根神经，让她喘不过气来。她全身僵硬，睁着双眼看着浓墨一般的夜，直到天明。

那时大姐和二姐都有了自己的家庭和工作，而她对未来，陷入一片迷茫中。她很想很想离开农村。本来想考上大学是她跳出“农门”的好机会，可是现在似乎不可能了，父亲走了，母亲也走了，她交不起那一笔对她来说高昂的学费。

生存空间逼仄，自我就越发轻贱。她坐在空落落的房间里，四面土墙，八方寒意。穷剥夺了尊严、自信和希望……

如果不上大学，像她二姐一样放弃学业，到城里打工，这对她的人生来说是极为遗憾的，她是班里的尖子生，是学校重点培养的对象，她不甘心……

最终她选择了继续读书，她曾自暴自弃地想，考不上大学，或者只考了一个很差的大学，这样她就不会有遗憾了。可那年高考，雪小晴是县里的第三名，考上重点大学。命运啊！你怎么老拿穷人开玩笑，这样显示你的威严、你的伟大、你的公正吗？

她接到大学录取通知书那一刻，趴在床上痛哭。这段时间，她拼命地忍着，可是现在她再也忍不下去。一方面，上大学是她多年的夙愿，终于实现了。另一方面，本来想让此生不留下遗憾，却又陷入了两难境地。

正当她不知道怎么办时，她听说村支书好色成性，经常与村里女人勾搭，时不时给点儿“好处”，而村支书是村里唯一的“有钱人”。那时，雪小晴已经满了十八岁，男女之事，她懂得了。她像一个濒临绝境的人，去抓住最后一根救命稻草。她知道男人要什么，知道此刻自己什么也顾不上了，所以她去找了村支书。

但村支书不可能答应雪小晴借一万块钱，那时在村里也算一个大数目，于是雪小晴解开了上衣……

5

我们都痛恨贪官污吏，有些偏执的人恨不得将他们千刀万剐。事实上，很多官员并不像人们想象的那样坏，至少对雪小晴来说，他们村的支书就是一个好官。他的善良和良知改变了雪小晴的命运，雪小晴至今仍感激他。

那天，村支书什么事也没做，叹了一口气："这娃子，唉！作孽啊！"

说着就离开了房间。

她不知道村支书给她这钱到底是村里的，还是支书自己的。但不管怎么样，村支书冒着巨大的风险，而且没有索取任何回报。她怀着感激，接过了村支书给的一万块钱。

支书转过头，说："好好念大学，以后别回来了。"

她懂，这山沟太穷了，待在哪儿也比这穷山沟强。

她不懂，支书这么帮她到底为什么，这钱相当于农民干死干活一年的总收入。

自从她出去以后，真的不再回来。不是不恋故土，而是故土再没有了故人。离开的那一刻，她不知道是家乡抛弃她，还是她抛弃了家乡。但希望故土能原谅她，她不过是一个普通的女孩，父母走了，大姐嫁了，二姐离开了，在这片土地上只剩下她孤孤单单一个人。她无法面对，逃是她唯一的选择。

上帝关上了一扇门，却又为她打开另一扇窗。她来到了省城的一所重点大学，仿佛进入另一番天地。就这样，雪小晴从一只丑小鸭，努力地飞向了远方，成了一只漂亮的白天鹅。

雪小晴说到这儿停了下来，实在太累了，斜靠在鲁鲁身上。他欣然接受，很优雅地、深情地怀抱着她。千万别说他对这方面没有经验，是男人都会。他一点儿也没觉得矫情，相反，他觉得自己是一个英雄，正在守护着这个从苦难中走过来的女人。

早晨的太阳已经露出了红彤彤的小脸，林子里的雾气，似乎薄了几分。

她继续说，进入大学校园以后，她很小心地面对陌生的一切。她自卑，不敢追求物质生活，不敢与同学多交往。很多同学出手阔绰，但她不可以。她经常告诉自己，必须要活下去，适应这里的环境，挣一份自己的口粮。她的同学把时间用在阅览室看书、操场打球、开车到处游玩，她却利用一切休息时间去找工作，去做兼职挣钱。

这种情况持续了很久，直到有一天，她无意中知道，有一个远房亲戚在一个区当派出所的所长，她又像找到一根救命稻草。

她通过远房亲戚的关系，给她介绍了工作，比以前挣得多了，不再为学费和生活费发愁了。尽管如此，她还是身兼数职。她总是很忙，受过很多委屈，几乎与同学没有过多交往。她孤寂，倔强，忧伤……

她不想引起任何人的注意，只想安静、执拗地活着，不想却引起了一个男生的注意，让她怦然心动。这个男生对她展开了轰炸似的追求，他就是李斯文。

有时想想，人与人之间的关系是很微妙的，看似偶然，其实早已注定。注定有些人要与你擦肩而过；注定有人要相伴你走过一段不短的人生路……

听到她的叙述，鲁鲁突然想笑，就是那个经常做一些悲催的事，用生命去卖萌的猥琐男？

雪小晴不理会他继续说。

李斯文在学校里是一名诗人，被老师和同学公认为“才子”。他最崇拜的是海子，最爱吟咏海子的诗。他受到广泛的关注，拥有众多的女粉丝。这位“才子”配“佳人”时，选的是她，让很多女生羡慕嫉妒恨。

那时她想，自己很与众不同吗？不是。

很漂亮吗？也应该不是。

但是李斯文说，她是清晨里一朵盛开的白荷。雪小晴没搞懂，但足以自豪了。

李斯文把他满腹的诗情都用来表达他对雪小晴的爱，雪小晴受宠若惊，谅解了他的疯狂。在大学三年里，他一直陪着雪小晴，给她买衣服，陪她去做兼职。

大学毕业后，她留在了这座她已经熟识的城市，在文化传媒公司找到了一份文秘工作。这份工作唯一优势可能就是体面，而工资少得可怜，工作压力也非常的大。

那时，对她来说能留在这个城市已经不易，何况这里还有她的远房亲戚，还有李斯文。有了这些，她就觉得整个世界都充满了美好。

6

她和李斯文在参加工作的第二年结了婚，在他父母的支持下，买了一套带着福利性质的商品房。李斯文依然是诗人，不仅对什么都充满了激情，也不缺乏柔情。他把激情和柔情全部给了她，连同他的工资和奖金。那时候，她觉得自己是最幸福、最幸运的人。

长沙发展得很快，不断在搞开发。他们有了一些小积蓄，她决定买两间门面。

俗话说：一铺养三代。看准了趁早投资是有益处的。

没多久，她毅然辞掉了公司的工作，利用这两个门面经营网吧。如果把钱用于投资，李斯文还能理解，但辞职让他怎么也想不通。听说公司原本想给她升职加薪的，原本想把她培养成公司台柱的，原本……但是雪小晴没动心。

在李斯文看来，网吧应该属于比较低端的行业。可是雪小晴很执拗，不愿被公司的枷锁捆绑。她早已做过市场调查，家庭电脑普及率还不高，上网需求很大，所以网吧大有可为。

李斯文不理解她，连同他自己，为何他总是没有被单位领导器重，提拔？看着他的同事，一年，两年后，一个个都被提拔了，到这个或那个部门当主管，唯独他还固守着小小的办公室。

那时，如果摆脱自己思维的桎梏，尝试从另一角度思考问题，发挥他的长处，可能他大有作为，但是他的一手好牌被打烂了。他像有些人一样，去送礼，去巴结，勉强自己去做这些原本他不乐意、不擅长的事。可是他越是这样，越被人看轻。他开始愤懑，嫉妒，看不惯所有的人，也包括不能理解的雪小晴。

雪小晴试着去包容，去劝导，但是统统没有用。李斯文性情变得越来越怪僻、暴躁、不可理喻。他酗酒，吸烟，打麻将，彻夜不归。雪小晴说了他几句，他便开始发怒、打人，她躲避不及，结果头部受了伤，住了院。

事后，李斯文来给她道歉，可是她认为何止是身体受伤？爱都被击碎了。

虽然此后李斯文的粗暴行为，暂时得到了收敛，但过了没多久，李斯文又恢复了故态，甚至变本加厉，经常骂人、喝酒、掀桌子，仿佛跟所有的人都有仇似的。

她彻底失望了，李斯文病了，病到无人可救。她再一次触摸到了冰点，感到惶恐而无助。她憧憬着李斯文会变好，会有奇迹发生，但是危机正在来临……

几个月后，李斯文跟一伙人赌博，输掉了巨款，其中大部分挥霍的是公款。一天晚上，公安局把他从家里带走，也带走了雪小晴最美好的憧憬。

经历过苦难的女人，会在惊涛骇浪面前镇静下来，她知道如果优柔寡断，只会让事情变得更糟。雪小晴了解到事情的经过后，没有哭，没有闹，而是很果断地做了两件事。

第一，在四处借钱无望的情况下，她果断地卖掉了居住的房子，用这个钱偿还给单位，补上了他挪用的公款。然后奔走在李斯文单位领导和司法部门领导那儿，请求念在他是初犯，只是一时糊涂，考虑从轻发落；第二，她果断地离了婚，在劳改农场，她和李斯文签了离婚协议，门面及网吧归雪小晴所有。

自此，这段婚姻结束……

李斯文得到了从轻发落，只判了个缓刑。但他回来后，发现自己是真正的一无所有。年轻的心，几乎无法承受这巨大的打击。

他找到了雪小晴："再给我一次机会，我们重新开始，相信我，我会将失去的，重新找回来。我会很优秀，像从来……"

雪小晴拒绝了。她不再相信李斯文，也不想再跟往事纠缠。

李斯文被逼急了，失去了理性，失去了善良。世人会耍无赖，他也会，而且变本加厉。他提出要求：要么还钱，要么复婚。他的理由是，网吧是婚后财产，所以就应该分他一部分。

雪小晴拒绝了。因为他们在离婚协议上写得很清楚，房子卖掉用于偿还李斯文挪用的公款，门面及网吧归雪小晴所有。

李斯文说：“你是乘人之危。”

雪小晴说：“你是咎由自取。”

7

天渐渐地亮了，林中雾霾也渐渐地散去，从远处望去，长沙街道轮廓已然清晰。然而，有些雾气还在林中顽固地纠缠着，似乎在向别人诉说，这块天，这块地，是属于它的。

李斯文从众星捧月，变成了一无所有。他的父母嫌弃他，亲戚朋友纷纷躲避着他，迎接着他的是冷遇、嘲笑。他无家可归，居无定所，过着连乞丐也不如的日子。

他无论如何也接受不了这个现实，变得更疯狂，更不可理喻。他歇斯底里地咆哮，充满了恶毒……他逼迫雪小晴复婚，似乎只有她同意跟他复婚了，才能找回失去的一切；他拼命去纠缠雪小晴，似乎只有雪小晴接受了他，才会得到所有人的谅解。

他一次又一次的疯狂，不仅没有得到别人的理解和谅解，反而更加让人厌恶。在一次次挫败，被人抛弃、厌恶，最终触发了他本性的善良，在混沌中渐渐恢复了理性。

有时恢复人的理性，不一定需要鞭策，而是一个受伤的眼神，一句宽恕的话语……

当雪小晴被油漆淋了一身，在众目睽睽下失魂落魄走向网吧休息室时；

当鲁鲁的拳头，最终没有打下去时；

当众人都要将他扭送派出所，而没有送时……

李斯文有些醒悟了。一直以来，他想竭尽全力挽回的败局、残局，只会让他越陷越深。

他反思，悔恨，知道自己错得一塌糊涂。他决定离开，但是离开绝不是逃避，更像是一种自我救赎。在他的概念里，从不轻易放弃想要得到的任何事。

也就是在昨晚，李斯文把他的想法告诉了雪小晴，说："这辈子我只爱过你一个女人，如果还有机会，我会再来追求你。请别多想，是追求，而不是纠缠……以前我错了……很离谱……"

他低下头，泪水夺眶而出。

雪小晴第一次见他这么伤心地痛哭，主动地认错。这么多年来，她陪着他风光过，失败过，挣扎过，最终他们还是散了。对于过去，她没有后悔，只希望明天他能好。说的时候，她眼中噙满了泪水。

李斯文说他打算去深圳开拓一片事业，他相信自己有那个实力；他还说，他不想在回忆中生活。如果说遇见只是一个开始，那么离开是为了下一次注定的相遇……

雪小晴说："所以说我是一个坏女人，我好狠心。如果不是他，我在大学可能要受更多苦；如果不是他，我不能轻易留在这座城市；如果不是他……"

这时她的泪水夺眶而出。

鲁鲁再也忍不住，摸了摸她额头，然后说："还好，还好，没有必要去医院。"

雪小晴一边擦眼里的泪水，一边问："怎么了？你神经病了？"

"如果明天成为世界末日，地球上的人类在寻找公敌，你肯定要称'我就是地球毁灭的罪魁祸首'。"

"你脑子坏掉了吧？我才不是。"雪小晴撇撇嘴说。

"我才担心你脑子烧成糨糊，说胡话呢。别把自己太看高了。没有他，这个地球照样转。没有你，他依然会活得好好的。"

“你才是糨糊，我说的是真的。”雪小晴觉得，鲁鲁对她很不尊重，生气地踢了他一脚，又补了一句，“是觉得自己很坏吗?”

鲁鲁躲开：“那我问你，你是耶稣?”

“不是。”

“那他是耶稣?”

“这哪儿跟哪儿啊!”

“就是啊，他又不是可以任人宰割的羔羊，你也不是救世主，做好你自个儿就不错了。”

“我没有，我只是觉得其实他对我很好。”雪小晴想到以前那么对他，还是有些过分，但是语气缓和了，心境澄清了许多。

“因为这个，所以你邀我灌了一个晚上酒。多么悲壮啊！哪天，我把月亮摘下来，当玫瑰花送给你，小晴，嫁给我吧，我对你也好，并愿意吃你一辈子的蛋炒饭。”鲁鲁开玩笑，嘻嘻哈哈。

“谁给你做蛋炒饭，你把我当成红太狼了?”雪小晴又气又恼，索性站起来说。

“我才没有。灰太狼有我帅吗?”

“你有灰太狼帅？别臭美了。”

“切。”鲁鲁理了理头发，摆了一个“望天地之悠悠”的姿势，用极为悲怆的语调说，“怎么天下没一个人了解我呢?”

雪小晴笑：“麦麦好像对你有意思吧，让她理解你去。”

“切，又是一个脑残的丫头。”鲁鲁想到麦麦，就脑袋大。

雪小晴躲在后面窃笑。

鲁鲁看天明了，伤感的情绪也烟消云散了，说：“我们赶紧回网吧，麦麦一个小丫头让人担心呢。”

雪小晴点了点头，站起来，心情开朗许多。每个人都无法改变过去，但我们可以选择明天重新开始。

8

两人刚下山，截住一辆的士，把司机吓了个半死："哥，姐，我没钱。"

"有命吗?"鲁鲁望着这个心惊胆战的司机，似乎明白了什么。

"有……不，没有……不，是有……但，哥，我的命不值钱。"司机语无伦次地答道。

"有命就行。送我们回家。"鲁鲁很威武地说。

"家？你不是从山里爬出来的吗？是……生前的家？你们还是自个儿爬回家去吧！"司机哆哆嗦嗦地说。

"少废话!"鲁鲁说，看他这姿态比征战四方的成吉思汗还要威严。

雪小晴看着两个像傻子一样的人，忍不住呵呵地笑。

出租车司机明白了什么，揉了揉眼，再仔细看了看两人，心里顿时松了一口气，狠狠地将车门"砰"地关上。

清晨车速很快，路上没有堵车，一会儿就到了雪小晴的家。鲁鲁付了车钱，但司机不干，说还得付五十元。鲁鲁火了，凭什么?

司机火气还很大，嚷道："要么我报警，说你们扮鬼吓人，要么你赔我精神损失费五十元。"

鲁鲁瞪着眼睛看着司机，说："我跟你说，我真不是诈你，你看我们两个，像活人吗?"说着，他露出了嘴里的"獠牙"。

"你……你……"

"别你了……"他走近司机，舔了舔嘴，"其实你还真应该报警，我已经一百多年没尝过活男人的鲜血了。"

司机赶紧退了两步："你，你神经病。我要……我要报警……"

司机很敏捷地钻进车里，发动引擎，迅速开车走人。

刚才的一幕，把雪小晴笑弯了腰："我们有这么可怕吗？"

"他有眼不识泰山，也不想想，聂小倩有你漂亮吗？就算用牛顿定律，也不能证明，采臣比我帅啊！"

"哪个著作里也找不出你比采臣帅啊！"

"因为不需要啊！就像泰山，你有必要丈量它的高度吗？就像大海，你有必要丈量它的深度吗？"鲁鲁转头问，"我这个样子像不像诗人？"

雪小晴哈哈地笑："好了，别贫嘴了，到我家洗洗，你就这么走回去，小心又吓着别人，又要找你赔精神损失费了。"

鲁鲁看了看天，说："还是回网吧换洗吧，说实话我不放心麦麦那个丫头。"

雪小晴没有坚持："昨晚……谢谢你。"

他当没事儿似的说了一句："谢什么。"

转身就往网吧方向走，没走几步，他又听到一句："你是一个好人。"

鲁鲁转过身去，望着雪小晴："知道吗？现在好人都是廉价货，如果你说一句，其实你很帅，都比这个值钱。"

雪小晴站在那儿，看着他笑。

鲁鲁再次转过身去，有些急切地往网吧走，他很担心麦麦，一个女孩子独自在网吧，说不定就发生什么事呢。

一路上，街上许多店面还是关着的，街灯也不是全亮着。鲁鲁耳朵朝着网吧那边留意。他最怕有吵架，或者哭泣吵闹声，因为那样网吧必定出事。就像上次一样，他带麦麦到出租房，出事算是麦麦咎由自取；那么这次再次出点儿事，他可脱不开干系。

他提心吊胆地走到门口，整了整衣服。刚才把出租车司机吓个半死，现在他怕把麦麦也吓个半死。

他正要敲门，谁知门被“哗啦”一下打开了，把他吓一跳。麦麦一瞧，揉了揉惺忪的睡眼，一脸惊奇，“鲁哥，昨晚跑哪儿去了？”

“我一个人跑到酒吧去了。”

“一个人？”

“一个人。”鲁鲁答得很肯定。

“那你怎么现在才回来？”麦麦将信将疑。

“我喝多了，找一家旅馆睡了，怕影响你休息。”

“哦，这有什么啊。我以为你和雪姐姐去玩了，又不带上我。”麦麦顿时明白，嘴上嘟哝着。

鲁鲁不理她，径直走进网吧，这个丫头高兴地跟在后面，好像迎接大总统归来，就差鲜花和掌声了。这个丫头脑子真是没救了，反正说什么她都信，真是活该被老谭骗。

他洗了一个澡，换洗了衣服，躺在了床上。尽管他已经很累了，可是睡不着，雪小晴的一笑一颦老是钻进他的脑海里。他索性拿出手机拨弄着玩，无意中拨了一个电话，居然打通了。鲁鲁一看是琪琪的，他吓出了一头冷汗，赶紧挂掉。

他呆呆望着手机，猜她会不会打过来。过了一会儿，手机没有动静，他未免有些失望，躺在床上，不知不觉中睡去了。

他做了一个梦，梦中他来到了大草原上，上面有绿油油的小丘和草地。他远远地看见一个姑娘，她是谁？从身形上看，有点儿像琪琪；可从脸型上看，又像是雪小晴。他走过去努力想看清楚，可是那个姑娘当你走得越近，她却飘得越远。鲁鲁不甘心地拼命追逐着，但那个姑娘却消失了踪迹，他怅然若失。他又来到了河边，河水清澈，河底的卵石清晰可见。

他猛然抬头，那个姑娘不就在河的对面吗？他努力想看清楚她是谁，但她始终低着头，看不清她的脸。鲁鲁急了，拼命挥手，大声喊……但是姑娘的身影越来越模糊。鲁鲁更急了，猛然醒来，原来已经到了中午。

第十三章　奇迹不嫌多

1

鲁鲁听说俄罗斯有一个地方，天上突然降下来一大堆金币，当地村民看到后可欢腾了。他听说后既嫉妒，又羡慕，这样的好事怎么没落在他头上呢？后来，他想清楚了，这种机会当然很少。他还看了一个故事，一个二战的士兵挨了一枪，从他的裤裆穿过，子弹继续向前飞行，进入一个女孩的体内。然后那个女孩怀孕了，两人知道后决定结婚，真是奇迹啊。鲁鲁心潮澎湃，怎么他不挨这么一枪呢？如果那颗子弹贯穿的是他和琪琪那该多好！后来，他总结了，这种机会少到等于零。

既然这些事几率极低，那就索性别想了，反正这种事也很难摊到他的身上。可还是有奇迹落在他的身上的。大家知道，只有去野外，才有机会见到狼的。在城市里，狼都在动物园被关在笼子里。谁曾想到麦麦刚打开网吧的门，居然碰到一只狼。这只是色狼加饿狼，也属于狼族成员，居然出现在门口。

麦麦首先发现了“狼”，鲁鲁听到她“啊”的一声，以为出现了危情，所以像箭一样跑到麦麦的旁边，瞪眼一看，发现原来是老谭。确实是一只大色“狼”。

鲁鲁赶紧伸开双手，像老母鸡护住小鸡一样，对他吼道：“你想干什么?”

“兄弟，我没干什么，只是来看看你们。”老谭一脸委屈地说。

“谁是你兄弟，谁要你看，你祸害我们还不够吗?”

“我根本就没有。”老谭一脸无辜地说。

“没有？你还死不认账，死不悔改，死了还要翻案？我告诉你，老谭，你的名字已经永远刻在耻辱柱上了。”鲁鲁的话像机枪子弹发射过去。

“好，好，我认罪。我主要想……看……麦麦。”说到这儿，老谭那张猪八戒一样的老脸，不免也有了几分桃红色。

“我才不要你来看，我和鲁哥活得好好的。”麦麦白了他一眼，没好气说道。

“听见了？不要你看，这里不欢迎你。”鲁鲁要谢客。

“兄弟，别……你们多可爱，多善良，我忍不住来看呢，我们去吃顿饭怎么样？好久没喝两杯了。”老谭很老实地站在那儿，可怜巴巴地恳求道。

吃饭？鲁鲁心动了动，仔细瞧了他一眼，一身光鲜，道：“秀秀最近是不是发了？把你小子由人模狗样，变成了狗模人样了。”

“那也是披着一张人皮的狼。”麦麦气鼓鼓地补充。

“她倒是一帆风顺，我却时时不顺。”老谭道出了心声。

鲁鲁突然想笑：“都说棍棒出英才，你小子怎么一点儿没长进。是不是你又勾引了哪家姑娘，被秀秀给揪住了?”

“哪儿呢？走吧，我们已经很久没一起吃饭了。”老谭不断催促道。

鲁鲁犹豫了一下，还是动了恻隐之心。没必要总为难他，就吃顿饭嘛，他已经好久没到外面吃了。

麦麦一看他要走，不干了，说："鲁哥，别去，他可坏了！"

鲁鲁顿了顿："我会时刻提防，保持高度警惕的，绝不会让他再祸害我们。你要守住我们的阵地，等我回来。"

"好。鲁哥放心！"麦麦保证着，"不过……鲁哥，记得给我带好吃的。"麦麦嬉皮笑脸地说。

鲁鲁再次顿了顿，保证道："好，一定，一定。"

老谭看他们说得正欢，也插上一句："麦麦，其实这段时间我可想你了，我给你带……"

"不要。"麦麦哼了哼，头也不回，径直走进网吧。老谭贪恋地看着，眼睛定在她离去的方向。

鲁鲁有些火，想一脚踢过去，怒视着他："你走不走？"

老谭反应过来，答得很干脆："走。"

2

两个男人找了一个稍僻静的餐馆，点了几个菜坐下来。

鲁鲁就不懂了，问："老谭你不怕家里的母老虎了吗？跑到我们那儿干吗？是旧情难忘？"

老谭很悲怆地说："哪儿的事？兄弟，哥哥我遇见一件决断不了的事。"

鲁鲁就更不懂了："决断不了的事该跟你家母老虎商量啊！"

"已经说了，就是更难办了。"

"怎么了，跟哥哥我说说。"鲁鲁觉得好奇怪。

“兄弟，不瞒你，哥哥我，在我们公司也算一个老员工，是位金刚钻一样的人才，在办公室当一个小头目，屈才啊！我就想不通，为什么一直没被提拔，哥哥我心里难过啊！这次我终于有了提拔的机会，公司有意派我到西藏拉萨去负责分公司。这是一个多么好的机会啊！一个省级地区的负责人，干几年，拿着成绩回到公司，就有机会做公司高管了。”

鲁鲁定眼瞧瞧：“你这模样还能做高管？”

“咋不能？什么年代了还以貌取人。你说我吧，二十有八了，我就在琢磨，我已经年纪这么大了，可能这是我最后一次被公司提拔的机会了。但是，我们家秀秀就是不同意。你说急人吗？”

“为什么？”

“秀秀说要做高管，就到她的公司来做，去远处她不放心。”

鲁鲁听到差点儿没把刚喝的茶水喷出来，老谭的总公司资产上亿，秀秀公司注册资金才1000万，实际投资恐怕只有100万，简直一个在天上，一个在地下，秀秀将二者拿来相比，真不知道天高地厚。

“老谭，哥哥我最近上淘宝网，还真淘出来一件宝贝。”

“什么宝贝？”老谭很好奇。

“一根裤腰带。你真别小看这个腰带，它可是稀罕物，最能绑东西，特别是适合你家秀秀，建议她买上这么一根。老谭还想到别处任职，不可能，绑在裤腰带上；他想溜出门，不可能，再绑紧一点儿；他还见异思迁，不可能，再绑紧一点儿……”

“别，别别……再绑紧一点儿就死了。”老谭抹了一下头上的汗说。

鲁鲁哈哈地笑，其实也真可怜老谭。这事问谁，谁也不能给他拿主意。他既想升职，又不想违背他们家秀秀的意志，这怎么可能？

秀秀一声令下，叫老谭往东他绝不敢往西。他没主意，鲁鲁能给他出什么主意?

听说麦麦走了以后，秀秀陆续招聘了六个员工，而她每天衣着光鲜地穿梭于各种咖啡厅和饭局。鲁鲁不知道，她的公司规模已经在变大，而她的世界越来越大，能做的生意也越来越多，每天都在抢时间，所以她太需要一个帮手，来打理公司内部事务。可是老谭只愿意享受奢华，却不愿意跟着她苦干。

“你只有苦心婆口，动之以情晓之以理跟你家秀秀说，别无良策。”鲁鲁很真诚地说。

老谭哭丧着脸：“我都说了，还拍着胸脯发誓过，可她就是不答应。”

鲁鲁真的没什么话可说的了。秀秀弃家跟他来到这座城市，而老谭却不让人放心。秀秀招了麦麦这样一个小姑娘，还不是什么大美女，老谭就迷了眼睛，打上了人家主意。如果去了西藏，那儿一定也有很漂亮的女人，老谭还不迷花了眼？谁会放心？难道要秀秀再放弃公司，随他去西藏?

“不过，还有一个办法。”鲁鲁突然想到。

“什么办法，快说。”

“你喜欢秀秀吗?”鲁鲁很恶毒地问。

“我……喜欢。”

“是怕大于喜欢吧?”鲁鲁轻蔑地笑着问。

“我明白你的意思了，哥这样的高帅富，绝不会放弃自己心爱的女人。”老谭很倔强，眼睛里放出坚毅的光。

鲁鲁顿时仰视，感觉那一刻老谭很男人，居然把秀秀提升到了爱和责任的高度，他们：“那么对麦麦呢?”

老谭的身体立刻如泥一般软了下来，脸上又多了几分桃红色。

鲁鲁摇了摇头，就别糟蹋“爱”了，老谭是活该，没救了。看到他痛苦，胸中莫名涌动着一种幸福感。

正当他陶醉于这种幸福状态时，电话铃声响起。他不情愿打开手机，正埋怨着来得不是时候，一看是雪小晴的，他急忙接听，电话里说让他回来一趟。鲁鲁答应，立即向老谭告辞。

老谭瞪了一下，很感兴趣地问：“谁的？”

“老板娘的。”

“老板娘的？”老谭顿时兴奋起来，忍不住哈哈大笑。

“怎么了？”鲁鲁莫名其妙，老谭难道被母老虎管出病来了？真是悲催。

“我笑你从此有人管了，我俩就不必五十步笑百步了。”

“谁说的？告诉你，我再怎么的也不会像你，怕老婆怕成那副熊样。”鲁鲁不服气地说。

“那你刚才是？年轻人，哥哥我是过来人，跟你说怕老婆不仅是中华民族的美德，古今中外亦是如此。小鲁，别不好意思。”

鲁鲁瞪着老谭。首先，老谭和他们家母老虎是同居多年的“夫妻关系”，他和老板娘的关系根本不是，怎么可以扯在一起？其次，他跟老板娘最多也就是上下级关系，再扯深点儿，也只是朋友关系吧。如果说怕，他不自觉地想到，隐约有点儿怕琪琪。是不是有所在乎了，才怕……

面对老谭的无厘头，他还想辩驳几句，但跟他扯淡只会越扯越离谱。

老谭看他不辩白，以为他默认了，嘟哝着：“都是怕老婆惹的祸嘛，不去西藏就不去吧，那又有啥！”

他顿时释然了，转身离开，很威武的模样，有几分像电影里的吴孟达。

他匆匆赶回到网吧，看见麦麦在拨弄着手机，雪小晴在算账，问雪小晴："找我回来，有事?"

雪小晴头抬了一下，"等我一会儿。"

鲁鲁应了一声。

雪小晴算完，走进办公室拿出来一款新手机："这是新给你买的手机，你看看。"

他对手机没多大概念，只要简单耐用就好。雪小晴给他的这款，外观漂亮，做工精致，一看就知道价值不菲。

鲁鲁不知道是接好，还是不接好。

"拿着，如果不喜欢我帮你换一款。"

鲁鲁再次应了一声，看着她手中的手机，想到老谭说关于他们的关系，不知道到底拿还是不拿。

3

鲁鲁有时觉得自己很不争气，不是说"何处无芳草"吗?琪琪明明已经离开他很久了，可她的音容笑貌还会时不时从他的脑子里冒出来。他甚至不自觉会拿琪琪和雪小晴比较。

琪琪属个性很强的女性，棱角分明，不虚伪造作，内心里有一种不甘于现状的、强烈的进取心。这种进取心雪小晴也有，只是表面上她温婉、和气，有时表现得楚楚可怜，所以更容易使人亲近。这两个女人，谁好谁更好，真不好说。

鲁鲁一直把琪琪当作追求对象，而只是把雪小晴当作朋友、女老板。如果这样，鲁鲁就搞不懂了，雪小晴送他手机到底有什么企图，难道真是自己玉树临风，风度翩翩，把她打动了?

显然不是。

他才一米六四，这样的高度，不管在地球的哪个村都是一个矮子。个子矮还不算，长得还不帅。不帅不要紧，有钱也行，是一个土豪也行，问题是他是穷光蛋一个，身上没一样值钱的东西。难道哥都这样了，还会有人喜欢？难道哥是在创造奇迹，或者说哥生来就是一个传奇？

鲁鲁越想越乐，在网吧来回绕圈子，就像发神经一般，惹得上网的客人烦死。他只好跟麦麦说，要出去走走，让她留点儿心看店。麦麦一边跟人聊天，一边答应。

他在街上悠然地迈着步子，街上人不多，天气有点儿冷，风吹着树叶“哗哗”地响。他不禁打了一个寒战，抬头一看老谭也迈着步子走过来。这个世界真是想碰到谁，偏不让碰着；不想碰着的人，偏偏又撞上了。

老谭很高兴的样子。鲁鲁不知道他又犯了什么病了，难道是天上掉金块，砸到他们家了？还是秀秀终于顶不住他软磨硬泡，答应他到西藏出任分公司的负责人了？

他正想着，发现老谭也正瞧他呢。

两个男人大眼瞪小眼，一个瞧一个傻，一同问：“怎么了？”

然后两人一同说：“生活好悠闲！”

再然后，两个男人一同又疑惑，瞧瞧自个儿，自己是百分之百正常啊！再然后又微笑着看着对方，像演话剧一般。

“怎么了老谭，最近被你家母老虎打击了，病得不轻？”鲁鲁首先开了口。

“啥？我？之前我是那么想的，但我今天见到你病入膏肓的模样后，我突然对生活有信心了。你看我俩往街边这么一站，大街上的人就能分得特别清楚，谁是健康派和自信派。大家懂得，我是健康派和自信派。”老谭挺了挺大肚子说。

“那我是偶像派，也不错啊。”鲁鲁不知道今儿老谭怎么了，很有意思，也忍不住把话接上去。

老谭指着他，说：“就你这样还偶像派，长得又惊心动魄又出乎意料，哪儿来的自信啊。”

两人在路上互酸，唾沫横飞，路过的行人看到这对“活宝”纷纷侧目。鲁鲁虽口舌如簧，但脸皮的厚度终究比不过老谭。因此，他干脆找了一个地方，以便可以发挥得更好。

两人在一个茶馆坐定，鲁鲁就急不可耐地问：“怎么突然一百八十度大转弯，秀秀娘娘开恩了？”

老谭反问：“你认为可能说服她吗？”

如果是鲁鲁还有可能，就凭他舌战群儒的本事，口吐莲花的能耐，那还有希望；换作是老谭，在“家里”那样弱势，估计只能跪在门口可怜巴巴地哀求，脱下内裤挂在墙上，上面写着“我要去西藏”，在家里绝食请愿，做垂死挣扎，或许还有点儿可能。

老谭告诉他切莫以“小人之心度君子之腹”，他公布了两件事情，第一件是他到原来的公司辞职了。鲁鲁一听，蒙了，就算不高升，也犯不着辞职啊！“具体说说，鲁哥帮你评评。”

老谭说，他跟秀秀谈判，那是推心置腹，设身处地，苦口婆心……这么多年在公司兢兢业业，一直没被提拔，以他的远见卓识做公司 CEO 都可以了。这次公司老总慧眼识英才，派他去西藏，对他是一次机会，也可能是此生唯一的机会。

鲁鲁听得眼睛都大了，没想到老谭这么敢给自己脸上贴金。

老谭继续说，秀秀是一个善良的女子，见我如此委屈，就做了一个惊人决定，让我辞职，跳槽到她的公司。如今秀秀的公司已经粗具规模，网站以经营电子版权为基础，以出版和影视运营为两翼，打通文化产业链，实现跨业经营。目前，网站为读者创造了一个优质的阅读平台，可以满足不同人群的阅读需求，满足不同类型的阅读群体。

鲁鲁听得不厌其烦，道："知道了，秀秀现在有一个大网站，比起点中文网还大，行了吧？"

老谭自信地说："现在没有，以后也说不定。秀秀网请了五个员工，来为网站工作，目前是形势一片大好，前途一片光明。公司业务已经拓展到了台湾，正想走出国门，向欧美进军。"

然后秀秀还说，他来了，直接做公司的 CEO。

鲁鲁这下听懂了，原来老谭名义上是升官了，实际上是失业了，那么小一个破公司，还好意思叫 CEO？

老谭说："哥哥我现在工作可轻松了，只要我在沙发上一坐，就有人给我端茶送水。平时，也就巡视一下，公司里几个都是年轻人嘛，容易出错，我多教育教育，谁叫我心善，业务能力又超强。"

鲁鲁赶紧打手势，打住，打住，千万要打住，不然他刚喝的茶水都要喷了。

老谭带着怜悯的眼神看着他，心想，这么多年了，怎么就没长进呢？

鲁鲁正想瞪着他臭骂他几句。老谭告诉他第二件事情，琪琪结婚了。

"昨天下午 5 点左右我们公司来了一位稀客，居然是琪琪。我还以为是来找你的，谁知道她从包里取出来一沓喜帖，从里面翻出来一张，递给我们家秀秀，说到时候来喝喜酒。哎，真的很意外。"

鲁鲁一愣，像是被人下了定身咒一般，坐在那儿什么心情也没有了。他无意中看到窗外，一个年轻女子挽着一个男人，从他们喝茶的茶馆走过。鲁鲁觉得很眼熟，仔细瞧了瞧，那个女子有点儿像是琪琪，而她身边的男人不就是华华？

鲁鲁想到什么，转过头问：“她没给我送吧？”

老谭摇了摇头，说：“没有。但她说，邀鲁鲁一起来。”

“没有请帖，那我就不去了，敛财也不能雁过拔毛吧！”鲁鲁咬牙切齿地说。

“请你就去呗，钱我们出，不用你掏钱。”老谭很大方地说。

“你送礼，我也不去。”鲁鲁有些气急败坏。

“是不是放不下人家，才不敢去？男子汉大丈夫，拿得起放得下。”老谭很男人地说。

鲁鲁看着对面这个男人都要吐了，恶狠狠地瞪了他一眼，快速地站起来，一声不响地走了。

老谭觉得没趣，在那儿嚷道：“真是个小男人，一点儿也不大气。”

4

那天，鲁鲁不知道是怎么走回去的。他想起以前，和华华在大学就认识了，只是没想到有一天他们会成为情敌。华华生长在富足的家庭环境里，活泼好斗，高大帅气，还多金。这些优点被老天爷用放大镜放大了许多倍。想到这些，他心情很恶劣。

他脸色苍白地回到网吧，把麦麦吓了一跳，麦麦赶紧问：“鲁哥，你这是怎么了？病了吗？”

鲁鲁摇了摇头，径直走到卧室。麦麦还是不放心地跟了进来，问：“鲁哥，真的没事吧？”

“真的没事，你做你的事去。”

麦麦放心了，便扯正题："鲁哥，下个星期是圣诞节了，我们买两棵松树放在店里的门口，然后再买些彩灯挂着，再买三个圣诞帽子，我们每个人戴一顶，增添一些喜庆气氛好不好？"

"这个你去问老板娘。"他心烦，纠结，愤怒，这些负面情绪在内心肆意泛滥。他突然很羡慕李斯文，当情绪爆发时，可以转化为美妙的音符和诗文。他没那种艺术细胞，只能暗自承受。

麦麦丝毫没有注意到他的情绪变化，一味地纠缠不休："我要问的呀，我还想让鲁哥扮白胡子圣诞老人，给来上网的客人发几个苹果和一些糖之类的东西作为礼品。我还想在我们的收银台对面搞一个许愿墙，我们给客人准备了许多小纸条，在那儿可以许下愿望。小时候，每到圣诞节这一天，我便许下愿望，很灵的。"

她在这儿喋喋不休，鲁鲁只好强装着好奇，问："那你准备许下什么愿望？"

"当然是有新衣服之类的了。"麦麦调皮地说。

鲁鲁笑："没撒谎？"

麦麦那点儿小心思，怎么能瞒得过他。

麦麦一笑："我还想有一个心疼我的男人，最好是高富帅。"

随后她又问了一句："鲁哥你呢？"

"我，不知道许什么愿。"

"那就许一个，找到一个像雪姐一样漂亮有钱的女朋友吧！"麦麦自作主张。

鲁鲁瞪着她："你这个丫头，怎这么势利，就知道钱，钱能买到天长地久吗？能买到货真价实的感情吗？能买到踏踏实实的婚姻吗？"

麦麦嘻嘻地笑："嗯。鲁哥，你听说过没有，情是孙悟空，会变的；爱是飞毛腿，一转眼就会溜的，所以还是钱最踏实。"

他一时语塞，说不出话来。钱确实是好东西，因为有钱能产生自信、宽容、精力充沛和乐观进取；但遗憾的是，他不是高品质多金男。

麦麦继续笑着安慰他说："这个世界，像鲁哥这样的好人不多了。鲁哥人又好，长得又帅。"

"那你喜欢我吗？"鲁鲁感到愤懑，突然想要流氓。

"喜欢啊！很多人都喜欢鲁哥。看出来没有，雪姐也喜欢你。"麦麦不假思索地答道。

鲁鲁听了想翻白眼，这时听到外面有客人叫，麦麦连忙跑出去。他终于可以安静一会儿。下个星期要许愿了，他会许下什么愿望呢？其实不用问，他想要琪琪，但老天爷能给他吗？

他看看窗外天空中星辰暗淡。他突然想到了当年的秀秀。他们班上谁有不平事，只要告诉她一声，她便把板凳一抡，带着一帮人就去讨公道。现在谁还会为他讨公道呢？

第十四章　婚礼的闹剧

1

秀秀正处于一个事业发展的重要时期，许多大影视公司的大项目都围绕着 IP 展开，而网络小说已经成为 IP 市场的主力。秀秀网已经有一定规模的 IP 内容储备，这非常有利于 IP 项目的孵化。

IP 产业发展势头良好，IP 概念被不断炒作，如果拥有一个超级 IP 可以转换为百年经典在全球扩散，其潜在价值不可估量，秀秀高度重视这个。她特意在公司成立了一个部门，聘了两个网编来专职打理，专门做 IP 开发。老谭被任命为这个部门的经理。

鲁鲁不知道什么 IP 项目的孵化。等他睁开眼睛的时候，天已大亮，爬起来看到麦麦早已把网吧上上下下打扫得干干净净。他心中直乐，以“巡视官”的身份把里里外外检查了一遍，没发现什么大问题，伸了一个懒腰，走出门外。

突然，他发现了一个鬼鬼祟祟的身影在他面前一闪。鲁鲁警觉起来，快速地追踪了过去。那个鬼影一般的人敏捷地往墙角一躲。鲁鲁眼观六路耳听八方，以豹的速度冲了过去，紧接着就是一脚。

只听见“哎哟”一声，他感觉这声音很熟悉，仔细一瞧，竟然是老谭。鲁鲁以手指为枪，对着他：“说，你又鬼鬼祟祟想干什么？想与人民为敌，破坏社会主义建设吗？”

老谭爬起来：“哪敢，哪敢？我是专程来看看你的。”

“又看我？”鲁鲁觉得有些莫名其妙，“你有这么好心？”

他不明白，昨天才来的，今天又来？这么殷勤有什么目的？

“真的。我发誓。”老谭斩钉截铁地说。

鲁鲁将信将疑，他突然想到前一段时间，老谭还雄心勃勃地准备到西藏升职，转眼之间，职没升到，鬼使神差还丢了工作。

“原来是失业了，又跑到这儿来哭诉来了。”

“什么叫失业，我现在是公司副总、副站长、部门经理。”老谭挺了挺肚子，一边说，一边竖起大拇指，扬扬得意。

鲁鲁忍不住哈哈地笑，真是可怜的老谭。不就是秀秀的那个小公司和破网站吗，他还得意，真是不知天高地厚。

老谭脸上挂不住，手一指：“看看，我的！”

说完，他的手指还在不停地指，鲁鲁随着他的手指方向望去，还真有一辆崭新的奥迪 A6 停在那儿。

“真是你的？”他还真不敢相信，难道这一段秀秀发了？他回想起离开时，秀秀网站做得还真不错，难怪牛了。

“嗯哼。小鲁啊，以后跟哥混怎么样？”老谭财大气粗神采飞扬，拍着他的肩膀说。

鲁鲁气得跺脚，火冒三丈，“当老总了不起啊，有奥迪了不起啊！你有钱了你就能买来快乐吗？你有钱了就可以买来幸福吗？你有钱了就可以买来友谊吗？你有钱了就可以买来爱情吗？你有钱了……”鲁鲁还想说什么，可是……可是他突然发现自己竟然没词了。

老谭以昂扬的姿态、从容的心态迎接他的“迫击炮”。当看着他沮丧的表情，随即哈哈地大笑，这是“以不战而屈人之兵”，搭理他一句都多余。

老谭不理会他，走进网吧，悄悄来到麦麦后面，故作亲善地柔声说：“小麦麦，我来了，可想你了！”

麦麦没留意到后面有人，转头立即尖叫。

鲁鲁迅速跑过去，指着老谭：“你别捣乱啊！”

老谭用睥睨一切的眼神逼视着他：“我会吗？”

又把声音提高八度：“我像那种人吗？”

接着，像大领导一样扫视：“我在……我在指导你们网吧工作。”

“谁要你指导，滚回你家去。”麦麦叉着腰大声说道。

“麦麦，我对你感情可深了。”他咽了下口水，“我是日思夜想，夜不能寐，你看我都憔悴了。”

老谭突然撒起娇来，然后说：“曾经有一份真诚的爱情放在我面前，我没有珍惜，等我失去的时候我才后悔莫及，人世间最痛苦的事莫过于此。你的剑在我的咽喉上割下去吧！不用再犹豫了！如果上天能够给我一个再来一次的机会，我会对那个女孩子说三个字：我爱你。如果非要在这份爱上加一个期限，我希望是……一万年！”

“呸，呸！谁要你想，谁要你爱！快伺候你家母老虎去。”麦麦浑身起鸡皮疙瘩，故作生气状。

鲁鲁看到这副闹剧，真还不是一般的恶心。这会儿网吧的客人眼睛唰地看过来了，人气啊，暴涨！如果拍电影，都不用发广告了。

“麦麦，当时情形，你也看到了，我是逼不得已呀！现在我是公司副总，网站的副站长了，也有车了，可是有了这么多，我仍觉得缺少点儿什么呀！开始我还真没搞懂，后来我明白了，一切都是因为没有了你呀。”老谭不怕“观众”多，不顾一切地使劲表白。

“有钱了？”麦麦顿了一下。

鲁鲁一听，她思想有松动意向，着急地赶紧说："千万别听他的。有钱了不起啊，有钱的男人更坏。他再有钱长得那么寒碜，一看就知道是个坏人……"

可是他刚说了两句，又卡住了。

老谭头一偏："小老弟，不要停，继续骂，你谭哥最喜欢了，我很享受这种状态。"

他看着鲁鲁，带着无比痛心的表情说："不是你谭哥说你，你说我有钱就是坏人，那你没钱人家觉得你是好人了？"

"鲁哥是好人。"麦麦马上为鲁鲁辩护。

"他是好人？你知道琪琪要结婚的事吗？知道琪琪为什么不选择他吗？知道为什么琪琪从来不正眼看他吗？"

"那是鲁哥人好，不喜欢她。"麦麦指出。

"错，是因为鲁鲁没钱，穷，没地位，没本事。"老谭毫不留情，一针见血地说。

鲁鲁僵在那儿。他突然想喝酒，更想一酒瓶将老谭砸死。

2

秀秀的本意是想让老谭来做新成立的部门领导，毕竟他有多年的营销经验。谁知他对 IP 一窍不通，而且对网文提不起一点儿兴趣。所以老谭没事就往网吧钻，可是麦麦要和鲁鲁立场保持一致，俨然成了一个命运共同体，坚决不搭理老谭。

麦麦像小蜜蜂似的，这儿待一会儿，那儿待一会儿，唯独不到老谭那里停留。老谭独坐没人理会，脸红一块白一块的。于是他在沙发上要这要那，连开电脑这活，也要人替他干。

这可把鲁鲁给惹毛了，恶狠狠地说："你自己不长手，不会开电脑啊。"

"我不会。你开不开电脑？我是顾客，是上帝。"老谭很瞧不起他，在他眼里鲁鲁就是一个用人。

鲁鲁的火噌噌往上蹿，站在那儿一再告诫自己："我忍，我要忍，忍……"

有钱就可以欺负人是不是？有钱了就可以为所欲为是不是？有钱了就可以让我一忍再忍是不是？

鲁鲁越想越生气，在网吧踱步。可是他踱了许久，仍咽不下去这口气，站在那儿发愣。他第一次觉得钱这东西很重要，没钱不仅有失领导的尊严，还直接把人划出三六九等。

都这样了，老谭还是没有放过他的意思，有事没事拿琪琪来恶心他。鲁鲁本来就不想去参加她的婚礼，她结婚了关他什么事？琪琪对他动过一点儿心思吗？什么都是他一厢情愿自作多情而已。作为一个男人，这已经很没面子了。

老谭可不这么认为："作为男人，我得告诉你：能上九天揽月，敢下五洋捉鳖，才是真男人。小鲁，不要为往事纠结。你没钱送礼，我来送；你没面子，你谭哥给你挣面子。"

老谭说完，网吧里估计所有目光都对准了老谭。真是豪杰啊！太仗义了！太伟岸了！与之形成对比的是鲁鲁，太不男人，太渺小了。

鲁鲁怒道："谁说我没面子了？我鲁鲁会缺女朋友？"

鲁鲁决定死扛着，心想咱男人活着就是为了一口气。

"既然如此，琪琪的婚礼，你去不去？"

"去！"不就是一个婚礼吗？虽然他都混成网吧管理员了，但好歹也是一个管理干部吧。

看到鲁鲁满口答应，老谭有些意外，本想再恶心他一把，结果他这么快投降，反倒没趣了。可他怎么知道鲁鲁的感受呢？

鲁鲁努力维护着作为男人的尊严，所以摆出一副完全不稀罕的架势。可是他刚转头过去，眼泪就流了出来。他承认自己没有恋爱经验，追求琪琪有点儿自不量力，他的内心里藏着太多的不甘心，明知道会碰壁，还是一次又一次义无反顾地前行。

他多么渴望得到琪琪的重视，总是奢望着与美好不期而遇，但是琪琪最终还是没有看过来，他持之以恒的追求，换回的是她一次次的拒绝。

3

事后鲁鲁承认，答应去参加琪琪的婚礼是欠考虑的。如果琪琪真心邀请他参加，绝不可能找不到他。因为琪琪知道他在网吧上班，她可能就无意邀请，所以只在邀请秀秀及其男友时客套一下。

琪琪确实不容易，这次结婚首先要过双方家人这一关就非常难。华华的父亲坚决不同意，几次谈判未果。琪琪的父母都是知识分子，听说女儿不受男方家人欢迎，也是非常生气，眼看两家人要谈崩，最后华华以答应到集团公司上班作为条件，他父亲才勉强答应这门婚事。

两家人刚谈好，琪琪和华华又吵了起来，自然是因为华华对鲁鲁追求过琪琪这件事耿耿于怀。琪琪认为这是无中生有，而华华又疑神疑鬼的，两人又险些分手。最后，两人都退了一步，华华答应不再提此事，琪琪也尽量避免与鲁鲁交往。

不知其中缘由的鲁鲁，答应参加她的婚礼也是后悔莫及。老谭似乎很开心，指着电脑津津乐道。原来，琪琪的婚礼上了本地新闻网。据网上报道，某日，某集团董事长之子举行盛大的婚礼。华华和琪琪在双方父母与家人的见证之下，正式结为夫妻，并曝光了婚纱照。

据 CHBNEL 公司说，这款婚纱是新娘亲自挑选，量身定制的纯白版本，经历数次试装，高雅大方！CHBNEL 公司首席设计师还介绍说，婚纱在细节上做了一些修改，大体保留了这条裙子简洁的背心裙设计款式，裙摆的羽毛仙气十足，再加上白纱和花朵头饰，营造出童话般的梦幻氛围。当然，这场婚礼花销不菲，预计在千万元，光新娘的钻戒都是在五十万……

鲁鲁听得心惊肉跳。他不知道是该祝福他们，还是嫉妒恨。千万元啊，好像很轻松的数字，那可不是一千万张纸。鲁鲁穷习惯了，没见过什么世面，好在内心很强大。

参加婚礼的那天，鲁鲁穿着一身牛仔，可能是因为几天没洗了吧，衣服又脏又臭，让秀秀十二分鄙视。

她叫道："没女人的男人真可怜。"

而她身后的老谭，真是光鲜体面，西装革履，飒爽英姿，一看就好有男人味，好知书达理！

鲁鲁见老谭留着中分头发，还戴了一副眼镜，不禁叹服，在他们读书考试那会儿，老谭每天紧张准备考试都没近视，但在秀秀的"淫威"之下，他居然近视了。

他的奇怪眼神，让老谭二十四分鄙视，用兰花指指着他："这叫有文化，懂吗?"

鲁鲁摇了摇头："这个，真不懂，你不是文化人。"

老谭叹气，又摆了摆兰花指，阴阳怪气地说："没文化，真不好相处。"

鲁鲁气得牙齿咬得咯咯的，说：“我没文化怎么的，我没魅力怎么的，我没……怎么的?”

秀秀一看鲁鲁这撒泼样，拉着老谭就走，老谭扔下一句：“一根烂木头!”

气得鲁鲁体内的一股浊气直往上涌，烂木头怎么了，影响长沙市容市貌了？破坏长沙整洁卫生了？既然没有，关你们屁事！鲁鲁咬牙目送着他们，慢慢吞吞地走在后面。

他们三人走了约二十分钟，到了一家五星级的酒店，远远看见琪琪，正笑语盈盈迎接宾客，美得不敢直视。真是薄纱拂面，弱柳扶风，那笑容甜腻得可以融掉擎天柱了。他不敢直视，只敢躲在秀秀和老谭的后面，但琪琪还是看见了他。

她的目光快得如小李飞刀，顷刻而至，鲁鲁的眼角顿时湿润。美人迟暮，英雄末路，大概就是鲁鲁此刻的心情吧。但是，鲁鲁看到了琪琪不远处的华华。他不知道华华什么时候走近的，华华眼里射出的目光，像一把尖刀刺来。鲁鲁昂头，以胸为盾，严阵以待。

鲁鲁思索着他要说点儿什么，华华就被琪琪拉走了，一句客套话都没有，剩下的只是华华投来的轻蔑目光。他有点儿恼火，再怎么着自己并没有得罪过华华，再怎么着他们也是大学校友，再怎么着他跟琪琪也算是朋友，再怎么……自己没哪儿得罪过他呀!

老谭看在眼里，顿时义愤填膺：“有什么了不起，要不是他有钱，琪琪还指不定跟谁呢!”

这句声音尽管很小，但还是被全场的人听到，所有的目光一下子集中到这里，全都呆了。

“你说什么?”华华甩开琪琪的手，气极地转过来，看着老谭，眼睛里像有把刀子要活剐他。

老谭弱弱地退了两步，被秀秀的手往后一扯，安顿在后面，自己迎了上去："怎么着？我们是来参加婚礼的。"

这句话说出来，又把所有人目光吸引过来。这两口子真不愧是搞网站的，在吸引人气方面特有专长。

众人一看那架势有点儿像要打架，哗的一下，让出一个场地来。有人担心，有人期待，有人悄悄议论。如果真打，华华还不一定是秀秀的对手，千万别说华华练过几年跆拳道，那对秀秀庞大的身躯来说没用。

眼看就要动手了，琪琪赶紧走上前解围，说："没事，没事，他们开玩笑呢。"

一边说着招呼客人，一边拼命拉起华华就走。

华华老大不愿意，但想到今天是自己的好日子，强忍下怒火，挪动了几步恶狠狠地瞪了他们几眼，然后离开了。

鲁鲁真想破口大骂，不知道华华瞪他干吗，是琪琪邀请他才来参加婚礼的！真是莫名其妙！

这场闹剧还没上演，就很快收场，因为秀秀一拽，将他夹着就走。她力大得鲁鲁几乎无法呼吸，更不要说叫唤了。他痛苦地忍受着，不知道秀秀会将他带到哪里。

他被她夹到离婚礼现场老远，才被放下来，蹲在地上大口喘气。过了几分钟他才缓过来，怒道："你夹着我干吗，关你什么事？"

秀秀一脸鄙视："你是不是个男人，少在那儿丢人现眼！"

鲁鲁更气了："我丢人现眼怎么样，我乐意。我不是个男人怎么样，关你什么事？"

"一根烂木头！"秀秀再次骂了一句。

秀秀的声音尽管很轻，但还是触动了鲁鲁最敏感的神经。他握紧拳头，不管是否是自不量力了，他要拼命。因为尊严比命更值钱。

老谭走过来，拍了拍他的肩膀说："老弟，不是你哥说你，就你这般穷酸，还真不能跟华华斗。识时务者为俊杰!”

鲁鲁转过脸来，还想骂，但老谭拍了他一下，就跟秀秀走了。鲁鲁站在那儿跺脚，但就是迈不动脚步追过去。他站了一会儿，渐渐冷静下来。回想老谭的话，自己哪儿还有尊严?

他站在大街上茫然无措，再去琪琪那儿评个理吗?已经毫无必要。那么回网吧呢?内心里是满满的挫败感和不甘。

第十五章　彩票事件

1

为了“领导”的尊严，为了在两个女人面前不失“尊严”，他必须有钱！要想有钱，他就必须要挣钱！除了抢银行，他打算什么都干。他到处寻找挣钱的机会。

有的时候会望着天，想着天上掉人民币的机会可能不多吧，掉金砖的机会可能更小了，靠这种方法发财，可能性为零。最终，他想到一个方法：买彩票。

他经常听说，有人中奖几百万几千万的，甚至还听过有人买了复式彩票，中了好几个亿，如果换成金砖，是不是摆满一个房间？

如果他中大奖，会不会把华华、秀秀、老谭统统气死？如果这样就太美妙了！为了实现他伟大的梦想，尽快致富，他用了超出了平时一倍的速度，走往投注站。站里一个挺着大肚子的老板坐在那儿卖彩票。这个他想得通：这不就是因彩票而来？

老板问：“你要哪一组号？”

鲁鲁想，如果中个十万八万，还真没多大意思，就说：“我要中奖数目最大的那一组号码。”

老板一愣，没听明白，问：“你是说……”

鲁鲁叹了一口气，怎么听不懂人话？大声说：“要下一期的中特大奖的号。”

老板这回倒是听明白了，问题是如果他知道下一组中大奖的号，他还开彩票投注站干吗？

“你说的是机选吧。中了几个亿的人，就是采用的机选。”老板突然醒悟道。

鲁鲁一听有戏，说：“那就机选。”

老板问：“你买多少钱的？”

鲁鲁问：“中几个亿的那位是多少钱买的？照他的。”

“是复式号码，一组是16元。”老板一点儿不坑人地说。

鲁鲁摸了摸口袋，居然摸出16元五毛出来；他摸了摸脑袋，这是不是注定要见证奇迹？他把16元递给老板，如果中大奖了，得找人揍一顿老谭，让他知道什么叫有钱。

老板“嗒嗒嗒”打了八张一样的号码，拿到手上一愣，纸片上写的号码居然是：1、2、3、4、5、6、7，老板也擦了擦头上的汗水，卖了十年彩票，第一次打出这么奇特的一组号。

鲁鲁惊叫：“哇！老板你太有才了。”

老板的老脸一会儿白一会儿红，说：“哎呀，一般一般，这就叫出其不意，出奇制胜。”

鲁鲁表示赞同，他拿着彩票往街上走，心情特别舒畅，有一句什么来着，叫放飞心情，大概就是这个样子吧。他在集市转了一圈，心想还是回去吧，麦麦那个小丫头，不知道还能不能应付得过来。

这时，他发现一个算命先生，旁边旗杆上挂着张白布写道：“神眼明阴，算心知命。”

鲁鲁一笑，平时不太相信这类人，但今天兴致很高，怎么也得算上一卦吧。

他拿着彩票往算命先生面前一放："老先生算一下，我这彩票能中吗？"

算命先生半闭着一双眼睛，斜着看着他，又朝着彩票瞅瞅，说："报一下生辰八字。"

鲁鲁好奇怪，真是各行都有道，生辰八字与中彩票有关？不管了，报过去再说。

算命先生掐指算，默念："此命既不出门，又无命局，仅时身命两主夹天虑……你的性格有点儿自闭。"

鲁鲁没怎么听懂，但性格自闭倒像是有一点点，既然如此，那应该算得没错。他带着一份期待说："老先生请继续。"

算命先生继续掐算："在命日主是丁火，生于九月火已退气，而入库，如今在地盘上早年行火运，一路进南方火旺之乡，转弱为强，应主少年得志青云直上……"

鲁鲁听得云里雾里，眼睛睁得大大的，急着问："这次能中奖吗？"

算命先生，抬头看了他一眼，只说了一个字："中！"

"真能中？"他还是不太相信。

"你不相信我，来求卜问卦干什么？"对于鲁鲁的质疑，算命先生很不满意，因为很少有人对他这种态度。

"那……我的婚姻是？麻烦老先生也算上一卦。"

算命先生一只眼睛看着他，又掐指念叨了半天，最后慢吞吞地道出七个字："天付姻缘两有情。"

"那定是琪琪！"可是他一想，她结婚了。没事，肯定有戏，不然怎么叫天付姻缘。

算命先生不再搭理他。鲁鲁只管哈哈地笑，然后比了一个剪刀手，说：“耶！”

现在看来，天时地利人和都齐了，难道还有不中彩的理由？谢谢你算命老先生，谢谢你老天爷！

他走着走着，突然想起了海子的诗歌《面朝大海，春暖花开》，他大声朗诵道：

从明天起，做一个幸福的人
喂马、劈柴，周游世界
从明天起，关心粮食和蔬菜
我有一所房子，面朝大海，春暖花开
从明天起，和每一个亲人通信
告诉他们我的幸福
那幸福的闪电告诉我的
我将告诉每一个人
给每一条河每一座山取一个温暖的名字
陌生人，我也为你祝福
愿你有一个灿烂的前程
愿你有情人终成眷属
愿你在尘世获得幸福
我只愿面朝大海，春暖花开

这首诗写得多好啊，真好，朗诵起来心情特别舒畅。以前他多么讨厌诗歌，现在不了。可能受到李斯文的感染，他对诗歌产生了好感，既能宣泄感情，又能感到快乐。

他的癫狂让路人侧目，纷纷给他让出一条大道来。走在马路上，迎面而来的奔驰也改变了路线，绕了弯过去，唯恐避之不及，怕惹出什么事端来。

他哈哈大笑，又一次感到了自己的威武。

2

鲁鲁很小心地把彩票揣在口袋里，生怕给弄丢了。他一边哼着小曲，一边穿过街道，走进网吧，从老谭的身边擦过。而老谭是争分夺秒，但凡有一点儿时间就往网吧跑。

老谭再一次受到无视，他可是“上帝”啊，鲁鲁竟敢漠视“上帝”的存在。老谭愤怒了，站起来拍拍走过去的鲁鲁的肩膀，吩咐下人似的：“去，帮你谭哥拿包烟。”

鲁鲁努力压住心中的怒火：“没空。”

“我可是客人！”老谭顿时火冒三丈。

“去，一边玩去，管你是谁。”鲁鲁也火冒，厌恶这个地球人渣。

一个小男人，一个胖子，两人互不相让。他们大头对小头，大眼瞪小眼对峙着，就像两只斗鸡。

“鲁鲁，我可告诉你，打架你可不是我的对手。”老谭恶狠狠地警告。

“老谭，我也告诉你，这是我的地盘。”鲁鲁毫不示弱地回应。

麦麦一看不对劲，便横在了这两个男人中间，横出了一句这两个男人都不能接受的话：“保持肃静，不准打架！”

两个男人将像剃胡子刀片一样锋利的眼神移在小丫头身上，麦麦迫于形势退了两步，被后面的椅子给挡住了，退无可退，这倒激起了小女子的雄心。她走上前一步，面无惧色，像梁红玉一样，昂首挺胸直面应对这两个男人："你们两个想过没有，这里是公共场合，不是你们打架的地方。"

老谭首先惊悚了，遥想当年，他可是玉树临风，风流倜傥，貌似潘安，才高八斗，武功炉火纯青，绰号老谭的全能人物。但是当秀秀使出九阴白骨爪的时候，当秀秀把他抓得体无完肤的时候，他只能选择屈服。

但在他看来，男人对女人屈服，那不叫屈服，叫"哄"。因为大男人不可能跟女人一般见识，老谭是大男人、大丈夫嘛。

他说："今天我给麦麦一点儿面子，不跟你计较，但哥哥我也是有底线的，就是下不为例！"

"靠！靠！靠……如果不准备动武，就不要伪装成战神，我可不愿意像你这般猥琐！"在鲁鲁眼里，老谭就如电影里的小丑。问题是，他还不如那小丑！

"是在愤怒吧，鲁鲁，我跟你说，没有实力，愤怒毫无意义。"老谭用蔑视的目光看着他，又冲过来吵。

"实力？指钱吧？你以为秀秀挣了几个小钱，就不可一世了？老谭，我不瞧不起你，在这个社会，有些人像走狗一样向别人乞食，多让人厌恶，自己还不知道。你说你，第一，你花的钱，包括你的小车，哪样是你挣的？第二，那点儿小钱，别人吐口唾沫都比你家多，你还自鸣得意，到处显摆。"

老谭气不打一处来："你妒忌吧，使劲儿，别停，哥哥我很享受这种状态。你谭哥是瞧不起你，不是没原因的，在这个社会上，成功的人很多，我们家是为数不多成功人士中的一个，你再嫉妒也没有用。至于这钱是谁挣的，是人都知道，公司是我和秀秀共同投资，一起挣来的。真是众人皆醒，而你独醉，可气又可怜。再说，钱确实不多，因为目前只是成功了一小步，等哥哥我真的成功了一大步的时候，哥还真不怕显摆，我打算摆家宴到白宫去，那时你可真得要来。”

“你做梦去吧！”鲁鲁因为愤怒，声音嘶哑地叫道。

“做梦？那你做梦试试，要么你成功这么一点点，给谭哥看看。有本事你也挣来钱，仇富，有用吗？”

鲁鲁气得浑身颤抖，不过他马上想到了口袋里的彩票，心情豁然开朗，说：“不就是那么点儿钱吗？你鲁哥明儿就有了。你就睁眼瞧好了。”

“有了？鲁哥，有多少？”麦麦有些欢喜，谁叫老谭有钱就瞧不起人。

“有了你十辈子也花不完的钱。”鲁鲁很肯定。

“真的？”麦麦有点儿不相信，尽管鲁鲁从来没有骗过她。

“真的。”鲁鲁再次肯定。

老谭摸了摸口袋里的手机，心想鲁鲁是被他气得病了吧，万一要赔什么医药费之类，那可不太好，赶紧溜之大吉。他边走边想，万一鲁鲁病情严重当场发作，他只知道120是医院急救电话，精神病院的电话还不知道。他回去得查一查，以留着备用。

3

那天夜里，网吧的人不多。雪小晴收了账也走了，网吧里从未这样安静过。麦麦除了工作就是聊天，跟帅哥聊天，也跟姐姐妹妹聊天，给他们端茶送水，像一台永不停歇的机器。一般十二点前她不会歇着，有时晚上干脆不睡。

麦麦不歇着，鲁鲁就可以歇着了，放心睡大觉。但是睡不着啊，因为当太阳升起的时候，就要公布中奖号码了。虽然各种迹象已显示他中的就是头彩，但钱要拿到手才算数。想到这儿，他仍心有不安。

躺在床上，他翻来覆去，努力让自己睡，好挨到明天，然后精神饱满地去领大奖，可自己就是一点儿睡意也没有。于是，他用很笨的法子——数羊。一只羊，两只羊，四只羊，五只羊……一百只羊……五百只羊，鲁鲁决定不数了，这样强迫自己数下去，非得精神病不可。

到了十二点，麦麦给他打个招呼，睡觉去了。鲁鲁起来检查一下网吧的门，清点一下包通宵的人数，里面有十二个人。把一切都做好以后，他再次躺在床上，这次总算睡了。

第二天，等他睡醒，外面贼亮贼亮的，阳光射过来，刺痛了他的双眼。他爬起来直奔彩票站。麦麦看见他匆忙出门，以为发生了什么大事，叫了“鲁哥”一声，但他似乎没有听到，直接奔向“钱”方，那是他将要扬眉吐气的地方。

麦麦觉得这几天来鲁哥好奇怪，像变了一个人似的。网吧里的事情，大部分都是她做的，虽然老板娘在她工作的第二个月给她加了工资，但还是比鲁鲁少一百元。而鲁鲁整天悠闲得像一个“大领导”似的，什么事也不管，麦麦心里的不平音渐起。

鲁鲁行走在路上，压根就不管麦麦怎么想，他的脑子里一遍又一遍地闪现琪琪的身影，嘴里念叨着：琪琪，你不是一直瞧不起我吗？华华，你家不是很有钱吗？现在我也将要有钱了！琪琪，我也能给你大房子，养活你，让你过上想要的生活。可是琪琪，我不敢给你打电话，不敢跟你联系，不敢对你说谎话，因为我害怕呀……

他越念叨越激动，不争气的眼泪哗哗而下，一路引来旁人的侧目。他毫不在意，对众人报以微笑，这是一种激动人心的、幸福的微笑。

泪眼中的微笑惊诧了路人，一个路过的妇女看到后，赶紧将走在路上的小孩子抱起，飞奔而去；一个老头儿被他这么一吓，立刻僵住，比孙悟空的定身术还厉害，直到鲁鲁从他的身边走过，老头儿才缓缓地从口袋里摸出药丸。还好，硝酸甘油还在，这剧情是要命的节奏。

鲁鲁越走越快，心在扑通、扑通地跳。他一再告诫自己冷静，冷静，可心好像不受控制，要跳出来似的。他走过了这条街，那条小巷，彩票投注站不远了。他放慢脚步，又摸了摸口袋，彩票还在。他将彩票拿出来，八张号码为“1234567”的彩票，只有一点儿褶皱，没有破损，没有污渍，字迹清晰，也就是说兑奖一点儿没问题。

只是这“1234567”号码也太离奇了，想到这儿，他不由自主放慢了脚步。但不“奇”怎么有传奇人生？不“奇”怎么会从普通人中脱颖而出？不“奇”怎么可能拥有琪琪？想到这儿，他恢复了信心，加快了脚步。

“大奖，我来了！”他敞开胸怀，拥抱美好的明天。

4

经常有人说：欲速则不达，心急吃不了热豆腐。

等等，这会儿他真理解了！因为在鲁鲁走到彩票投注站门口的时候，卷闸门还关着，他看了一眼时间，才 7 点 15 分 28 秒。他顿时明白了，投注站又不是早餐店，怎么可能早开门？心急吃不了热豆腐，他决定吃了早餐再来。

为了迎接这伟大的时刻，早餐一定要吃好，吃得满意，吃得精神爽朗，才对得起买的彩票。他的脑子在城市几百个平方公里内搜索一遍，终于找到了一家全市最好的早餐店。

吃之前，他上了一趟公厕。他对着镜子，用手梳了梳头发。真遗憾，他没带洗漱用品，作为他这样一个帅哥，随身带一把梳子很有必要。鲁鲁记得在读高中时，一位男同学口袋里藏着一把梳子被同学嘲笑，后来导致鲁鲁即使平时出门有带梳子的想法，但也没有那个胆子。想起来真是有些遗憾啊。

他在镜子前发呆，已引起了来往上厕所的人的注意。留有中分头的男人悄悄地问："那人怎么了？"

七分头的男人答道："病了，估计不轻。"

可是，那个长发男人很诗意地说："啊，那叫悲伤！"

正巧对面女厕所走出来一对母女，小女孩正缠着妈妈，问："什么叫沉鱼落雁之客、闭月羞花之貌呀？"

鲁鲁走过去，对着小女孩说："小姑娘，叔叔告诉你。"

小女孩高兴地说："好啊好啊！"

鲁鲁吐出舌头，用手将脸庞拉长，摆出一副怪脸说："这就叫沉鱼落雁之客、闭月羞花之貌。"

小女孩被逗得哈哈地笑。

她的妈妈看见这个怪人，赶紧将小女孩拉走，对鲁鲁扔了一句："神经病。"

小女孩一听，似乎明白了，对妈妈说："我知道什么是沉鱼落雁、闭月羞花了。"

妈妈对女儿突然开窍感到十分意外，问："是什么呀？"

小女孩很肯定地答道："就是神经病。"

妈妈愕然。

鲁鲁笑得差点儿倒地上打几个滚，对小女孩的领悟能力拍案叫绝。西施如果没有神经病，那她怎么会喜欢范蠡，那个把她卖了，还说很爱很爱她的浑蛋？

貂蝉如果没有神经病，怎么会答应王允使用连环计离间了吕布和董卓这两个一老一小的蠢蛋？

杨贵妃如果没有神经病，怎么会喜欢一个老头子？

王昭君如果没有神经病，怎么会出塞？

所以说，这个小女孩总结得太对了。

那么富翁呢？何尝不是神经病的代名词。许多大富豪其实也是神经病，比如当年比尔·盖茨退学，就有人骂他神经病，如果这都受不了，他怎么会成为地球首富呢？

看来他要成为富翁，被骂几句神经病，是上帝既定的程序。为了迎接他这个伟大富翁的诞生，他决定好好吃顿早饭，然后去兑大奖。天，难道还有比这更幸福的事吗？

他来到早餐店慢悠悠地坐下，坐在那儿很气定神闲。他很绅士地点了一份早餐。女服务将油乎乎的手在围裙上一抹，说："就来。"

鲁鲁看得直冒汗，真他妈恶心！他刚想要爆粗口，但忍住了，毕竟要绅士一点儿。他暗暗发誓：等中了大奖了，吃早餐一律到五星级酒店去吃。

他要的面条端来了，吃饱以后，用餐巾纸一点儿一点儿将嘴擦干净，然后将衣服理整齐，离开。可还没走出早餐店一米，就被服务员叫住了："嗨，你还没有付早餐的钱呢。"

鲁鲁有点儿窘，只顾保持自己绅士模样，居然忘记付钱了。他从口袋里拿出十元大钞，带着一种不屑地说："不用找了。"

女服务员瞧他那模样有点儿怪，不禁起疑这钱是不是真的。她再次将油乎乎的手，在她的围裙上又一擦了一遍，将钱对着天空照了照。

鲁鲁很生气，问："见过吗？"

"见过。"女服务员一边照一边说。

"真的吗？"

"像是……真的，但不一定。"

鲁鲁气得快吐血，跺着脚，像是发誓赌咒一般说："这钱就是真的！"

"真的？"女服务员还是不相信，说，"你别走啊，我让老板娘看看。"

在这种情况下，居然还没有晕倒，需要多大的毅力？鲁鲁坚持着，要忍，忍。

过了几秒，女服务跑出来说："你可以走了，这钱是真的。"

那种架势有点儿像警察释放犯人，而鲁鲁却没有被释放的喜悦，而是无比愤怒地注视着女服务员。

为了保持他优雅的风度，他不断地说："我要忍，忍，忍……"

女服务员再没有理会他，她到客人吃完的桌子上收拾碗筷。他又有种被无视的感觉，至少也该给我道个歉吧！但是女服务员根本没有在意他的存在。

他很生气，再次发誓："等我中了大奖，再也不瞧这儿一眼！"

想罢头也不回地离开了早餐店。

早晨的太阳，暖暖地斜照在他的身上，身体无比的舒服。他抬起头，伸开双臂，对着红彤彤的太阳说："大奖，我来了！"

5

赶到彩票投注点，正好九点，跟他小时候读书时上学一样准时。

老板看到他时，脸唰的一下全白了，但这个异样的神情丝毫没有影响鲁鲁的心情。他热情地跟老板打招呼，然后拿出彩票，问："大奖号码出来了吧？"

老板说："出来了，我正要写到面板上。"

"是 1234567 吧？"鲁鲁的心有些忐忑。

"不是，是 14，26，3，1，15，2，27。"

"什么？"他感觉身体晃了晃，"有没有搞错？"

鲁鲁不相信，心跳有些不正常了。

"这个怎么可能搞错呢？绝对没错！"老板拍着胸脯说。

鲁鲁的大脑瞬间缺血，脑子里一片空白。他瞪眼看着中奖号码呆住了，身体直挺挺地倒下。老板已经意料到要出事，所以在他倒地的一刻，迅速接住了他，并扶着他坐下，不住地向他吹气。

老板的口气很重，当它被老板从嘴里吹出来的时候，刺激到了鲁鲁的大脑，他马上惊醒了。但是他还是不相信，又站起来对了号码和日期，仍然没有错。他的手不住地颤抖着，头晕欲裂，耳鸣，像突然发生了十级地震，世界一片混沌，那最高建筑物迪拜塔突然轰然崩塌。他嘴里喃喃地叫道："为什么？为什么我的彩票居然没有中？"

终于，他支持不住，又訇然倒地。

这次老板没有意料到，被他吓坏了，赶紧掐人中。自从开彩票投注站，老板就学会了急救，这技术比医院急诊室的大夫还强。

鲁鲁缓缓地醒过来，有气无力地问："为什么骗我？"

老板一脸的无辜和无奈，仿佛是世界上最值得同情和委屈的人："我卖出的每一张彩票都是良心票，都有中奖的机会。只是阴差阳错，这次你没有中奖，但是你还有机会，也许下一次中奖号就是你买的号，你就是下一个亿万富翁！"

鲁鲁怒火中烧，眼睛鼓得老大，真想拿着一把大砍刀，将老板剁成七八块。

他吼道："什么下一次，老板你知道吗？我在这张彩票身上寄予了多大期望？我的全部心思都放在这张彩票上了，你居然跟我说下一次，万一下次又没中呢？是不是又得说下一次，人生究竟有多少个下一次？"

老板暗叫不好，心跳加速，这家伙已经不可理喻，说不一定又会闹出什么事来。这年头，什么钱都好挣，就是神经病的钱不好挣。

他看到鲁鲁手里的彩票，顿时心里一动，说："哥们儿，你拿的彩票给我看看？"

鲁鲁不明就里地把彩票扔给他。

老板看到彩票，一脸兴奋，叫道："哎呀！我的天。"

继而老板拍着大腿说："哎呀！我的神，我说怎么就阴差阳错呢？你看，你买的是1234567，而这一次，你把顺序调整一下是：1，2，3，14，15，26，27。如果从个位数看，就是1234567，兄弟离大奖只差一步，一步了啊！"

鲁鲁惊奇，连忙坐起来，仔细一看："对啊！这种说法有一定道理，究竟是怎么回事呢？"

老板连忙摆了摆手："这个里面的玄奥别问我。到我这儿买彩票，你也看到了个位数完全一致，也就是说，今天的大奖，应该就是你的，为何你来了又不是你的？"

老板指了指远处，又说："转个弯，菜市场有一个算命先生，问他，或许能为你指点迷津。"

他边说边将鲁鲁往外推。

鲁鲁将信将疑，难道这里面真的有什么蹊跷吗？谁偷了他中大奖的号？老板指的那个算命先生，不就是他上次遇见的那位吗？鲁鲁决定找他要一个说法。于是头也不回地走了，直奔算命先生那儿，他听见风在耳边呜呜地叫，是在为他叫冤抱屈呢！

看着他远走，老板坐在那儿，擦了擦头上的汗："哎呀！我的神啊。万幸，万幸！"

鲁鲁或许走得太快，居然找不到市场了。这人如果急，智商都没有了。他退回来几步，冷静一下，辩一下方位，手指左转转，右转转，终于敲定前方的位置，再次急急忙忙往前走。他一定要知道，这到底是为什么？

6

他正走在胡同口，一家理发店传来张静的歌《不属于我的爱》，歌词很悲伤。他听着听着，不知不觉又快哭了。此刻他特敏感，也特别容易伤感。他想起了琪琪，这辈子他都忘不了她。如果他中大奖了，就可以理直气壮找琪琪。他本以为这是上天给他的一次机会。可现在什么都没有了，铁定的中奖号码，什么大房子，全是空的。

他承认自从心里有了琪琪以后，变了许多，变得有"上进心"了。他渴望成功，渴望有自己的事业，渴望有钱，让琪琪能看得起他，让秀秀看得起他。但是他失败了，连铁定成功的都失败了。

钱不是他的了，爱也不属于他了，他的心拔凉拔凉的。他几乎是趺趺撞撞来到算命先生的摊点的，他把彩票拿到手上，往桌子上一拍，说："你说可以中的，现在你看看中了吗？"

他看见算命先生并不怎么理会，于是又重复了一句："你说啊！"

放在算命先生桌子上的《易经》，在他拍出的"嘭"的一声中，掉在了地上。同时，还在打瞌睡的算命先生被惊得跳了起来，戴着的墨镜也“砰”的一声也掉在了地上。

算命先生的眼睛虽有点儿瞎，但耳朵特好使。那“嘭”的一声，让他震耳欲聋。他模模糊糊看着前面这个人，不知道怎么回事。但他也顾不及问了，赶紧到地上找眼镜。恰好一位时髦女性路过，她有着一双白皙如玉、修长匀称的双腿。

算命先生看得分明，也就顾不得找眼镜了，连叫：“美腿，美腿。”

鲁鲁站在那儿真想一脚踹死他，叫道：“我问你，我为什么没中？”

算命先生抬头一看，心道：这人不是酒鬼吧？但一想不对，在他身上闻不到酒气——那就是神经病无疑！他虽有点儿恼火，但好歹在这个地界他是有身份的人，怎么能对他如此不敬。知道吗？对他不敬，就是对菩萨不敬，就是对广大人民群众不敬。他很生气，有意不管鲁鲁，继续找眼镜，任由鲁鲁站在他的摊位前嚣张跋扈。

鲁鲁更生气了，如果有力气他真想把算命先生拎起来，抛到地球之外。他几乎咆哮：“你为什么骗我？你这个骗子！”

算命先生抬起头，端端正正地把眼镜戴好，一脸正色地说：“嚷什么。信则灵，不信则不灵。卦者云，疑而不决者问卜。知天命，守大道的人，没有疑惑，不用算卦。”

鲁鲁一听也对。自己信了才到他这儿算上一卦，祸福自担。可转念一想，也不对啊，自己明明问的是能不能中大奖，他肯定地说会中的。

算命先生盯着他，严肃地说：“什么中不中的，抬头！挺胸！稍息！”

算命先生端详了他一眼，懒洋洋地说：“把手伸过来吧。”

鲁鲁把手伸过去，看看他究竟要什么花招。

“你命主丁火，生于九月火已退气，而入库……”算命先生摇头晃脑地说。鲁鲁看着他，什么入库不入库的，真想把他的脑袋旋转一百八十度。

算命先生也不管他怎么想，继续说道：“……暗射生门而遇贵，而事实大相径庭。你弱冠以前，昆仲相续谢世，贫无所依。明者，天之照也，故天元其必以火为日干，地元必形诸方而带冲者，气动而辟也，生则开，辟则化……”

尽管鲁鲁一再告诫自己，不要发火，不能发火，但还是发火了：“你就说，这次我为什么彩票没中?”

算命先生再次看着他，咏道：“四镇之星福自强，更看权杀在何方，数重贵禄兼生旺，不做公侯便做王。”

鲁鲁瞧着他，纳闷他是不是X星系的怪兽啊？身体上也长有四肢，肩膀上扛着的也还算是一个人脑袋，怎么就不说人话呢？他第一次感受到：人猿和类人猿差别很大，人类与非人类根本没法沟通。

最终，他把彩票很郑重地放进了口袋里，就当什么也没有发生过，心灰意冷地离开了。他仰望着天，又快速地低下，重重地叹了一口气，感觉什么都完了。

7

他来到一个郊区小饭馆，可能还没有到用餐的时间，里面空落落的。这个餐馆有一个独立的阳台，可以就餐。鲁鲁点了两个菜，要了一瓶酒。当坐下来的那一刻，他觉得这次自己真的病了，上次住院那是伤筋动骨，而这一次骨头架子都垮了。

鲁鲁一杯一杯酒往嘴里灌，想象自己多么豪气干云，当年梁山好汉也不过如此吧！两杯酒下去，没有多少醉意。其实有醉意好啊，醉了就不用想得太多，醉了就不用怕像孙二娘的秀秀，有了几个臭钱的老谭，还有琪琪……

“告诉你，我决定，不……理你了……”

这时传来赵传的歌曲《爱要怎么说出口》。多少愁，多少痛，赵传无法排解，他也不能，只好一杯一杯灌自己。

琪琪，此刻，你知道我有多么想你吗？

琪琪，你知道我看你第一眼，就爱上了你，你知道吗……

琪琪，我以为我有钱了，就有底气了，可以勇敢一点儿，但是我改变不了啊……

他趴在桌子上，一边拍打着桌面，一边哇哇大哭起来。

桌子底下不一会儿湿了一片，不知道是酒水，还是泪水。白天逐渐变成了黑夜，鲁鲁一边喝着酒一边砸杯子，周围一片狼藉。

老板娘看他这样子很担心，要走过去，被老板拦住了，老板胸有成竹地挥了挥手，意思是该干吗干吗去。

鲁鲁不知道什么时候睡着的，也不知道睡了多久，如果老板不叫醒他，他可能就睡死了。他抬起头望着老板嘿嘿地笑，说：“老板，你真可爱。”

老板嘿嘿地笑，说：“当然可爱，买单吧！”

“你看不起我是吧！怕我没有钱是吧！告诉你，这绝不可能！”鲁鲁往前挺了挺肚子，站在那儿摇摇晃晃，像一个他们村的大干部。

老板丝毫不慌乱：“对，这种事绝对不可能在你的身上发生。你是仗义疏财的好汉，你是有情有义的真男人，所以绝不会为难店小利薄的我们。我绝对信得过你！”

鲁鲁一听，叹道：“知己啊！知己！”

他从口袋掏出一个钱夹子来，问：“多少钱？”

“520元。这数字什么意思呢？我爱你，因为你是我见过的最可爱的人。”说着，老板递账单过来，“您吃饭，我敢乱收费吗？我们收的都是明明白白的成本价。这520是在表达着，兄弟，我好爱你呀！”

他把“敢”声音提高二度，一听就是守法的良民。

鲁鲁回想，才吃几个菜，加几个小瓶装的酒吧！他想查账单，无奈两眼模糊。既然如此，他就豪气一回，不计较了，就是几个钱嘛。他抽出三张钱来，说：“不用找了。”

老板快速接住钱，再次嘿嘿地笑，“不够哦！”

鲁鲁努力睁眼一看，看清楚了，是一张十元、两张一元的钞票。他有点儿窘迫地说：“刷微信。”

说着便拿出手机：“你负责给我刷。”

老板笑嘻嘻地说：“你瞧，我没说错吧，果然是豪爽之人。”

他接过他的手机扫描，操作完以后，道：“欢迎赏光，你慢走，有空再来。”

说完就将他往外推，然后快如闪电般地关上了门。

鲁鲁还没清醒过来，人却已在馆子外。他转身想再唠叨几句，却发现店里的灯都熄灭了。

他低丧着脑袋，在街上步履蹒跚。已到半夜，来往的车辆明显少了，然而让他奇怪的是，车子怎么走不直呢？怎么都是东倒西歪的？更让他奇怪的是，这路怎么也不直了？

为了验证他看到的绝对正确，便决定亲自试试。他从这棵树，走到那棵树，看究竟是不是直的。他一脚一迈，一脚一迈，咦，为什么总是左脚往前，右脚呢？这样可不行，右脚你得加把劲，他又一脚一迈，一脚一迈，结果他又发现，怎么全是右脚，左脚呢？

鲁鲁看着这两只脚，用手指着双脚：“你们是不是想造反，跟我抬杠是吧？现在我命令你们一起走。”

还真是命令如山，两只脚果然准备一齐迈出来，结果鲁鲁“扑嗵”一声，直直地倒在了地上，砸出好大的声响……

趴在地上的鲁鲁努力翻个身，正面睡在地上。好舒服啊！这喝醉的感觉真好。脸上似有黏稠的液体，他用手抹了去。看着璀璨的夜空，好美呀！他要好好地睡上一觉，什么都不想……

8

清晨，鲁鲁模糊听到有个老太太说这个人恐怕不行了，你看人都直了，送火葬场吧。另一个中年妇女惋惜地说，这么年轻就这么烧了，多可惜，要么送医院吧。毕竟那眼睛、心脏、肝肺之类可能还有用，割下来还能捐吧。而站在他旁边的一个中年男人又发表了不同意见说，这就不像是个正派人，万一他得的是什么恐怖的病呢，移植到其他人身上，这是救人，还是害人……怎么越说越乱了？

他很好奇地睁开眼，在众人惊异的眼神中，颤颤巍巍地爬了起来。一位刚买菜的大妈直直地看着他，菜篮子“啪”掉在了地上，里面的鸡蛋骨碌骨碌地滚了出来。

鲁鲁问：“大妈，你好啊!”

大妈顾不得鸡蛋了，喊道：“鬼啊!”然后撒腿就跑了，速度已经超过了“中国飞人”。周围的人群也一哄而散。

鲁鲁站在那儿，揉了揉眼睛，空寂的街道，没有一个人理他。他泄气，心灰意冷，像进入了一个虚境中。

而当他猛一抬头，看到一个风姿绰约的女人，正在不远处看着他。风吹乱了她的长发，精致的脸上挂着妩媚的笑意。

鲁鲁被这笑容打动，再也移不开眼睛了。他如同被孙悟空施了定身咒一般，立在那儿无法动弹。那温柔无比的善意，抚平了他的伤痛。纵然他有千言万语，这一刻也说不出一个字。

难道这一切都是幻影吗？不是！鲁鲁像一个犯了错的孩子，低着头，等待着她的责备。如果等来的是像秀秀对老谭的那种暴打，他也甘愿承受。但是她轻轻地在众人诧异的眼光中挽住他，戏谑道："闹够了吧，走了。"

那一刻，他百感交集。

他老老实实随着她来到一家酒店房间里。在镜子前，他看见自己头上、身上尽是污泥和血迹。他这才想起，昨晚喝醉了，摔了一跤，受了伤。

"你先洗一下吧。"

鲁鲁拼命点头，忍不住叫住她，好奇地问："你怎么……不骂我一顿？"

雪小晴呵呵地笑了："我能骂你什么呀，这几天我已看出来你情绪不对了。你焦虑，你浮躁，你买彩票希望速成，可是这个世上哪有一劳永逸的事情？"

他不敢乱动，更不敢抬起头，嘴唇嗫嚅道："我知道……下次不买彩票……"

雪小晴莞尔一笑："以后别莽撞了。我去给你置办几件干净的衣服吧。"

她转身要离去，鲁鲁急切地问："你是路过，在无意中……碰见我的？"

雪小晴微微一笑，什么也没有说，"啪"的一下，关门走了。

都说女人一笑百媚生，那一刻的雪小晴把鲁鲁的心暖化了。

鲁鲁慢慢脱去衣裤，全身上下青一块紫一块的，手和脚有几处伤口，估计是昨晚摔得不轻，至于怎么摔的，他失忆了。他一摸口袋，手机，没了；钱包，没了；钥匙，还在；人呢，还健在。

估计小偷拿了他的手机和钱包逃走了，从另一个角度来讲，“光顾”他的小偷很讲职业道德，有业界良心。钱丢了没事，但是万一钥匙丢了，那不是又要给老板娘添麻烦了。

他洗漱干净，雪小晴已经把新买的衣服带过来了，嘱咐他先睡一觉。他不敢违拗，连忙答应，心里装着满满的感动。雪小晴离开后，他又站在镜子前，一个帅小伙子又回来了。他傻傻地想：如果无以为报，以身相许怎么样？不知人家要不要？

自嘲了一会儿，他实在太疲倦了，一头倒在床上。然而他翻来覆去睡不着。麦麦那个丫头不会趁着他不在，闹出什么事来吧！他想到这儿，再无心睡眠，穿好衣服就往网吧赶。

他一路反思。这两天有点儿昏头了，怎么跟老谭一个档次，跟他斗有意思吗？不就是一个吃软饭的人吗？他越想越来气，自从老谭来到他们网吧，他就觉得美好生活被毁掉了。真是坨臭狗屎，赶都赶不走。他越想越气，脚步便更快了。

走到网吧，发现一切秩序井然，唯独没见到麦麦。正疑惑中，他猛然看到，老谭正亲密地搂着她，用手指着电脑屏幕在说着什么。

鲁鲁怒发冲冠，恨不能饮老谭血。他愤怒地走过去，将麦麦和老谭坐的凳子一抬，两人“哗”的一下，一齐倒在了地上。

麦麦屁股被摔得生疼，爬起来，抬头一看，是鲁哥，她脸唰的一下白了。

老谭也爬了起来，眼一抬，紧张地四顾：“秀秀没来？”

“没来，是你鲁哥来了。怎么了？你这老小子，竟敢光天化日之下，勾引良家妇女？”

老谭怒气顿消，嬉皮笑脸地比画道：“不是勾引，是你情我愿，我们是在天愿作比翼鸟，在地愿为连理枝……”

鲁鲁看着麦麦，问：“真的？”

麦麦往后缩了缩，嗫嚅着回答道：“谭哥说，他很爱很爱我，离不开我。我也觉得……”

“那么秀秀呢？”

两人不作声了。

他再次提高嗓门说：“秀秀会饶了你们俩吗？”

老谭有些怕了，身体微微颤了一下，又退了半步。看着他怯懦的表情，鲁鲁知道起了效果，暗自得意。

谁知麦麦上前半步，说：“我不怕。”

说完，她还用胳膊拐了拐老谭：“谭哥，你也别怕。”

老谭似乎从噩梦中清醒过来，笑嘻嘻地说：“不怕。家务事，家务事，有事好商量。”

鲁鲁头一下大了，不知道这是哪门子的家务事。刚过一夜，这里怎么就面目全非了？

第十六章　执迷不悟

1

虽然“彩票”事件很快被人遗忘，但因为老谭的闯入，鲁鲁美好的生活结束了。老谭和麦麦的关系公开化之后，老谭变本加厉，一有空就往网吧跑。那麦麦也变懒了，桌子、地板不擦了，扫地的次数也越来越少了，甚至客人要水、烟、盒饭等，她也不太肯动了。这些“光荣的任务”都交给了鲁鲁，他的“领导”地位一落千丈。

最让他受不了的是，一到晚上，麦麦就要出去，到十一二点才回来。

她整天打扮得花枝招展，还不断问：“鲁哥，好看吗？”

鲁鲁气不打一处来，吼道：“不好看！”

麦麦噘着嘴跑开了。

又过了两天，他听到老谭在安慰她：“小鲁没见过什么世面，哪见过什么漂亮的高档衣服？你这衣服是我花了好几千买的，小鲁只见过地摊货，他怎么会懂？”

鲁鲁气得脑袋冒烟，跑过去问：“你说谁只认得地摊货？我问你，我什么没见过?”

“打住，打住，你见过什么？就你一副穷酸相，敢称见多识广？不仅如此，你还特爱吹牛皮，上次说什么有了十辈子也花不完的钱，现在有了吗？我敢打赌，你身上的钱还不够我一分钟花的。小鲁，别说你谭哥瞧不起你，你要谦虚一点儿，或许还能让我另眼相看。”老谭很不屑地说。

鲁鲁暴跳如雷：“老谭，你少拿你那点儿臭钱显摆。你不就是个吃软饭的吗，还好意思说。我要是你早上吊了。”

“你上吊去啊，我的钱来得正，又嫉妒？年轻人，淡定，要淡定，激动是没有用的。我告诉你，你谭哥是怎么有钱的，尽管我说了很多次，但你还是没掌握要领，我就再给你精辟地讲解一次，原因有两点。其一是投资得当。版权经营这个行业当初你不看好吧，恰恰它是你和大多数人了解最少的，是别人都忽视了的行业。你谭哥意识超前，独具慧眼，投资到位，挣到了钱，你不要不服气。其二呢，会用人。我在公司里的地位，那可是举足轻重，公司那些小编辑没有一个不听我的，都巴结我啊，笼络我啊，拥护我啊，爱戴我啊。可是呢，我这个人对员工那可是人尽其才，让他们心服口服。”

鲁鲁不敢再听下去，害怕昨晚吃的还没有消化的食物全要吐出来。真是见过不要脸的，没见过老谭这么不要脸的。

老谭看见他要走，连忙拉住，说：“你谭哥还没说完呢。”

鲁鲁一甩手：“没心情听你放狗屁!”

老谭的脸上略显一丝尴尬：“怎么是狗屁呢？我对你可是谆谆教导，这些话完全可以收录进《世界名人语录》。”

看着鲁鲁擦肩而过，他又对着身边的麦麦说：“小鲁就是这么不长进，琪琪怎么会看上他呢？现在人家琪琪的公司办得风生水起，业务已经拓展到全国了。鲁鲁想追她？那是癞蛤蟆想吃天鹅肉……”

鲁鲁听到了，心又被狠狠地刺痛了一下。从上次“彩票事件”，他已经淡定了许多。忽地想起琪琪曾说，在网吧或许是一个提高自己的机会，他怎么不利用呢？想通了，心也就舒坦了许多。他开始比以前更用心地做事，在这大量的空闲时间里，他悄悄地拾起了自己的专业，利用网吧的设备，整日整夜搞编程及软件开发，很快便得心应手。

由于鲁鲁经常不搭理他，老谭就少了一分吹牛的兴致，每天就拉着麦麦玩电脑游戏，玩抖音。麦麦很高兴地坐在他旁边，也投入到游戏的虚拟世界中。

两人兴致高昂，鲁鲁却很失落。以前他不需要值夜班的，现在这些活儿就他一个人干了。以前白班的活儿他也不用做什么的，现在他也几乎一个人全包。他突然想到佛说的，你取的，必然日后要还。现在到了他还债的时候了。

都到夜里十一点了，老谭还赖着不走，和麦麦躲在网吧包厢里，还把窗帘都拉上。有时候鲁鲁脑子里冒出三级片的场景，担心老谭那头壮如牛一样身体，麦麦受得了吗。想到这儿，鲁鲁觉得自己很龌龊。

如果他可以变成僵尸，对一切都可以熟视无睹有多好！就在这个时候雪小晴出现了。

2

其实网吧的一切，雪小晴早看在眼里，只是什么也没说。直到她告诉鲁鲁，她想把麦麦辞了，他才大吃一惊。

他问为什么，雪小晴很担心地告诉他，那个丫头迟早会出事。鲁鲁想说是老谭勾引她的，主要责任方是老谭，但雪小晴管不了老谭，只能惩治麦麦。鲁鲁有些急了，由于麦麦是他一手带出来的，真出点儿事总觉得对不起她。

鲁鲁赶紧说："我多教育一下这个丫头。"

雪小晴不再说什么，但看得出她十分不悦。

鲁鲁想着是时候教训教训这个丫头了，她真是太不知天高地厚了！更为重要的是，老谭羞辱他的时候，麦麦居然没帮他，连阶级立场都变了。他威武地在网吧巡视了一遍，没有发现什么可疑的情况，他觉得是时候整治整治内部矛盾了。

他把麦麦叫进办公室，麦麦没动，戴着耳机问："鲁哥，什么事啊？"

鲁鲁一脸严肃地说："你到办公室来一下。"

麦麦很不情愿地放下耳机，懒洋洋地站起来，指着电脑游戏对身边的老谭说："你给守着啊，别让它死了。"

此刻老谭像一个戴着耳机的猪头，在那儿左右摇摆着，答："知道。"

鲁鲁背着手，驼着背，迈着大步，像一个大领导走进办公室。

他指着一张板凳，对身后的麦麦说："坐。"

说完自己坐在了前面的位置上。

麦麦一屁股坐下来，非常不耐烦地催促道："鲁哥，叫我什么事？快点儿！"

鲁鲁不急，端起杯子喝了口水，发现是冷的："去，给你鲁哥倒杯温水。"

麦麦十分不情愿地站起来，唠叨了一句："你就是事儿多。"

麦麦倒水回来，在桌子一蹾，杯子里的水荡了出来，把这个月的对账单都弄湿了。

鲁鲁手忙脚乱去抢救，对账单还没有备份，如果弄模糊了，就对不了账了。他找来干抹布，擦干桌子及对账单上的水。他仔细辨认了一下，字迹虽模糊，但还能辨认。他松了一口气，猛地一抬头，撞在了墙上的挂扣上，额头红了一块，很痛。

麦麦坐在旁边，嘻嘻地笑："鲁哥，你总是毛毛躁躁的，这点谭哥比你强多了！"

鲁鲁气得要吐血："你知不知道你现在很危险？老谭是什么人你应该知道吧！他是个只会吹大牛，吃软饭，没理想，没信念，没工作能力又好吃懒做的家伙，你跟着他不会有好结果的！更何况他家里还有一个秀秀。麦麦，你该为自己多盘算，你这样我很担心！"

"我知道了。"麦麦一点儿不在乎，满脸的不高兴。

鲁鲁顿时感觉有点儿头晕，脸也有点儿歪，不知道是不是被气的，他换了口气继续说："麦麦，老谭是有老婆的人。"

可能被戳到了痛点，麦麦生气地站起来："鲁哥你弄错了，秀秀只是他女朋友，一个合伙人而已。谭哥说，他爱的是我！好了，没什么事我走了。"说着就往外走。

"如果让老谭在你和秀秀之间做选择，你说他会选择谁？"

"当然是我啊！这段时间以来，鲁哥你不觉得我最近漂亮了许多吗？谭哥给我买了许多衣服，还有首饰，你看这些都是谭哥买的。告诉你，谭哥对我已经回心转意了。"麦麦转过身来扬扬手，她的手臂上套着一个银镯子。

鲁鲁有点儿哑了，看来麦麦已经彻底忘记当初离开出租屋的情形，当时老谭不顾所有人的感受，跪在门口求秀秀给他一次机会。试问这样的人怎么可能选择麦麦？麦麦怎么会如此执迷不悟呢？

他别无选择地继续苦口婆心："你知不知道老谭的经济命脉是在

秀秀那儿？他怎么可能选择你？还有老板对你现在的工作状态也很不满意，你整天跟老谭黏在一起，万一哪天老板娘生气将你开除了，你如何是好？”

“谭哥不会不管我的，他也很能挣钱。至于老板娘如果对我不满意，开除我就是，反正我要跟谭哥在一起。”麦麦摆出一副死猪不怕开水烫的模样。

对这个不开窍的丫头，鲁鲁非常恼火：“你张口谭哥，闭口谭哥，真被开除了怎么办？哪儿找事去做？谁养活你？”

“谭哥，他养活我。”她一脸的不在乎。

“万一他不养你呢？”

“他不会不养我。他说过，在这个世界上，他最爱的人是我！”

鲁鲁无语。他突然想到雪小晴说的话，女人不管处在什么环境里，都该自立自强，否则自有苦果吃。对于麦麦，他除了叹一口气，还能怎么办，现在对她说什么无疑都是废话了。

3

自从那次给麦麦“上课”以后，他认为自己什么也做不了。他在网上看了一个故事，有一个佛家尊者在洞里面闭关修行，可是有一群妖魔总会去骚扰他，妨碍他。尊者被它们弄得寝食难安，就念很多佛咒要赶走它们，可是无论尊者念什么咒语，那些妖魔仍然轮番骚扰他。这个走了，那个又来，小的刚去了，大的跷着脚又奔来了。不仅如此，妖魔还不断地嘲笑他、挑衅他。

尊者日思夜想，终于顿悟。尊者不再驱赶它们，而是跟它们一起在洞里念佛修行。这些妖魔见他信念坚如磐石，怎么骚扰都无用，一个个也跟着尊者的模样修行。最后，这个尊者成了佛，而那些妖魔也渐渐有了佛性，最终也成了佛。

现在鲁鲁不用跟随尊者到洞里修行念佛，他也有了佛性，因为他彻底领悟什么叫熟视无睹。不管老谭和麦麦怎么“胡作非为”，都不能让他心里荡起一丝涟漪。

麦麦自从有了幸福生活，也想知恩图报，便极力撮合鲁哥跟雪姐姐。可撮合了一段时间，两个人不仅都没有往前发展的意思，还遭到老谭的冷嘲热讽：“就他那穷酸样，谁还能看上他?”

虽然麦麦一再让老谭不要那样说鲁哥，但是听多了，她觉得老谭说的也有道理。无论相貌还是事业，鲁鲁都配不上雪姐姐，于是她也就打消了这个念头。

实际上，自从上次彩票事件后，鲁鲁觉得自己和雪小晴之间存在着一堵看不见摸不着的“墙”。麦麦撮合的事，鲁鲁不是没有想过。但是，一想到他在这座城市上无片瓦、下无插针之地，他缺乏足够的勇气扫清障碍，更没有自信打掉那堵隔阂的墙。因此，他沉下心来，利用在网吧的时间来做编码程序。

一天，他无意中看到深圳有一家大公司正在招聘软件工程师。他抱着试试的态度，按照公司要求把自己的简历和他设计的软件资料投送过去。不想几天以后，深圳公司打电话来，要求他过去面试。本来鲁鲁没抱什么希望的，经老谭他们这么一刺激，他决定过去一趟。

面试之后，他感觉那公司对他挺满意的。那天他从深圳回来，正在兴致勃勃地收拾东西时，听到电话声响起，无意中他听出来这是李斯文打过来的电话，不知为什么，他的心骤然紧张起来。

雪小晴接到这通电话也感到很意外。李斯文告诉她，他离开长沙后，去了深圳，之后又去了北京。一开始到一家文化公司工作，他发现自己对文学情有独钟，在文化领域如鱼得水。不久前，他突然辞职了，因为他发现了一本非常优秀的长篇小说，非常适合做影视改编的IP。

他决定赌一把。

他火速成立了一家微型公司，以较低的价格买断了作者的电子、纸质图书出版和影视改编权，然后利用各种渠道宣传和炒作这部作品，最终以极高的价格，将版权转卖给一家影视公司。

作者的这本书推出后火了，很快被改编剧本，拍成了电视剧，看样子也会火。李斯文从中净赚了五十多万。因为有了这五十多万，他的公司在北京立了足。他现在扩大经营，手里的优秀作品已有上百部。如果经营得好，他很快就能买房，买车……

雪小晴也微微吃惊，但很快恢复了平静，淡淡地说："祝贺你。"

李斯文说："不需要。我说了这么多，是想告诉你，给我一个机会，让我们重新开始，我现在有这个能力让你幸福。"

雪小晴听到了另一头的哽咽声。

鲁鲁躲在窗户后面，紧张地观察雪小晴的情绪变化，内心里忐忑不安。

"都过去了，各自安好吧。"雪小晴似乎不为所动，缓缓地放下电话。

可是另一边还在坚持："小晴，相信我，让我们像从前一样好吗？我能养活你，小晴……"电话在李斯文的喊叫声中被挂掉了。

雪小晴呆呆地站在那儿，眼角已湿润。

鲁鲁看在眼里，心中波澜起伏难以平静。不承想麦麦伸过头来，说："雪姐姐应该答应他。"

鲁鲁莫名其妙地问："为什么？"

"李斯文始终都那么爱雪姐姐，而且现在事业有成，有钱。"

“你就知道钱。”鲁鲁很想敲死她。

“本来这个社会就很现实嘛。”麦麦跑开了，怕鲁鲁真的敲她的头。

也许雪小晴跟李斯文真是一对，虽然李斯文以前犯过错误，但浪子回头金不换，难道就不能原谅他一回？

鲁鲁压抑住自己的情绪，像往常一样按部就班，重复着单调的生活，可以说是“无色无相，无嗔无狂”。

只是，谁也没想到，“巨灵神”来了。

4

秀秀来的时候，网吧里顿觉暗了许多，太突然了。

鲁鲁正在看新闻《印度大妈血战杀死花豹》。据《印度时报》报道，印度北阿坎德省一名妇人遭遇花豹攻击，她用镰刀和铲子死命对抗一小时后，花豹重伤逃走，后来死在一村庄附近。野生动物专家表示，这可能是史上首起妇女杀死花豹的案例。

看到这个新闻他直冒汗，这女人怎么能这么厉害呢？跟秀秀有一拼。他正想着，猛然眼前一暗，一个穿着特大号衣服虎虎生风的女人站在他的面前。鲁鲁仔细一瞧，不正是秀秀吗？真是说曹操，曹操就到了！

她走进来时，硕大的身体踩得木质地板都震了震，鲁鲁心想，秀秀比那个印度妇女厉害多了，别说是豹子，就算是一头大象也不见得是她的对手。她跺一跺脚，说不定会引发大地震。

但鲁鲁很快从调侃中醒悟过来，暗叫不好，大声说：“秀秀姑娘，怎么大驾光临？你来怎么不早说一声，我好来接你。”

秀秀瞥了他一眼，问：“老谭呢？”对于他的恭维，秀秀丝毫不买账。

“老谭来了吗？我不知道啊！”鲁鲁虽然对老谭没有好感，但还算是阶级弟兄，因此能装糊涂的尽量装糊涂，以提高声调来掩护老谭“撤退”。

秀秀显然没有相信他：“少跟我废话，我看见老谭进来的。”

“那我就不知道了。你自个儿找吧！”鲁鲁耍赖了。

秀秀走进去，左右扫了一眼，网吧位置基本都满了，却没见老谭的踪迹，于是她又进了另外一间房，也没有找到。但麦麦在那儿，站也不是，坐也不是，看见秀秀十分尴尬。秀秀也看见了她，很有些意外，真是仇人相见，分外眼红，秀秀冷冷地问：“你怎么在这儿？”

“我为什么就不能在这儿？我是这里的网管。”麦麦不知道是心虚，还是不方便说话，反正脸一阵白一阵红。

秀秀没兴趣理会她，正想回头到别处看看，突然她想到麦麦脸色不对，而且她腿弓着，非常奇怪。她佯装着到处看看，走近麦麦，发现了老谭衣服的一角。她顿时明白，但她强压住心中的怒火。

她继续佯装寻找，再靠近，靠近，等到足够近的时候，她狠狠地一脚踢过去，只听见“砰”的一声，这一脚的力度恐怕华山都得缺一个角。果不其然，电脑桌子下面掉了一块板子，同时伴随着的是一声惨叫和一声尖叫。

尖叫是麦麦发出来的，她没想到会来得这么凶猛。惨叫的人是可怜的老谭，他捂着肚子，嗷嗷直叫，爬不起来了。麦麦赶紧扶起他，老谭摆了摆手，慢慢挣扎着站起来。在远远瞧着的鲁鲁也心惊肉跳，这场景抵得上恐怖片了。他同时也得佩服老谭，挨了那么重的一脚，居然还能爬起来。

老谭站在那儿，不知道是痛的缘故，还是腰有问题，反正身体直不起来了。

他弓着腰，上气不接下气地说："秀秀啊，我不是正在地上找东西吗？我的钥匙掉了，老着急了，不想你来了。"

他老脸露出一朵"花"来，努力在秀秀面前"绽放"，分外可爱，又十分好笑。

"这么说，我打搅你找钥匙了？"

"没有，你看我不是把钥匙找着了嘛，还幸亏你那一脚，我才准确地发现了钥匙所在的位置。"老谭一个劲儿地逢迎讨好。或许因为疼痛，老谭脸上的笑极不自然。

这么拙劣的谎言，也亏老谭想得出，坐在吧台的鲁鲁忍不住哈哈大笑，随之全网吧的人也哈哈地笑了起来。

秀秀哪管那么多，扯起他的耳朵，说："你给我回去！"

她出手极快，老谭躲不及，被扯住了耳朵疼得"嗷嗷"直叫。秀秀也不管他痛不痛，拉住就走。没想到麦麦竟敢冲到他们的面前拦住，她对秀秀说："你不能这样对待谭哥。"

秀秀定眼一看，敢情是她，登时放开老谭，卷起袖子，恶狠狠地说："你是不是想找死？"

麦麦没有胆怯，至少语气上没有，她说："我不想找死，但你不许这样对待谭哥。"

"好啊！你这个丫头片子上次教训没挨够，现在长能耐了不是？我怎么对待老谭关你屁事！"秀秀的眼神好像一把刀，分分钟要活剐了对方。

鲁鲁看出情况危急，上次秀秀划"花"了他的脸，这次说不定会断了谁的腿。

他一把拉开麦麦，说："你这个小丫头见义勇为是好事，但不能影响工作。秀秀姑娘，你请，我们还要工作。”

随即一副送客的姿势。

秀秀盯着鲁鲁那一副欠抽的表情，心说他居然还敢上来，看来没吸取教训。她早知道老谭到网吧来干什么，谁也不是傻子。可这里是公共场合，不是出租屋，所以她才尽力压制内心的怒火。

看到秀秀眼睛里杀气腾腾，鲁鲁其实也怕。两个人就这样对峙着。秀秀像一个身怀绝世武功的剑客，冷漠、敏锐、凶猛。她注视着对手，仿佛在等待被激怒，然后果断出手，一击致命。鲁鲁知道对方很强大，自己不是她的对手，但还是硬挺着，心扑通、扑通地乱跳。

周围的“观众”把目光都锁定在两人对峙的场景，没有人说话，个个屏住了呼吸，只有时钟在嘀嗒嘀嗒地响。

鲁鲁不知道他还能强撑多久，但他知道，如果不护着麦麦，后果将不堪设想。

两个人对峙了一刻钟，秀秀也没占什么便宜，又找不到机会出手，于是继续抓住老谭，对鲁鲁吼了一句：“让开。”

她像拖一条死狗似的，就这么把老谭弄走了。

看着两人走出网吧，在身后的麦麦要追过去，她泪水涟涟地叫道：“谭哥，别走……”

鲁鲁一把攥住她，拼命将这个不知死活的丫头往网吧办公室里拖。

可是麦麦还在挣扎，撕心裂肺地叫：“谭哥，别走啊，谭哥……

老谭听到凄惨的叫声，不敢立即回头，一直随着秀秀往前走，待到秀秀不注意时，快速回头瞟了一眼，终是什么也没敢说，跟着秀秀绝尘而去。

那一刻，网吧好安静。鲁鲁听到有人在悄悄地骂，其实他又何尝不想骂人……

5

回到办公室，麦麦在那儿号啕大哭，网吧都快被她的泪水给淹没了。对于麦麦，鲁鲁真是又恨又怜，几次想骂她，最终还是忍住了。他索性走到大厅，上网玩游戏，可是哭声不绝于耳。不仅他烦，网吧的人也听得心烦，纷纷离开。他只好一个人坐着生闷气。所以说，女人的情商很重要，但智商更重要。

情商高的女人，就像天使，能给人以温暖、善良和快乐。她们有和谐的人际关系，能得到很多人的关心和帮助。智商高的女人呢？她们会选择那些对自己有帮助的、重感情的人，作为自己的朋友或是伴侣，而尽量避开那些会给自己带来伤痛的男人。

麦麦的情商勉强能及格，可是智商低得几乎是0，所以她无法避开像老谭这种人渣。老谭怎么会对她有爱？他是因为长期受到压迫，所以在麦麦身上寻找一种慰藉罢了。只是麦麦看不透，还痴心妄想，真是没救了。

麦麦从白天哭到晚上，把网吧弄得凄凄惨惨戚戚，不仅让上网的人怨声载道，也让雪小晴很恼火。她盯着鲁鲁，言下之意，不言而喻。鲁鲁懂得她的意思，不得不找麦麦再谈一次。

这个丫头哭得昏天黑地，鲁鲁有些火了，冲着她吼：“你只有哭的出息吗？为了一个人渣不值得！”

麦麦眼泪汪汪，情绪激动地抬起头道：“谭哥他不是人渣，不是！”

鲁鲁搞不明白为什么都成了这样了麦麦还在维护老谭。

“如果他不是，就不会让你怀孕还不认账；如果他不是，就不会三番四次找你，又丢下你不管！”他提高声调，想将这个丫头说服，让她尽快清醒过来。

“谭哥是爱我的。他不是人渣！”麦麦的吼声快比得上秀秀了，估计二十公里外的山坡上，正在悠然吃着嫩草的牛都听得见。这具有核爆力量的声音，不只让她自己吃惊，也让鲁鲁感到震惊。显然，这个丫头不屈服，发飙了。

鲁鲁怒气冲冲：“他没有爱你，是你一直在执迷不悟！”

“谭哥是爱我的，他只是迫于秀秀的压力。”说到这儿，麦麦突然站起来，冲出了网吧。

鲁鲁完全没有想到麦麦会这么激动，会不顾一切。他有些怕了，这个丫头跑出去，在这么黑的晚上，那不是又便宜了狼？他追到了门口，可是发现已没有了麦麦的踪影。

鲁鲁赶紧给雪小晴打电话，报告麦麦跑出去的消息。虽然她早就对麦麦不满意了，但是目前麦麦还是她的员工，万一麦麦出了事，她多少还是要担一点儿责任的。

雪小晴接到电话时，“嗯”了一声。

鲁鲁说了情况，她又“嗯”一声。

鲁鲁不知道说什么了，因为凡是他说什么都是换来“嗯”的一声，那还不如不说。

雪小晴听他不说话了，反倒说：“去找她吧！网吧有我。”

鲁鲁感激地向她“嗯”一声，这声是真诚的。

他准备要追出去，雪小晴的心里一紧，嘱咐：“如果有什么事……别逞能。”

他回头望着她，心不由得一颤，眼角有些湿润，又“嗯”了一声，扭头走了。

鲁鲁追出去的时候，发现这座城市这么大，一时间不知道该去哪儿寻找。他到周围去转了转，想到平时这个胆小的丫头，会不会躲在周围的哪个角落嘤嘤哭泣呢？记得他小时候，生气就爱躲在屋后，让他的父母到处找，从而得到一种报了仇的快感。但此时他都找遍了，就是没有麦麦的踪迹。

他决定扩大搜索范围，外围延伸五百米，继续寻找。他用猫一样的眼睛，狗一样的鼻子，到处找，哪怕是一只猫挤不进去的角落都没有放过。但是很遗憾，尽管他连这一带老鼠洞都数清楚了，但还是没有找到她。就这样，麦麦突然就失踪了。

正当他有些沮丧的时候，突然想到这个丫头不会想不开去老谭那儿了吧？秀秀可不是省油的灯，这不是飞蛾扑火找死吗？想到这儿鲁鲁吓了一跳，加快了奔往出租屋的脚步。

第十七章　癞蛤蟆想吃天鹅肉

1

鲁鲁花了二十六分钟零五秒，赶到了出租屋。本来他可以走得更快一点儿的，因为他途经了两条胡同，经过胡同的路上没有灯，黑灯瞎火的。再说那地面也不平坦，坑坑洼洼的，加上他想起了在租房子时，小女孩说的女鬼，所以他是一路小心，一路忐忑，生怕身旁多一张鬼脸。

当他穿过第一条胡同时，一再告诫自己，世上哪有鬼，都是自己吓自己。但他越是这样想，就越是怕，最后怕到一路狂奔，只想尽快穿过“危险地带”。

谁知在他急速狂奔的过程中，被脚下的一根硬的东西绊了一下。他不由“哎哟”一声，小腿剧痛，就失去平衡，身体要往下倒。他忍着痛迅速用手撑着，可是很不幸，他的手着地碰的是像砖头一样的东西，没办法撑住，于是整个身体不由自主地倒在了地上。

他爬起来，想知道伤势如何，但两面都是墙，未见寸光，只好作罢。他拖着伤腿，忍着剧痛，拼了老命一步步走出了胡同。

鲁鲁走出胡同，腿上血流不止，突然想到灰太狼的名言——要吃多少只羊才补得回来啊！可尽管如此，他仍然有灰太狼一样的执着，一拐一拐地继续往前走，因为他十分担心麦麦的安全。

走着走着，他有些自鸣得意，就算受伤了，还能担心别人的安全，这样的品德真可谓高山仰止，景行行止，这样的心地简直纯洁得比喜马拉雅山的雪还要洁白。用“笑脸哥”陈老先生的逻辑，凭什么我救人于危难，还不能让大家都知道？难道不能让大家都念我一声好吗？这话一定要讲给麦麦听。

快走到出租屋时，他立刻警觉起来，因为说不定麦麦就在哪个角落里。他努力寻找，但是目标越近，他越失望，就差蚂蚁洞没找了，竟找不到一点儿蛛丝马迹。他继续靠近出租屋，对老谭的结局很是好奇，秀秀不会蠢得再一次相信老谭吧？他慢慢走到了门口偷听。

“我们分手吧，这已经不是第一次了，你在大学跟一个叫什么花的女孩搞在一起，求我原谅你，我原谅了；这次我开公司，你居然又招惹了那个丫头，又跟她搞在一起；更过分的是，那个丫头都搬走了，你又追过去。老谭，我们好聚好散吧，你那点儿股份我以后会折成现金付给你。”

“不！”老谭很坚决，声音很大，如果在林子里吼，不知道会惊吓多少只小鸟。鲁鲁听到他在房间里来回踱步，像是在寻找什么。

老谭继续吼道：“秀秀，你抽我一顿吧！十顿也行。拿这个抽，狠狠地，只要你解气。我们不分手！”

“你看你这样子，还像男人吗？老谭，我说的是真的，我也是一个女人，需要有人爱，有人疼，我不能容忍我的男人心里有别的女人。”秀秀的冷静和耐心已经超出了鲁鲁的意料。

“秀秀，我心里没别人。我发誓，我跟麦麦没什么。秀秀，我真的只爱你，真的是去网吧溜达一会儿。”鲁鲁虽然没看到老谭的表情，但完全可以想象那个可怜巴巴万分委屈的模样。

“够了。”秀秀已经没兴趣听他胡说八道，“啪”的一声把门关了。

“没够。”老谭拍打着房门，“秀秀，我是真的爱你，我是真的……我发誓……呜呜……”

那哭声完全可以用鬼哭狼嚎来形容，哭声穿透了寂静的夜，听得鲁鲁浑身起了鸡皮疙瘩。那一刻，这座城市肯定没有外面露宿的小动物，它们肯定都躲进了洞里，因为这号哭声杀伤力极强。

鲁鲁心情复杂地走下了楼梯，过道的灯忽明忽灭，他感到有些怕，又想到了小女孩说的那个女鬼。

2

鲁鲁离开了出租屋，不知道到哪儿转悠了。长沙，这么大的一座城市，麦麦会去哪儿？长沙说小也小，走到哪儿，指不定还能碰见熟人。可说大也大，长沙怎么也有598平方公里的城区面积，有一千多个梵蒂冈大了吧。现在估计他徒步绕了500个梵蒂冈，照此下去，他可以申请徒步寻找失踪人的吉尼斯纪录了。但他都这般诚心了，怎么还是没有这个丫头的踪影呢？她会去哪儿呢？找她简直跟大海捞针一般。

他漫无目的地寻找着，夜越来越黑了，而且有点儿冷。恍然间，几个雨点落下来打在他的头上。他不太相信天真会下雨，他望着天，谁知又掉下几个雨点，打在他的鼻梁上。他暗叫不好，想往回走，可是已来不及，雨越下越大。

他非常气恼，这不是故意整人吗？索性不走了，看老天能把他怎么样。他抬头望着头顶的天空，天空漆黑一片，突然一道闪光，“啪”一个霹雳下来，接着雷声“轰轰”而来，整个天如倾覆了一般，鲁鲁被吓得只剩半条命了。他不敢再斗气，一路狂奔来到路边的屋檐下。

他老老实实地躲雨，可是老天偏偏不领情，暴雨如注。鲁鲁无可奈何，偶尔来了一两辆出租车，却一闪而过，他只好站在屋檐下继续躲雨。他的伤口被雨水泡后，愈发疼痛。他望着哗哗的雨，有些焦急。雪小晴一个人待在网吧不知会怎么样，有没有流氓欺负她呢？当他看到雨小了点儿，便急不可待地跑进雨中。

他往网吧的方向跑去，突然听到似有一个女子的叫喊。他本不想多理会，可是这声音越听越耳熟。他停下脚步细细听，却被哗啦哗啦的雨声搅得没法听清楚。他决定不管她，继续往前跑，但是跑了两步，叫喊声又来了，像是在呼救。他马上想到麦麦，他的神经立刻绷紧，难道真是她？他朝着发出声音的方向寻去。

“放开我！”

“小妞，陪我们玩玩再走。”几个男人在哈哈大笑。

听到叫声，鲁鲁确定是麦麦，而且遇到了危险，他加快了脚步。

“臭流氓！救命！”麦麦挣扎着，叫喊着。

鲁鲁跑上去了，一看是三个男人，而且个个都很强壮。他脑子一闪，要不退了吧，假装没看见应该没问题。这段时间，他已经有两次被打的经验，他知道冲上去绝对没有好果子吃。但这个念头只是一闪而过，因为他听到了麦麦的叫声。

“鲁哥救我！”麦麦大哭。

他感到很不幸，逃跑的机会都被堵死了，只好勇猛地冲上前去。面对前面三个像山一样的男人，他很威武地吼道：“住手！”

“滚一边去！”那三个人很蔑视这个小个子男人，认为他真是太自不量力了。

“放开麦麦！”他知道冲上去的后果，但他愿意去承担，或者说他已经做好了承担后果的心理准备。

三个男人觉得很奇怪，这个抬腿一脚就能蹬死的男人，为什么要来找死？其中一个人指着麦麦，问：“她是你女朋友？”

“不是。”鲁鲁昂然挺立。

“那关你屁事！？”

“我想英雄救美，怎么了？”鲁鲁眼睛里突然一转，并向麦麦使了一个眼神。麦麦蜷缩在地上，似乎没明白他的用意。

三个男人站在那儿哈哈大笑，其中一个年长的男人说：“小子，你拥有这样的雄心壮志很好，你哥我也年轻过，英雄救美的事情你哥我也干过。但是你想当英雄，是要付出足够的代价的，这代价足以让任何一个想当英雄的人变成脓包，懂吗？”

“嘿嘿，你怎么知道我不是有备而来？你怎么知道我就不够格？”鲁鲁说得很自信，眼神向旁边瞅了瞅。

三个人男人一听话中有话，而且眼神也不对，顿时有些心虚。他们左右四顾，当确定这条小道没有其他人时，逐渐放下心来。但是令他们没想到的是，鲁鲁趁着这三个人没有注意的间隙，拉起麦麦，撒腿就跑，冲出了包围圈。

“你小子找死。”三个男人发觉被骗，怒不可遏，追了过去。

他拉着麦麦狂奔，风呼啸而过，雨打在脸上有点儿痛，但他们已经管不了，拼命往前跑。他们穿过一条马路，鲁鲁回头一看，三个男人像三只饿狼追了过来。他焦急地看看周围，有几个路过行人，但都纷纷躲避。

鲁鲁叫苦连天，哭嚷着：“大哥，大姐，大姑，大爷，小爷……

你们快来救援啊！”

3

当他们刚跑到第二路口时，他们被一个男人挡住了去路，鲁鲁机灵地拉着麦麦往回跑。可是发现另一个男子又挡住了退路。情形紧迫，他往左转，却被第三个男人挡住。没人来救援，鲁鲁知道彻底无路了。

结果，伴随着惨叫，鲁鲁被摔飞了起来，这就是当英雄的代价。很奇怪的是，他被踢飞到半空中的时候，想到雪花，有一种轻飘飘的感觉，是不是上天堂就是这种感觉？但是好梦还没持续一秒，他就重重地落在地上。虽然他是手和膝盖着地，很好地保护了肚腹，但是他还是感到了疼，是很疼！

他看见了血，可能是腿上的。

麦麦扑了过来，哭着喊：“鲁哥，鲁哥，你有没有事？”

鲁鲁躺在地上，没有事才怪，他又不是怪物，他是人，会受伤，也会流血的。面对这个可怜的丫头，他觉得不管什么时候都不应掉价，于是装得很男人安慰起麦麦来。

“人最宝贵的东西是生命，生命对人来说只有一次。因此，男人的一生应当做一个敢于担当、熠熠发光、永不磨灭的英雄。只有这样他在死去时，才会不因自己怯弱而羞愧，也不因错过了机会而悔恨……不要哭泣，你成就了我，让我再一次成为英雄。”他一口气说完，想如果现在昏死过去，那就太入戏了。

可惜的是，只是痛，没有晕啊，他只好装着闭上了眼睛，假装入戏。

三个男人一看，趴在地上的小子没戏了，也就不再搭理他，扯住麦麦就走了，可是麦麦拼命挣扎。一个男人被弄烦了，一把抓起她扛着就走，也不管她在肩上又叫又喊，又踢又抓。可是他刚走两步，看见前面立着一个人。三个男人回头一看，不正是刚才趴在地上要当英雄的那位吗？

其中一个男人火冒三丈，冲上前去，一拳头如闪电般击了过去。鲁鲁避挡不及，拳头正好落在肚腹上，力道一点儿也不浪费，发挥出了应有的效应。鲁鲁的肚子顿时有翻江倒海的剧痛，他踉踉跄跄地了走了几步，咬紧牙关，努力支撑着，不让自己倒下。

麦麦从男人的肩上挣脱下来，一边扶着鲁鲁，一边惊恐地叫："鲁哥，没事吧！鲁哥……"

鲁鲁想挺一下腰，但实在太疼了，他捂着肚子，硬是挺不起来。

他对麦麦摆了摆手说："没事。"

说罢，一口鲜血喷涌而出。麦麦吓呆了。

鲁鲁目光冷峻，在嘴上用手一抹，擦干了血迹，说："没事。"

一个最年轻的男人听他还说没事，又往他的屁股上踢了一脚。鲁鲁终于知道自己不是铁人，就直接倒下去了，这次是头着了地，血染红了地面。年轻的男人也不看，拉着有些傻了的麦麦，继续往前走。

麦麦一边哭，一边反抗着，那个男人恼了，再次把她扛在肩上，也不管麦麦大呼小叫，继续大踏步从鲁鲁的身上跨了过去。

这时，雨渐渐小了，小雨飘落在了三个男人的脸上，有种丝丝柔柔、凉凉爽爽的感觉。他们扬扬得意继续往前走，当他们迈出第十步的时候，停了下来。他们又看到一张苍白的、熟悉的脸。那个年长的男人觉得奇怪，往后看了看，原来鲁鲁趴在地上的位置只留下了几丝血迹，人却不见了，头转回来奇怪地问："你还没死？"

鲁鲁站在那儿发出“嘿嘿”一笑：“觉得很意外吧？”

年轻的男人骂了一句：“妈的。”

他本想一脚踢过去，却被年长的男人按住了，问：“你想怎么样？”

“放下这个丫头。”鲁鲁回答得很明确，这个事情不容谈判。

“如果不放呢？”年轻的男人嘴里问，而眼睛里现出了杀机。

雨点滴答滴答地打在地上，尽管他的声音很小，但却重重地撞击着鲁鲁脆弱的内心。他知道已经没有回旋的余地，也知道回答这种问题的严重性。他突然明了当年荆轲风萧萧易水寒，壮士一去不复还的悲壮，懂了项羽至死不肯过江东的桀骜，而今他也有了一种谭嗣同慷慨赴死的快感。

他毅然地说：“放——下。”

他的话音未落，重重的一巴掌便打了过来，鲁鲁马上有种天旋地转的感觉。打他的那个男人还没够，于是又是一脚，重重地踹在了他的肚子上。鲁鲁飞了，落在了距他们三十厘米远的地方，有一股黏稠的液体直往口里涌。他没忍住，“噗”的一下，一口鲜血喷了出来，连同雨一起落在了地上，殷红了路面，他又一次躺在了地上……

这次，他敢发誓，真的没装，是直接晕死了过去。

4

鲁鲁走在人迹稀少的小路上，不远处是海滩，海浪轻轻拍打着海岸。往远处望去，水天一色，微波粼粼。这里没有夏季的酷热、冬天的寒冷，有的是怡人的气候。一阵微风过来，他闻到了阵阵的清香。这是哪儿？他置身于一个完全陌生的环境里。

他继续往前走，看见不远处的堤岸上，一个老者躺在睡椅上，晒着太阳，神态安然。从老者的脸型来看，似曾相识，但不知在哪儿见过他。鲁鲁看见旁边还有一个睡椅，他也坐了下来，顺势躺了下来。他望着远处，蔚蓝的天空，阳光明媚，海鸥低飞，更增添了几分静谧与悠闲。在如此惬意的环境里，鲁鲁的瞌睡也来了，准备也舒舒服服地躺下，这不是他一直想要的生活吗？

突然刮起一阵风，海浪听不见了，眼前明晰景物模糊起来，笼罩上了一层白雾。他紧张起来，等到他清醒，旁边的老者不见了，睡椅也都不见了。他独自在堤岸上，十分奇怪。

他是在做梦吗？他焦急地四处在寻找。小路依然是小路，海滩仍然是海滩，阳光依然明媚，路旁边的一棵棵绿树耸立着。风吹过来，树影婆娑，枝条随风摇曳，一切似乎都没有改变。鲁鲁正在困惑中，看见不远处有一个工作台，一个女子正在那儿紧张地工作，她完全没有理会周围的环境，一边思索着什么，一边敲打着键盘。鲁鲁感到她身形很熟悉，于是走了过去，来到她的身边，而女子没有留意他的到来。

他看清女子的脸，惊奇地发现，这个女子竟然是梦寐以求的琪琪。她的脸上显出几分坚毅的神色，她的手指白皙，灵活地敲打着键盘。

鲁鲁惊奇地叫道："琪琪，你怎么在这里？"

长久的想念，使他心里充满了激动，他想告诉她，自己有多么想她。但是琪琪无动于衷，似乎没有听见，她依然埋头处理着她的事情。他更奇怪了，用手轻轻碰了碰她，希望能叫醒她，这时才发现一切都是虚幻的。

鲁鲁紧张起来，喊："琪琪……"

他拼命抓狂着，猛然发现，在他的不远处，还有一个女子。他的心里更是好奇，朝着那个女子走去。她有一张妩媚的脸，皮肤细腻白皙，正望着大海。这不是雪小晴吗？他内心非常激动，要将她搂在怀里时，他发现又是虚幻的。

他好生奇怪，发现不仅如此，椅子、电脑和凳子全是虚幻的。他明明看到她了，怎么会是虚幻的？他不肯相信的。

他好害怕，着急地大声喊叫："小晴，你告诉我这是真的！小晴，别走，真的别走！我很想你，我爱你……"

"你在乱叫什么？你终于醒了！"

鲁鲁抬头一看，说话的竟然是雪小晴。

而自己的脑袋还缠着绷带，右脚被吊着，他不解地问："怎么会这样，我在哪里？"

雪小晴嗔怪道："这里是医院呀！你已经昏迷了两天。至于你喊的琪琪……应该没有来过。"

"怎么回事？"鲁鲁不太相信。

"我听麦麦说是你救了她，你被三个男人打成了重伤，然后……然后被送到了医院。"她很想耐心解答，但她知道的也就这么多。

"我救了她？什么时候？"鲁鲁感觉彻底被弄迷糊了。

"前晚的事了。医生说你有轻微的脑震荡。"

鲁鲁"哦"了一声，但是他真的失忆了。

雪小晴看着他，宽慰道："你受伤比较重，医生说你可能会有短暂性的失忆，过一段才能恢复正常。哦，警察同志也来过，看你处在昏迷中，所以又走了。"

他"嗯"地应了一声，突然想到麦麦那个丫头，问："麦麦现在怎么样了？"

"她没什么事，只受了轻伤。她回来的时候，一边哭，一边说多亏鲁哥不要命地救了她。”

“不要命地？会那样？”鲁鲁不太相信那是真的，他看着雪小晴，想从她的脸上找一找答案。

“嗯。很不要命，很英雄。”雪小晴肯定地说。

“真的假的？”鲁鲁很开心。

“看样子……是真的……吧！”雪小晴话里带着戏谑看着他。

鲁鲁突然想到什么，讪讪地问：“你说，英雄这个样子……是不是很雷人？”

“嗯……有点儿。”雪小晴被他逗乐了，鲁鲁也乐了。

5

麦麦来时，鲁鲁听到医院走廊里传来“噼里啪啦”小跑的声音。他还以为科室里病人出了什么事，像是有人要抢救。等着声音靠近，一个女孩探进病室时，才知道是麦麦。

这个丫头一进门就哇哇大哭：“鲁哥，我对不起你啊！鲁哥……”

哭声喊声排山倒海而来。她的手不断地擦脸上的鼻涕、眼泪，然后一个劲儿地往他的床单上抹。

鲁鲁瞬间脑袋大了，问：“你出院了？”

麦麦边抹眼泪边说：“鲁哥，我没住院，就在急诊室待了一天。”

“没住院，估计还得住院，脑子里都是糨糊。”鲁鲁很肯定地说。

“我没糨糊啊！鲁哥，我好好的。”麦麦嬉皮笑脸，在原地转了一个圈，很肯定地说。

“你看你这个样子，怎么看也像一个病人。”

“鲁哥，我是激动。一个人经过大喜大悲之后，有这种情绪波动，是正常现象。”她强调道。

鲁鲁哈哈地笑，虽然她跟祥林嫂一般，但还是很可爱，他问：“是吗？看样子你恢复了？”

麦麦使劲地点头，肯定地说：“嗯。恢复了。鲁哥，我发誓以后一定听你的话。”

那表情像某种宣誓。

鲁鲁试探性地问：“万一老谭又来找你呢？”

“不见，我瞧不起他，像狗一样的男人！”

“狗一样的？”这个词对他来说，似曾相识。

“鲁哥，别问了。总之，我不会再原谅他的。那晚我去找他时，看见他一个大男人就跪在客厅，我都替他害臊。我去叫他时，他惊慌失措，立即推我出去，把门关上。我拍门叫他，他竟然叫我滚。他叫我滚啊！”她眼泪忍不住流了下来，“我一直以为他会跟我好，其实不是，他是骗我的。”

这样的结局鲁鲁早就预料到了，只是这个丫头总是明白得太晚。

他想起前晚，脸顿时红了起来，有些不放心，试探性地问：“那晚，我表现还可以吧？”

麦麦破涕为笑：“那晚，嗯，鲁哥真棒，一个人打过了三个人。”

“怎么打败的？”鲁鲁饶有兴致地问。

“你是这样……”麦麦站起来，她握紧的两个小拳头在空中乱七八糟地舞着。

鲁鲁不是不相信，只是很担心，万一她被凳子绊倒，或者撞着什么东西，肯定又要受伤。

“鲁哥比我耍得好多了，那可是英姿飒爽，威风凛凛！被打的那三个男人怎么会是鲁哥的对手，鲁哥你三下五除二就把他们给解决了。”麦麦很肯定地说。

“现在那三个男人呢？”

“那三个男人被鲁哥打得浑身处处伤，屁滚尿流地要准备跑了，谁知警察叔叔来了。”麦麦自认为回答得很完美。说得最后两人哈哈大笑，糟糕心情也被一扫而光。

鲁鲁知道肯定不是她说的那样，两人笑了一会儿，突然安静下来了。鲁鲁问她以后有什么打算。

“我已经跟雪姐姐说了，决心痛改前非，安心守网吧。雪姐姐还说了，网吧正在考虑升级改造，她的想法是做个大型的网咖，到时候可以发挥我们的优势大展宏图。”麦麦透露信息，充满信心地说。

对于雪小晴的宏图大志，他何尝不知道。这个计划可能她已筹备了很久了。想起雪小晴，自然就想起了那个李斯文。他的野心是用口说出来的，而雪小晴的野心是做出来的，两个人难怪走不到一起。

正当鲁鲁想得出神，麦麦突然冒出来一句：“鲁哥，我感觉雪姐姐喜欢你。”

“胡说八道。”鲁鲁对这样的说法，大吃一惊。但冷静下来，好像是有这么回事。他躺在床上想着，按理来说，她应该喜欢李斯文才对，李斯文开公司早就有钱了，听说生意也不错，他们才是一对。想到这儿，鲁鲁又自卑起来，也许老谭说得对，他只是一只癞蛤蟆，难道还想吃天鹅肉？

麦麦看到鲁鲁若有所思，显然并不相信她的话，于是再次强调：“鲁哥，我凭一个女人的直觉，感觉雪姐姐喜欢你。”

鲁鲁心中大喜，强忍住，而是转个头看着她说：“那你以一个女人的直觉判断，老谭是不是喜欢你？”

“是，”麦麦又补了一句，“但是我以后不会再喜欢他了。”

鲁鲁看着她，真的不懂女人的心思，这都是些什么乱七八糟的啊。

过了两天，公安局的警察来做笔录。原来，那三个男人是流氓团伙成员，做人口生意，从事犯罪活动。他们三人本在大街上闲逛，看到麦麦失魂落魄，在街头哇哇地大哭，那周围又没有人，便起了歹心。本想抓走麦麦将她卖掉，谁知碰到了不知死活的鲁鲁。

鲁鲁的拼死阻挠，引起了过路行人的注意，有人躲在远处悄悄地拨打了110。三个流氓浑然不觉，被赶来的警察逮住，而鲁鲁身负重伤昏迷不醒，被送进了医院。

6

鲁鲁住院前几天，最尴尬的莫过于大小便。他因为受了比较严重的内伤，身体无法动弹，更别说下床上厕所了，而照料他的只有麦麦和雪小晴两个女孩子。他脑子里搜索着身边的几个朋友，特别是男人，发现除了老谭竟然就没有其他人了。

有几次，把鲁鲁憋急了，给麦麦下命令："把老谭找来。"

麦麦居然抗命，坚决地说："不。我再不愿理他。"

鲁鲁窘迫又不好意思说，自己总不能屎尿拉在床上吧，而麦麦脸不红心不跳地说："我来。"

她不脸红，可把鲁鲁涨得脸通红，可他也没吭声，怕麦麦嘲笑他说我都不害臊，你怕什么。那他不是要找个地缝往里钻。他想请一个男陪护。他问护士，但护士也不知道哪儿有。鲁鲁只好让麦麦去找。

麦麦没能把老谭叫来，也没有找来男陪护。鲁鲁无奈，只好在每次大小便时，要麦麦回避一下，结果每次都弄脏被单，护士对着麦麦埋怨："作为病人的亲属，真不知道你是怎么照顾病人的!"

麦麦在一旁很委屈，其实她尽了力的。

遇到这种情况，雪小晴来照顾他时，没有几次弄脏床单的。她照顾得细致而周到。有时候，他不得不接受她在那方面小小的"帮助"时，不会像麦麦"硬来"。她很体贴，让本来十分紧张的鲁鲁，逐渐放松了……

他最近不断思索分析，雪小晴是离异人士，对男女相处有经验，也很会照顾人；而麦麦就不同了，她是怀着一颗报恩的心来的，什么都可以不管。但毕竟男女在某些方面，涉及隐私，还是挺尴尬的。

虽说长在人身上的"东西"又不是什么稀罕物，凡是成年人都知道，但是让麦麦像照顾"亲人"一样地照顾鲁鲁，她是无法做到的。

尽管如此，麦麦还是很尽心尽力，经常问他要吃这个吗，要吃那个吗。鲁鲁吃少了，又被这个丫头逼着多吃，仿佛健康是吃出来的。鲁鲁被弄得整天烦死，更何况吃太多东西，就要多大小便，而她这个小丫头在，有诸多不方便，甚至有时小解不出来，他更烦。

鲁鲁渐渐对雪小晴产生了依赖，特别是她在那方面的照顾，"特别"的舒服。因此，他经常敦促麦麦多花点儿时间守网吧，这样雪小晴就可以多些时间来照顾他。谁知道麦麦发誓，鲁哥受伤是因为她，所以决心好好照顾他。

鲁鲁生气地指着还有一条可以活动的腿，说："要不要我一脚踢你出去?"

麦麦会意，吐了吐舌头，逃离了病室，终于换来了雪小晴。

雪小晴来有诸多好处，在厨艺方面她也很有一手，特别是煲汤。她煲的汤味道简直可以用爽歪歪来形容。这和麦麦只知道到外面买，是有天壤之别的。由此，他断定雪小晴是一个好妻子。鲁鲁一想到麦麦说雪小晴喜欢自己，他就乐不可支，有几次他真想问个明白，如果是，今天就想娶了她。

但雪小晴也有忙的时候，来时带着手提电脑。它体型小小的，橘红色，很漂亮。她就在椅子上用手提，做统计账务和预算。他不敢多打搅她，不知不觉睡了过去。当他再次醒来，雪小晴似乎根本没动，仍然在键盘上敲着什么。鲁鲁看着她微微张开的、性感的嘴唇，忍不住胡思乱想，如果能娶这样的女人真是三生有幸。

他们有时会天南海北瞎聊，不知不觉聊到李斯文。李斯文不是一直在寻求雪小晴的原谅，想和好如初吗？不知现在怎么样了。鲁鲁坦白，那天无意偷听到他们打电话。

雪小晴答得简短，就一句“不知道”，这出乎了鲁鲁的意料。

鲁鲁还是不甘心，想到什么，吞吞吐吐地问：“我昏迷那天……只叫琪琪的名字吗？还有没有叫……叫什么？”

雪小晴的脸顿时绯红，说：“对啊，你就叫她。”

鲁鲁迅速抓住她的手，说：“不可能！我……”

他的心膨胀起来，又想到了癞蛤蟆，对，他总是自不量力想吃天鹅肉。

只不过天鹅不再是琪琪，而是雪小晴。

7

鲁鲁这辈子最幸福的时光就是在医院里了，上次住院得到了琪琪的照顾，这次是雪小晴。悠闲地躺在病床上，晒着太阳，不用工作，不高兴还可以找麦麦撒撒气，过着衣来伸手饭来张口的日子，太惬意了。

他非常享受这种生活，直到护士过来提醒他：“你该出院了。”

鲁鲁恋恋不舍，转过头问：“我可不可以多住几天?”

护士愁得脸跟长白山似的：“我们病室只有四十二张床位，可是病床的使用率已经达到了百分之一百一十七，你看走廊里还有几个人都住在那儿呢，你就发发慈悲吧!”

这么说让鲁鲁觉得很不好意思，正想说那就出院吧，可麦麦不干了，她冲上前去，对着护士，腰身一挺，说：“鲁哥的伤还没怎么好呢，是不是担心我们付不起钱?”

护士一听，十分来气。医生走上来说：“不是钱的问题，病人康复得差不多了。回去以后，按时吃药，一个星期来复查一次就可以了。”

麦麦还想说什么，被鲁鲁拉住了，他问：“医药费你出?”

麦麦说：“我出怎么了?除了打伤鲁哥的三个男人赔了一部分钱，其余部分我跟雪姐姐说了，预支一年的工资，给鲁哥交医药费。”

鲁鲁脑袋大了，从表面看，医药费是麦麦出，但，谁会预支一年的工资?何况麦麦能有多少工资?如果真扣下去，难道她不生活了?明明就是雪小晴在帮他垫付医药费。他欠雪小晴的人情太大了。

鲁鲁让麦麦整理衣物，准备出院。麦麦叫了一句“鲁哥”，欲言又止。

鲁鲁看出点儿什么，问：“怎么了?”

麦麦犹豫不决，问：“鲁哥，有两件事，一好一坏，你想听哪个?”

鲁鲁说：“好事吧!”

“鲁哥，深圳那公司在你养伤期间，打电话过来说，鲁哥你被录用了，希望你尽快去报到，年薪是二十万。”

鲁鲁很开心，虽然二十万不多，但足以让他乐到飞起。

“那坏事呢？”

麦麦支支吾吾地说：“鲁哥，要么我们租个房间吧！”

“为什么？网吧不是有两个房间吗？”鲁鲁莫名其妙。

麦麦吞吞吐吐地说：“李斯文来了……”

第十八章　天付姻缘两有情

1

当麦麦告诉他李斯文来到网吧的时候，鲁鲁惊了一下。原来麦麦并不笨，只是他很好奇，李斯文不是在北京开公司吗，怎么就跑回来了？会不会又落魄了，来找雪小晴麻烦？一想到可能对雪小晴不利，他的血就沸腾起来了，他说：“我们赶紧回网吧。”

在他看来，李斯文不可能是好人，更不可能就此轻易罢手，这次来又是要死缠烂打。雪小晴到底是个女人，跟一个无赖斗自然要吃亏。

他越想越气，不管红绿灯，急匆匆横穿八条马路，一路汽车喇叭叫个不停，惹得二十二个司机探出头来骂人。

网吧生意明显不如往昔，客人们坐得稀稀落落的，都在专注地玩游戏，鲁鲁略微放下心来。雪小晴在台子上埋头算账，看到他急吼吼地回来有些吃惊，而鲁鲁看到她清秀的面容，井然的发丝，一下安心了许多。

他承认对雪小晴的感情，自己心中已发生了一些变化。那李斯文根本配不上雪小晴，就算地球上的男人死光了，他也不配。鲁鲁扫视了一圈，看到了坐在网吧角落的李斯文，而李斯文也看到了他。

“你来做什么？”鲁鲁冷冷地问道。

“管理网吧。”李斯文脸不红心不跳，一副超级大流氓的神情。

“你家开的？”鲁鲁已经习惯了这个厚颜无耻的男人，网吧没他的份儿，老赖在这里干什么？

“我现在是网吧的一员。”

“跟影视剧学卖身为奴？”鲁鲁讥讽道。

“不关你的事！我来找回我的东西。”李斯文生气地说道。他目光锐利，逼视鲁鲁。

“你的东西？现在是我的东西。”鲁鲁有些急了，硬硬的目光迎了上去。

两人剑拔弩张，四目相对，网吧四十双眼睛转了过来，都在看戏，这里想不热闹都难。此时，听见吧台上“啪”的一声脆响，四十二双眼睛又转过去，只见雪小晴噔噔噔地离开了网吧。李斯文正要追出去，鲁鲁迅速挡在了他的身前。两人相互怒目而视。

李斯文被他纠缠，着急地看着雪小晴远去。鲁鲁分外得意，李斯文顿觉十分无趣，转身离开了。众人“吁”一声，无戏可看，继续上网。

站在身边的麦麦，扯了扯鲁鲁的衣服，说：“鲁哥，我挺你。”

鲁鲁问：“挺我什么？”

“挺你追雪姐姐啊。”

鲁鲁说：“好！不成功便成仁！”

这一次他很坚定。

2

到了晚上，李斯文回来了，出乎鲁鲁的意料，他一进来，谁也不搭理，直接走进网吧办公室，从柜子里取出手提，噼里啪啦地打字。

鲁鲁转过头去问麦麦："他是怎么回事？"

麦麦手一摆，说："鲁哥，我不知道。他是前晚过来的。说实话，我不喜欢他。"

那鲁鲁就更不喜欢了。他只是非常奇怪，李斯文不是已经开自己的公司了吗？他的事业正在蒸蒸日上时，突然跑到这儿有什么目的呢？是复婚，还是捣乱？不管怎么样，李斯文这次来已经影响了他和雪小晴的生活，所以，对鲁鲁来说，这完全是一种骚扰。

鲁鲁走进去，发现自己的床铺放着李斯文的物品，心里很不舒服，不由得发火。他把这些物品胡乱地叠在一起，搬放在李斯文打字的办公桌上。

正在打字的李斯文抬头看了一眼，说："凭什么？"

"这是我的床。"鲁鲁像捍卫主权一样声明道。

"你的床？"李斯文嘴里"哧"一声，眼神中充满了轻蔑。

他的轻慢态度严重伤害了鲁鲁的自尊，所以鲁鲁也不管自己才出院这一事实，尽管旧伤未愈，依旧故作威武地说："别怪我没提醒你，你不是我的对手。"

李斯文再次"哧"了一声，道一句："垃圾。"

在李斯文看来，动不动使用暴力的人，根本不是一个文明人。

鲁鲁被彻底激怒了，拍案而起，眼看就要挥拳过去，但是被雪小晴出其不意地挡住了。他一愣，不知道她什么时候来的，也不知道雪小晴为什么要挡住他。

李斯文又一次轻蔑地“哧”了一声，他根本不在乎鲁鲁的愤怒。

鲁鲁再次被伤害，指着他：“告诉你……”

“告诉我什么？要说现在打架，你根本不是我的对手。”李斯文纠正地说。

鲁鲁还想说什么，却被雪小晴打断了，她对李斯文说：“你先出来一下。”

她的神色很坚定，不容争辩。

李斯文犹豫了一下，还是走了出去。

鲁鲁很得意，在他的后面做一个鬼脸。李斯文道了两字：“幼稚！”

雪小晴笑着对鲁鲁道：“你伤还没好利索，这种状况，还打得过他？”

鲁鲁很坚定地说：“打不过也得打。”

上次三个硬汉都没把他打倒，李斯文算什么？

雪小晴呵呵地笑，说：“我不许你再逞能了，网吧我打算再请一个人。”

“是李斯文？”鲁鲁很紧张地问。想起李斯文说过的话，他真的回来了？

“不是。是一个年轻小伙子，不仅懂电脑技术，听说还练过跆拳道。”

鲁鲁喜忧参半。喜的是，有这样的一个小伙子来，保卫网吧肯定不成问题；忧的是李斯文成了网吧最大的障碍。

雪小晴读懂了他的意思，说：“我会处理好。”

她的目光很坚定。

鲁鲁顿时眉开眼笑，但还是很不放心，又问："怎么处理？"

雪小晴笑着说："放心，我跟他已经不可能了。"

鲁鲁心中顿时一块大石头落地："那网吧以后怎么打算呢？"

"我打算增加一个咖啡厅，作为网吧的休闲场所，位置就在网吧楼上，价格已经谈好了，过两天就交接付款了。以后还想弄一个电游竞技场所……"雪小晴想了一下，征求意见似的问："你觉得怎么样？"

鲁鲁想起，那天雪小晴请他吃饭说她想经营一家咖啡和茶厅，雪小晴真的朝着那个方向迈步了。他突然觉得面前这个女人真的不简单，好强大！

3

在这个世上，患难与共和同享富贵其实都挺难。李斯文算是富贵了，毕竟有了自己的公司，而且公司发展良好。雪小晴也富贵了，能经营一家大型网吧的可不是小人物。只是这两个都"富贵"了的人却无法走在一起。对于他们的遭遇，鲁鲁深表同情，而他自己也同样陷入了纠结中。

李斯文出去以后，他迷迷糊糊地躺了一会儿，谁知道就这样睡了一个晚上。第二天一早，鲁鲁被一个电话吵醒了。原来，是深圳那公司打电话过来了！那边说如果鲁鲁再不去报到，视为自动弃权，这次应聘资格就被取消了。

他虽有心去深圳，但又舍不得雪小晴。他与雪小晴接触越久情感上越发依赖。他走到外面，看见麦麦在拖地，突然想到昨晚的事，问："你看到李斯文了吗？"

麦麦一脸奇怪，说：“我没见着啊！鲁哥，发生什么事了?”

鲁鲁有点儿急了，拔腿就往外跑，气喘吁吁地跑到雪小晴的住所，却发现雪小晴正在梳妆。他左右窥视，没有任何异常，弄得雪小晴也觉得很奇怪。

鲁鲁问：“李斯文呢?”

“走了。”雪小晴答得漫不经心。

“什么时候走的?”鲁鲁的心纠结得很厉害，忍不住要问，但又觉得这话有点儿龌龊，怕她多心，于是赶紧说：“我不是那个意思，我是想说，他什么时候走的？不，是……”

鲁鲁觉得自己很白痴，但又没办法表达清楚。

雪小晴也被他弄糊涂了，看着他说：“那你说，是哪个意思?”

鲁鲁不知道该怎样说了。

雪小晴呵呵地笑：“我们昨晚聊了会儿，他就走了。”

“就走了？没发生什么事吧?”他还是有些紧张。

“你认为会发生什么事?”

“就是没打人，没做出什么过分举动吧?”鲁鲁觉得思路一下子理通了，所以说话也就顺当了。

“他没有，我跟他说清楚了。”

“都说了什么?”鲁鲁很想弄明白。

“说我跟他已经翻篇了，不可能再重来了。”小晴看他不依不饶的，觉得很有意思，问：“这个事你那么着急干吗？你不想琪琪了?”

“不想了……有时，也想，其实是不想了。唉！我跟琪琪没戏，其实，我喜欢的是……”他努力想表白，但这时候卡壳了，最后一个字，始终无法说出来。

最后，他只好来一句：“你没事就好。”

说罢，一股烦乱的情绪涌上来，好讨厌自己这样窝囊的样子。

“你有时真小气。”雪小晴看到他的尴尬，又好气又好笑。

鲁鲁无言以对，紧张却又害怕着。他站在那儿抓耳挠腮：“还有一个事，想找你商量……”但是他说到这儿，又卡壳了，因为他想到雪小晴不可能放弃网吧随他去深圳。

鲁鲁和雪小晴确定关系了吗？没有。

他手足无措，最后闷闷地说了一句：“那我走了。”便飞快逃走了。

雪小晴探头过去，发现鲁鲁已经跑远了，不知道他想说些什么。

4

鲁鲁回到网吧时，已经来了几位客人。麦麦坐在吧台里，听着小曲子很悠闲的模样。她看见鲁鲁一副丧气的模样，问：“鲁哥有心事啊？”

鲁鲁说没有。

麦麦嘻嘻地笑，说：“鲁哥，你骗我了，你的心事都写在脸上了。”

自己的心思被麦麦看透，鲁鲁有点儿恼，转身问：“咦？你不想老谭了？前一段还寻死觅活的呢！”

“不想。”麦麦答得很干脆，“鲁哥，你能不能以后不提老谭了？”

办公室一下子静了下来。鲁鲁也知道是自己说错话了，真是哪壶不开提哪壶，弄得两个人都不高兴。

好在麦麦做了一个切割的手势，补上了一句说：“因为我们早就一刀两断了。”

鲁鲁连忙竖起大拇指。

麦麦又乐了起来，笑嘻嘻地说：“鲁哥，其实我觉得吧，你追雪姐姐要花点儿心思。雪姐姐人好，有钱，而且又有事业。”

“我可以吗?”想到早上的谈话，鲁鲁的心情顿时一落千丈。

“怎么不可以，鲁哥是傻子啊！雪姐姐早对你有意思，你难道真的一点儿都没看出来?”麦麦有些激动地说。

“真的?”鲁鲁高兴，但也怀疑。长久以来，他一直不明白，雪小晴为什么一直对他很好，他不可能天真地以为是自己太帅所致。

“真的。不然，在你住院期间，雪姐姐怎么肯那样照顾你呢？鲁哥你真是个傻子。”

女人的心不同于男人，太让人捉摸不透，一旦明了，鲁鲁一下子豁然开朗。想起住院那一段，他感到心潮澎湃。雪小晴应该是对他有意的。既然有意，那何不下手?

鲁鲁突然后悔上午没表白，不然说不定这事就搞定了。他想到算命先生的话：天付姻缘两有情。原来说的并不是琪琪，而是雪小晴。他越想越乐，他们才是注定的姻缘。

两人正聊得火热时，雪小晴突然走了进来，问：“你们聊什么呢？这么开心。”

麦麦吐舌头说：“没聊什么。”

鲁鲁看到雪小晴身后有一个年轻高大的男子，心情顿时很糟糕。

雪小晴让后面的小伙子走过来，给两人介绍：“这位是小赵，我们网吧的新员工。”

麦麦兴奋地尖叫，笑嘻嘻地说：“我代表网吧的老员工欢迎你。以后，你就叫我师姐。”

鲁鲁纳闷，难道这么小的网吧需要三个人?

雪小晴看出他心事重重，说：“你跟我出来一下。”

鲁鲁跟着她走到外面。雪小晴说："好像有心事？"

"没有啊！"鲁鲁狡辩道。

雪小晴微微一笑，说："网吧有麦麦和小赵就够了，你去管理咖啡厅怎么样？那儿正缺一个大经理。"

鲁鲁眼睛一亮，不相信自己的耳朵，问："真的？"

雪小晴再次微微一笑，说："真的。但是暂时没法加薪。"

"那我可不可以轻轻地、温柔地骂上一句：葛朗台？"

说完，两人哈哈地大笑。

雪小晴说："这两天你辛苦一下，一方面你好好带一下小赵；另一方面你去打理咖啡休闲厅。目前正在搞装修，哪儿设计不到位，需要改进的，或者做工不到位，需要弥补的，你多费一下心。"

"遵命。"鲁鲁乐滋滋地答应道。

"我呢，还要招人，到时候你还得负责打理，哪些人可以用你自己选，争取把各个岗位的人员安排好。"雪小晴继续说。

"我没有三头六臂吧。"

雪小晴嗔怪道："你不是才骂我葛朗台吗？我就是要把你榨干。"

"阿门，请救救我。"鲁鲁也撒起娇来。

"没人救你了，好好干吧！"雪小晴笑着转身离开，走了两步，突然又回头问："上午找我有事？"

鲁鲁有些措手不及，赶紧说："没事。是我想……以……身……"

他又卡壳了，平时他不是特能胡说八道吗？就算要流氓不也挥洒自如吗？可为什么一到关键时刻就说不出话来呢？

雪小晴看着，在他脸上停留了几秒，不知道他要说什么。

最终她只好说："如果没事，我就走了。"

说着，转身离开了。

鲁鲁站在那儿懊恼不已，但他还是很高兴。他记得琪琪刚刚建立公司时，也曾邀他去，但遗憾的是没去成。而这次雪小晴安排的不仅是职位，更是她心中的位置。他想到麦麦的话，更是乐不可支。

正当他乐得不行时，突然接到一个陌生的电话，鲁鲁努力思索到底是谁呢。按了接听键，才知道是李斯文。李斯文怎么会找他？又发生了什么事呢？鲁鲁顿时紧张起来。

第十九章　好聚好散

1

老谭最终没留住秀秀的心，哀莫大于心死。如果说以前秀秀老抽他，那是因为心中还有期望，还有爱。如今她不会再抽他了，那有爱之门“啪”的一声关了。这关门声把老谭的人生划开了，分成了今天和昨天。

这能怪秀秀吗？正如秀秀所说，她终究是一个女人，需要有人爱，有人疼，不能容忍自己的男人心里有别的女人。

可怜巴巴的老谭在门口一遍又一遍地发誓：“秀秀，我发誓没跟麦麦有什么……秀秀，我心里真的只爱你！”

可是秀秀最终没有原谅老谭，只扔出来一个包，里面装着老谭的衣服。他随即号啕大哭……

街道上车来车往，人潮汹涌，被秀秀赶出来的老谭拿着包到处找工作。他本想到以前工作的省公司谋一份职，谁知今年总公司利润大幅度下滑，正在考虑如何裁人，自然不同意再进人。

摆在老谭面前的只有两条路可走，要么回老家，在那儿找一份工作，要么在长沙继续谋职。老谭选择了长沙。

他拿着简历表，敲响了一家又一家公司的大门："你们这儿需不需要营销经理?"

他没有找到合适的职位，于是他的职位诉求从营销经理降到营销员，再到文案，仍然没有公司愿意聘用他。正当他垂头丧气之时，他猛然看到一家公司的招聘告示，便火速地奔向了那家公司。他进门的时候，把胖嘟嘟的女职员吓了一跳。

胖嘟嘟的女职员看见这个拿着简历表、头发蓬乱的老谭，提醒似的说："我们这儿招的可是勤杂工，负责卫生的勤杂工。"

老谭愣了一下，但马上拍着挺起的胸脯说："没问题，我很适合干这个。"

人要是落魄了，一点儿也不挑剔，老谭想得通。

这让女职员更好奇了，说："你行？我们这里的勤杂工还要负责整个公司的卫生。"

因为她怎么看老谭也不像是干这个的。

老谭胸有成竹地说没问题，干这个他很在行。女职员没话说了，答应试用他三个月，如果行就可以转正，福利待遇按照公司政策及国家用工标准执行。老谭笑呵呵拿起了扫帚，步入了他的新岗位。

2

李斯文邀请鲁鲁夜宵摊见上一面。鲁鲁苦笑，上次雪小晴邀他的时候也是在夜宵摊，这两口子真是一对，不能走在一起，还真的很遗憾。走到夜宵摊，鲁鲁以为李斯文会像雪小晴一样，坐在那儿一个劲儿喝酒。李斯文坐在那儿滴酒不沾，眼神呆滞，满脸憔悴。

他见鲁鲁来了，伸出手很有礼貌地说："请坐。"

鲁鲁感到很意外，看了看板凳，脑子盘旋着，不会有什么问题吧？

看到他惊异的表情，李斯文微微一笑，说："今天邀你来，没有别的意思，是想跟你告个别。"

"告别？"鲁鲁不懂了，按理要道别也应该是找雪小晴才是，与他有什么相干呢？

"昨晚我跟雪小晴谈了很久。"

鲁鲁"嗯"了一声，忐忑地等待他的下文。

"我们聊了很多，大部分说的都是你。"

鲁鲁差点儿跳起来："关于我的？"

李斯文叹了一口气，慢悠悠地说："其实我这次来，是打算接她去北京的。我在北京已经预付了一套房，本想让她跟我一起到北京打拼。"

鲁鲁顿时明白了："那……她答应了？"

他有点儿怕。

李斯文摇了摇头："她没同意。"

鲁鲁顿时放心了。

李斯文继续说："我们聊到以前。我和小晴一开始是奔向美好去的，谁知走了弯路，毁掉了所有美好……如今，已经没法按照我们的意愿过完一生。我们的感情走到了一个转折点时，你出现了。还记得有一天晚上，你跟几个同学在吃宵夜，有一个赤着脚的小女孩来找你讨钱，当时没有一个人愿意给她，而只有你掏出了钱吗？"

鲁鲁想了想，那段往事他几乎早已忘记，为什么还会有人说起？难道……

"小晴就在你的不远处。那时我和小晴正准备离婚，她感到特别压抑，处在失望与绝望的情绪中。她也看到了那个小女孩，或许也曾经陷入过绝境，所以对小女孩感同身受。她有意帮那个小女孩，可是小女孩没有走到她的身旁，而是朝着你走去。小晴以为你也会拒绝那个女孩，因为所有人都拒绝了她。但是你掏出了十元钱，那可能是你唯一的十元钱吧！那一刻，小晴比那个小女孩还要感动……”

说到这儿，鲁鲁自己都觉得不好意思，那时也只是一时冲动。

“在天寒地冻里，小女孩不可能是装的。你给她十元钱虽然不多，但买一点儿吃的和一双鞋足够了，或许那个小女孩因此就会活下去。小女孩特别感动，而小晴也对你特别留意，谁知两年后，又在网吧遇见了你……”

“你是说……”他这才想起，刚来网吧时雪小晴看到他的那一刻，那种复杂的眼神。原来，她早就认出了鲁鲁。

“你有没有想过，微不足道的善行，可以温暖人的一生？她从一开始就认定你是一个好人。之后，你一次次地帮她，让她很安心，她说了很多你的好。事到如今，我也只能祝福你们……”

鲁鲁似懂非懂。他明白了为什么雪小晴一直说他很善良，并且信任他；他不明白的是，这祝福很突然，意味着……他想问个清楚。

谁知李斯文已经抑制不住自己的感情，埋头趴在桌子上哭泣，手不小心一摆，一个碗啪嚓掉在了地上，瞬间粉碎，闪了一个星点亮如火花。

鲁鲁的心随着那火花，推开了那扇让他迷惑的大门，随之升腾起一种喜悦，让他不可遏止地激动。他明白了，终于明白了，他顾不得趴着的李斯文，转身向着街道跑去。

夜宵摊老板看着他，十分担心：“喂，谁给钱？”

他没听见，一边拼命地跑，一边开心、畅怀地笑，而风在耳边快乐地呼啸……

3

老谭做勤杂工干得有声有色。有人背后议论他，一个大男人干这个还是头一次见。

他满不在乎地反击道："谭哥什么大风大浪没见过？"

只见他哼着小调拿着抹布在公司里里外外搞卫生。他干着干着，走进了女卫生间，胖嘟嘟女职员正走出来，两人相撞在一起。

胖嘟嘟女职员被吓坏了，双手护着胸，问："你想干什么？"

面对她的大惊小怪，老谭漫不经心地说："我在搞卫生呀。"

女职员更加生气，叫道："你搞卫生为什么要往人家身上乱摸、乱撞？这里可是女卫生间。"

老谭脸微变，一瞧，左右摆手说："吓死哥哥了，我没看见你，不是有意的。"

看到老谭的那双大手舞着，胖嘟嘟女职员更加害怕了，双手护着胸更紧了，她厉声叫道："你还说没干什么？"

两人闹得不可开交，公司几乎所有坐班的职员都围了过来，一个个七嘴八舌，议论纷纷。这时，女董事长闻声也走过来，走进了人群中。

女董事长十分不悦，问："你们这是干什么？"

本来面对着众人的围观，胖嘟嘟女职员就十分紧张，现在她看见董事长来了，更是万分委屈，哭着指着老谭叫嚷："董事长，他非礼我！"

这个问题就严重了，经过大风大浪的老谭也被吓得惊慌失措，连连叫道：“董事长，不是这样的，我负责整个公司卫生，清理杂物。”

他走到卫生间的杂物堆放处，指着旁边的杂物，解释着：“我是到这儿清理垃圾，谁知撞到了她，完全是无意，真没别的意思。”

“不是的，刚才你还把手伸向我！”胖嘟嘟女生哭着跺脚，“你来女卫生间，一定是为了偷窥！你耍流氓！董事长你要给我做主！我还没有找男朋友，还没嫁人呢！呜呜呜……”胖嘟嘟女职员竟然哭闹了起来。

这时围观职员纷纷给胖嘟嘟女职员加同情分，一个个同仇敌忾，各抒己见。

“我就说，一个大男人干这个工作定是不怀好意。”

“我平时看他就不像是好人，一副色狼样子，把他送到派出所去。”

“很多男人都喜欢揩油，骚扰，他肯定是干这个勾当的老手。”

众人越说越乱，就没有一个为他说好话的。

老谭知道这祸闯大了，涨红着脸对众人信誓旦旦地说：“我真的没有，真是到这儿来清理垃圾，我可以发誓！”

谎话说多了，真话也变成了谎言，没有一个人相信他，只有女董事长看着老谭，若有所思。

她对胖嘟嘟女职员和围观的职员说：“你们都先去忙吧，这事我来处理。”

胖嘟嘟女职员恶狠狠地瞪了一眼老谭，往办公室走去，众职员也纷纷散去。

“我好像在哪儿见过你？”女董事长好像想起了什么，问道。

董事长见过他吗？一向自诩记忆力超强的老谭，努力回想了一下，但终究没想起来。她估计是做营销经理时接触的客户，自从来到长沙一直在坐班，接触的人不多。既然董事长这么说……老谭眼睛一转，有了主意。

只见他脸上马上堆出来惊喜的表情，说：“我的亲姐姐，你终于想起我了。”

而后又叹了一口气：“我原来在一家商贸公司做经理，后来到秀秀公司做副总经理。我这人善良，容易让人误会。终于有一天，我知道了您在这儿，而我对您早已仰慕已久，所以干脆辞职奔到您的公司来了。”

女董事长猛然想起：“在县城，过马路时，无意中撞了一下……”

这时，老谭猛然想起，马上还原了当时的情形。那时他拿着包，专注地走在路上，无意中撞见了她，连忙摆手说：“对不起，我不是故意的。”

女董事长被他逗得笑了：“想不到你还记得我。”

“怎么会想不起来呢？我前世的五百次回眸，才换来我们上次的一面之缘。我现在到了长沙，不知道就算了，知道了不奔到您这儿来，我还是人吗？怎么对得起上天给我的机会？”他充满激情，一个劲儿地表白道。

女董事长虽然牙齿发酸，但也彻底被他逗乐了，她有点儿担心地说：“你到我们公司来不是屈才了？”

老谭终于放下心来，知道危机已经彻底解除了，但还没有到位，所以故作紧张地说：“没有，没有，我这人，特别善良，最爱讲实话，我只要每天能见着你笑，我的心啊，就扑通、扑通地跳。你叫我做什么都行，只要……”他边说边忸怩一下，“我每天能看见你，就是我最大的幸福，怎么会屈才呢？”

女董事长听得鸡皮疙瘩都出来了，警觉地看了看周围，向他示意："到办公室谈。"

老谭赶紧答应，屁颠屁颠地跟在后面，老脸灿烂得像一朵花，众人唏嘘不已。两人到办公室关着门畅谈，不时传来朗朗的笑声。

4

鲁鲁以飞快的速度跑到了雪小晴的家。雪小晴看见他气喘吁吁的样子，以为网吧又出了什么大事。鲁鲁心跳飞快，用手撑住墙，免得身体倒在地上，待气息稍缓一点儿时，才说道："网吧没有出事，但是我知道了……"

雪小晴被他弄糊涂了，不明白他知道了什么。

"小晴，我爱你。这些话早就想跟你表白了。我承认我犹豫了很久，每上前走一步都小心翼翼。我害怕你像琪琪一样拒绝我，怕我配不上你。我不想去深圳，不要二十万年薪，只想和你在一起……"

雪小晴精致的脸上不禁多了几块"桃红"，这件事太突然，她还没有准备好。这几年来，她做决断都很干脆，可是此时，面对突如其来的表白，她不知道怎么回答。

鲁鲁像急不可耐的孩子，捉住她的手，说："李斯文已经跟我说了，以前是我顾虑太多。请你给我一个机会，我想拥有一个我们的未来。小晴请相信我，我是真心爱你的，而且我也有能力养活你。"

他的话一下子让雪小晴明白了过来，她脸色绯红，想把手抽走，但鲁鲁却将她抓得更紧。她也有点儿急了，有意挑刺地回击道："你不是一直爱琪琪吗？"

"我是曾经喜欢过她，但自始至终都是单恋。我彻底想明白了，我真正应该爱的人是你。你才是我今生最重要的人。"鲁鲁不顾一切地表白，不让她挣脱，几乎用尽了全力。

雪小晴不知是否该接受，她不住地躲闪着，但是他那双灼热的眼睛里射出来的光，足以让她的面颊滚烫不已。她感觉她的防线正在一步步溃散，特别是在他拥抱她的时候，已经全盘瓦解了。

那晚的月色很皎洁，白色月光洒满大地。鲁鲁在月光里享受着人生最美好的时光……

第二十章　因爱重生

1

“袭胸事件”的误会解除，老谭因祸得福，被调整到营销部，算是给他转正了。毕竟他是一个本科生，做营销工作好多年，又有工作经验。按女董事长的说法，他做杂务太屈才了。

他到部门报到后，又是递烟，又是请同事吃饭，笑得比谁都灿烂，上下级同事都成了他的“亲人”。

他们公司是做医疗器械的，老谭负责全国各地区的营销工作。三个月后，他的营销成绩拔尖，跟五十多家医院建立了联系，很快成了公司的“红人”。大家经常见他拿着一个皮包到处跑，身上的肥肉有节奏地颤动。不仅公司所有人都对他另眼相看，连女董事长也经常把他叫进办公室。

半年后，谁也想不到，老谭和女董事长准备结婚了。女董事长比他大六岁。人们常说女大三抱金砖，女大六抱金山。老谭是撞了大运了。

但是有人就是想不通，按学历女董事长是留德硕士，老谭是大学本科毕业，差一截；论经济条件，女董事长家资早已上千万，而老谭算上秀秀公司的股份，也不过百万，差一大截；再说长相，女董事长属于典型的东方美女，而老谭胖胖墩墩、五大三粗的，可是天壤之别。

这段婚姻遭到了女方家人的强烈反对，门不当户不对，对家族及自身都是一种伤害。但是女董事长铁了心。

这个奇葩的婚事，在公司内内外外传得沸沸扬扬，不知有多少帅哥羡慕嫉妒恨。老谭究竟靠什么打动了女董事长的心？有好奇的打听到，其实很简单，就一个字“屈”。

他的长相，被人误解成色狼，其实他很善良，所以冤屈；他有能力，一直不被看好，是长久被屈才；再者，他在工作中干劲十足，又能俯首帖耳，在生活中对她体贴入微，又能善解她意，这样的男人是典型的暖男，所以很委屈！善良的女董事长不能让他这样一直“屈”下去，所以谁也阻止不了他们的婚事。

老谭抱到金山以后，顺利地坐上了公司总经理的位置，正所谓车如流水马如龙，花月正春风。他在公司是“一人之下，万人之上”。没事夹着雪茄，脚放在桌子上，给公司下属员工指派工作，那模样好不得意。

他还有让人更意想不到的，当时所有人都担心，老谭很难调和他和女方娘家人的关系，毕竟在娘家人看来，女董事长嫁给老谭实在太亏了。谁知结婚一个月，老谭不知使了什么招，不仅和娘家人处得一团和气，还把丈母娘哄得乐呵呵的，左右离不开这个姑爷。其实，别看老谭缺点特别多，但搞人际关系很有一手，这点女董事长很放心。

虽然他在公司很威风，但知道内情的人说，老谭是一个“妻管严”患者。只要女董事长“哼”一声，老谭在她面前连屁也不敢放一个。也许这就是宿命吧！每个人都有。

2

自从老谭离开以后，秀秀难过了一阵子，再强的女人也有脆弱的时候。想当年两人信誓旦旦来长沙创业，决心把酒席摆在长沙，现在已不可能了。秀秀也想通了，出租屋成了她的伤心地，干脆搬出去，在市中心位置租了一套写字楼。至于房租不再是她重点考虑的选项，因为她的公司已经具备了比较好的盈利能力。

公司虽然已经增加到八个人，但她和以前一样，仍是身兼数职，事必躬亲。她埋头打理公司的生意，把事业做得有声有色，直到遇见了老徐。

她公司的不远处有一个做肉食批发、加工的公司，老板姓徐，大家都叫他老徐。老徐个子不高，身体肥胖，平时总是笑嘻嘻的。老徐和秀秀两个公司相隔不远，一次上下班两个人无意中碰到。老徐眼睛直了，叫住秀秀。

秀秀定眼一看，这不是不打不相识的小徐吗？原来，他和秀秀是读同一所高中时相识的，秀秀比他矮一届，但她的名气很大。一次，因为秀秀班的一个同学被欺负了，秀秀领着一帮班上的男同学，到他们班来评理，并要求对方道歉。那小徐班上的同学根本不把秀秀这帮人放在眼里。两方各不相让，你争我吵，结果大打出手，场面十分暴力。

秀秀身先士卒，指挥若定，就算后面的是羊，也变成了狼，他们向着对方扑去，发起了攻击。几个回合下来，对方几个人很快败下阵来，跑的跑，溜的溜，一个个被打得屁滚尿流。在队伍中的

“小徐”把一切都看在眼里，彻底被秀秀镇住了，暗恋了她许久。

一晃许多年过去了，昔日的小徐变成今天的老徐，但一直单身。这一次他无意中撞见了秀秀，无论如何也不肯罢手，拿着玫瑰花追得很紧。这种奇葩的事，秀秀也是第一次遇见，所以不知道该如何处理。

她对老徐倒没有什么反感，做个朋友还可以，但是老徐直接要秀秀嫁给他，连谈恋爱这道程序都省了，这下还真把秀秀给吓着了，以前她可是天不怕，地不怕的女汉子。

她仔细想想，这怎么可能？老谭已经把她的心伤透了，她不知道还有没有能力和精力，再来一次刻骨铭心的恋爱。如果恋爱都省了，直接步入婚姻的殿堂，那后果不敢想象。所以她尽量地避开，实在避不开就拒绝。那老徐可不这么想，在他眼里秀秀根本不是凡尘俗女，所以他又是送花，又是送礼物。就算得到的是拒绝也没有关系，不娶到秀秀，他誓不罢休。

秀秀就更加害怕了，逃得更快，可是老徐更加拼命追，就是不依不饶。众人知道后，忍俊不禁，想不到秀秀也有怕的时候，真是一物降一物。

3

琪琪好不容易等来了幸福，以为这辈子终于有了个依靠，结果又出乎意料。华华在集团公司做了 CEO 后，虽然表现出了他勤干有为的一面，但他的另一面是彻底的大男子主义者，深得父亲遗传。他在家表现得霸道而自私，生性要强的琪琪无法容忍。

他在外工作经常很忙，而在家里又常摆出高人一等的姿态。在他眼里女人应该是漂亮、温柔、贤惠、持家有道的。作为妻子最要紧的是打理好家里的一切，而不是在外每天像踩着风火轮，抛头露面，去干她的事业。

琪琪越来越抗拒这段婚姻，面包她自己可以挣，而且她同样拥有征服世界叱咤风云的资格和能力，怎么可能甘心被困在一栋宅子里，跟家务和婆婆缠斗？结婚是结为伴侣，而不是谁是谁的保姆。如果爱她，那就请尊重她。

这种尊重对华华及其家人来说简直不可想象，几个人的矛盾越演越烈。一次琪琪去谈业务，对方又帅又多金。她在言谈中颇为亲密，谁知又被华华知道了，两人发生了激烈的争吵，结果是华华大打出手，将她打伤。

琪琪决定离婚，因为这样的事情，在婚姻中出现一次已经足够。在她看来，这段婚姻已经失去了最起码的彼此尊重。生而为人，其次为女人，她永远捍卫那份宁为玉碎也不将就的自尊。

有人劝华华认个错，谁知他对这种婚姻也渐渐失去了耐心，与其两个人都在煎熬，怨气日积月累，还不如就此放手。琪琪知道他的想法后，心中再无眷恋。就这样，短短的婚姻就此结束。

从婚姻中走出来的琪琪，分到一笔不菲的财产。她全力经营自己的公司，不再对婚姻抱有幻想。她习惯了单身，不屈服世俗，不委屈自己。她经常说，如果自己能过得光鲜亮丽，自由而又快乐，为什么还要嫁人呢？又何必平白找个人让自己受气？

鲁鲁虽无法认同她的观点，但一直很尊重她，她成了鲁鲁心中最美的幻影。

4

互联网文学圈掀起了收购潮。盛大将起点中文网、红袖添香、晋江文学收入囊中。幻剑书盟被TOM网站买下。榕树下网站成为欢乐传媒旗下资产。17K文学网也被中文在线悄然收购。像秀秀的网站还算不上一流的文学网站，前途未卜，所以秀秀处于焦虑中。

但秀秀不愧为女汉子，在这几年的摸爬滚打中，她摸透了市场的脾气，步步为营稳稳推进。随着她的网站几本小说改编成电视剧播出，秀秀网的名气日益增大。如今网站拥有长篇原创作品近十万部，原创签约作者两千多人，其中不乏很有实力的写手。网站人气和推送作品的受欢迎度，在移动阅读互联网排名是靠前的。

终于，秀秀网被一家集团看中，经过几次谈判，对方决定收购她的公司。秀秀也觉得背靠大树好乘凉，她只给自己留了少部分股份，又得到了一大笔资金，算是创业的完美结局。

她依然在公司上班，既是股东，也是公司的高管。她不仅拿工资，每年还有分红。有大公司做背景，秀秀网逐渐走上专业化道路，经过一段时间的业务拓展，秀秀网成为集网络阅读、图书出版、影视运营、游戏开发、电子出版等为一体的大型文化传媒公司。

公司稳定下来以后，她的生活节奏也逐渐放缓，闲时她爱看电影、电视和动画片，以此来放松心情。可是老徐依然追她很紧，从碰到她的那一天起，就三天两头来找她，买很多东西不说，又是做饭，又是送早餐，甚至还帮她捏肩捶背。可是，他们的关系始终无法再进一步，直到有一天老徐带着破釜沉舟的决心，手捧着玫瑰花，单腿跪在她公司门口：“秀秀嫁给我，我愿意吃你一辈子的蛋炒饭。

是上天把你带到我的身边，我不想再错过了，请你嫁给我，我会疼你爱你宠你一辈子，不离不弃!”

当时公司门口围满人，连《喜羊羊与灰太狼》的剧情都想出来了，这种场面有点儿火爆，众人纷纷惊诧不已。那老徐跪在那儿甘受千夫指而能镇定自若。这一刻，秀秀真的有点儿为他的执拗所感动。别人看到的是搞笑，而秀秀却看到了超乎意料的真诚，这种真诚在老谭脸上是读不到的，所以秀秀选择相信了他。

虽然事后，老徐承认那天喝了点儿酒，有些冲动，他知道秀秀爱看《喜羊羊与灰太狼》，所以刻意模仿了剧情，不过秀秀还是决定嫁给他。两人都是胖子，他们的结婚照很有“夫妻相”。两人婚后在长沙买了一套一百八十个平方米的大房子。为什么要那么大呢？按他们的说法，以他们的身形，如果往六十平方的小房一站，还能剩多少空间？

婚后两人甜甜蜜蜜，不久，秀秀生下一个男孩，重十二斤六两，不用多说，长大后又是一个大胖子。

5

鲁鲁最终放弃了二十万年薪的工作，选择跟雪小晴结婚一起生活。深圳不是不好，只是他不想再任性生活。二十万元虽然不少，但与雪小晴相比，简直是微不足道。

雪小晴在为网吧而操心。科技进步很快，电脑已经走进了千家万户，而文化部门对网吧的监管也越来越严。网吧的生意不好做，雪小晴早有准备，所以她加快推进网吧的转型，而鲁鲁对网络程序和电子技术都很在行，对网吧进行了快速升级。

网吧一步步改造，需要筹集大量的资金，那些每一个看起来毫不费力的细节，其实都要拼尽全力。婚后的鲁鲁变得精明能干，越来越优秀，他已经解开了藏在心里的自卑心结，找到了属于自己的精彩。

有时想想废柴与优秀并不遥远，不是不可跨越。小晴说得对，这个世界哪有一劳永逸的事情？倘若你渴望自己变好，而且有足够的耐心和毅力，那么对于你来说，优秀将不再是一个浩大的工程，而是一个转身的距离。

他们彼此恩爱，一起贷款，找投资，无论遭遇什么样的麻烦都共进退。他们一起工作，一起顾家，没有讥讽，没有指责，只有全力以赴。在婚姻中，雪小晴体会到，嫁对了人到底有多好。而鲁鲁彻悟，感情需要的是彼此欣赏，而不是一方对另一方的单恋。

在他们的共同努力下，原来传统网吧经营模式已经不再，昔日的网吧变成今日的网咖，散台、VIP 包厢、卡座、咖啡茶座等一应俱全，甚至开辟了 3D 影视区，满足了不同上网人群的娱乐休闲需求。原来的两间门面八十个平方米，现在变成了有八百个平方的大型网络休闲区。

因为档次提高了，许多城市白领也愿意来网咖，包括经常将客户带到这里谈的琪琪。她的公司越办越大，追求她的人也很多，但她至今没有遇到心仪的男子，所以仍然未嫁。单身也许是她的选择，也许是她的无奈，但却历练出一个独立潇洒、专注生活的成功女性。

那个让人欢喜让人忧的麦麦，时常拿她开玩笑，现在追琪琪不正是好时机吗？鲁鲁摇了摇头，他没有什么可以遗憾的，因为他拥有了雪小晴。

那位一直爱着雪小晴的李斯文回到北京后，失去了继续经营公司的动力。他卖掉公司以后，周游世界各地。微信圈的自媒体经常可以见到他的文章，而在他出版的很多书里，也经常可以看到雪小晴的影子。在他心目中，雪小晴是他永远的女神！

而雪小晴呢？她经常身着淡蓝布裙，在她和鲁鲁买的小院里忙这忙那。她优秀，优雅，能独当一面，与鲁鲁默守着简约的幸福。

时代在变，社会在变，鲁鲁依然保持着善良，相信爱情，对爱忠贞不渝，脸上掩饰不住幸福的笑容。在他看来，婚姻不是爱情的坟墓，爱情也绝不会因为婚姻而消散，而是得到更好的滋养，变成密不可分的亲情。

麦麦不久之后也找到了属于自己的幸福。小赵追了她很久，她考虑再三答应了，不久两个人决定结婚。后来，他们离开了网吧，经营着一家小电脑公司。麦麦做起了老板娘，变得精明能干，整天联系客户，但仍然是一副小女人的模样。

由于鲁鲁常年在网吧上班，非常了解网民需求，所以开始致力于游戏软件的设计与开发。在赚得第一桶金之后，创建了一家科技公司，主要从事游戏设计与开发、PHP及手机软件开发等项目。

随着用户需求量增大，他与秀秀、琪琪展开合作，秀秀负责IP内容，琪琪负责设计、评估和融资，鲁鲁负责编码测试。最后，老谭也加入进来，增加了用户体验及推广，从而形成一条完整的产业链。几个人互助互利，共荣共赢，将利益最大化。

四个人经过分分合合，又重新聚在了一起。以前的“恩怨”，成了茶余饭后的谈资。想到这些，鲁鲁的脸上溢满了笑容。

他从办公室走到外阳台，望着远方，看着外面繁华的城市景观。十年了，一个充满激情与梦想的十年过去了。琪琪说得对，不入世，何以谈出世？正因为刻骨铭心地爱过，所以才会懂得爱的珍贵。在分分合合中，他们最终给了各自的爱情一个完整的交代……

图书在版编目（CIP）数据

给爱一个交代 / 周志平著. -- 北京：中国文史出版社，2021.9

（跨度小说文库）

ISBN 978-7-5205-3081-1

Ⅰ. ①给… Ⅱ. ①周… Ⅲ. ①长篇小说-中国-当代 Ⅳ. ①I247.5

中国版本图书馆 CIP 数据核字（2021）第 138736 号

责任编辑：薛媛媛

出版发行：中国文史出版社

社　　址：北京市海淀区西八里庄路 69 号院　邮编：100142

电　　话：010-81136606　81136602　81136603（发行部）

传　　真：010-81136655

印　　装：北京新华印刷有限公司

经　　销：全国新华书店

开　　本：720×1020　1/16

印　　张：18.5　　字数：218 千字

版　　次：2021 年 9 月第 1 版

印　　次：2021 年 9 月第 1 次印刷

定　　价：59.80 元